황자, 네 무엇이 되고 싶으냐?

황자, 네 무엇이 되고 싶으냐? 2

초판 1쇄 인쇄 2018년 5월 9일
초판 1쇄 발행 2018년 5월 18일

지은이 목감기
발행인 오영배
기획 박성인
책임편집 김규영
디자인 권지연
제작 조하늬

펴낸 곳 (주)삼양출판사 · 피오렛
주소 서울시 강북구 도봉로 173
대표 전화 02-980-2112 **팩스** / 02-983-0660
편집부 전화 02-980-2116 **팩스** / 02-983-8201
블로그 blog.naver.com/dan_gul
출판등록 1999년 3월 11일 제9-00046호

ISBN 979-11-283-9359-4 (04810) / 979-11-283-9357-0 (세트)

+ 이 도서의 국립중앙도서관 출판시도서목록(CIP)은 서지정보유통지원시스템홈페이지(http://seoji.nl.go.kr)와 국가자료공동목록시스템(http://www.nl.go.kr/kolisnet)에서 이용하실 수 있습니다. (CIP제어번호: 2018014072)

fiore t 은 (주)삼양출판사의 로맨스 판타지 문학 브랜드입니다.

황자,
네 무엇이
되고
싶으냐?
Ⅱ
목감기 장편소설
fioret

Contents

Chapter 6

미틀러렌 왕국에서 온 조연

매일같이 혹사당하는 몸은 마치 물먹은 솜처럼 무거운데, 어찌 된 셈인지 점점 취침 시간이 늦어지고 있었다.

오늘도 잠이 쉬이 오지 않는 밤이었다.

갑갑한 방에 환기라도 시킬까 해서 창문을 활짝 열자, 파닥거리는 소리와 함께 그녀처럼 아직 잠을 이루지 못한 새 한 마리가 마침맞게 검은 밤하늘 위를 바삐 날아갔다.

하루에도 몇 차례씩 먼 길을 마다 않고 누추한 북쪽 성을 찾아오는 이 조그마한 날짐승 손님은 양국에서 철저하게 훈련시킨 전서구(傳書鳩)들이었다. 그리고 그 새의 다리에 매어진 것은 공식적으로는 당연히 카이트가 썼다고 보여져야만 하는 편지—그러나 사실은 페라트가 죄다 써내려간 연서(戀書)가 되시겠다.

수신인은 물론 미틀러렌의 슈타티스트 공주였고.

'와, 그쪽에서 먼저 꽃의 기사를 맡아 달라고 부탁을 해 온 건 정말 다행스러운 일이 아닐 수 없습니다. 이분, 참 만만치 않은 공주님이네요.'

처음에 페라트는 분명 그렇게 혀를 내둘렀었다.

'어떤 점에서요?'

'일단 상상을 초월할 정도로 사치스럽고, 엄청난 허영심 덩어리라는 점이요.'

그 말을 들은 카이트는 마치 잘 걸렸다는 듯 단박에 목소리를 높였다.

'굳이 그런 여자를 상대하려고 꽃의 기사가 되어야 하는 건가? 허영심 강한 데다가 멍청하기까지 한 여자는 정말이지 질색이다.'

'아니요, 카이트 님. 저는 그녀가 멍청하다고는 하지 않았어요. 사치스러운 건 분명 커다란 단점이긴 하지만, 공주는 다방면에 두루 조예가 깊은 게 느껴져요. 특히 오페라와 와인에 관해서는 거의 전문가 수준으로 지식이 풍부하더군요. 이거, 얕볼 수만은 없는 상대입니다.'

'와인이라니. 저 프란카 여왕이 잘도 그걸 허락해 줬군. 공주에게는 절대로 술 공부 따위 시키려 들지 않았을 텐데 말이야.'

'그렇죠? 아마 공주님 역시 그만큼 고집이 센 분이라는 증거가 아닌가 싶습니다. 그나저나 잘된 일이군요. 카이트 님도 술이라면 어디 가서 절대로 지는 법이 없는 분이시니 그나마 공통된 화제는 하나 발견한 셈 아닙니까. 나중에 둘이서만 있게 되었을 때 정 할 말이 없다면 술 이야기나 하십시오. 그럼 적어도 말이 끊기는 일은 없을 겁니다.'

페라트의 익살맞은 조언에 카이트는 어찌 된 셈인지 평소와는 달리 아무런 사족도 달지 않고 그저 조용히 고개를 끄덕이며 이렇게 대답했다.

'다행이군.'

그때의 장면을 다시 생각하니 윤수의 기분이 마치 늪에 빠진 것처럼 속절없이 가라앉았다.

"뭐? 와인?"

그녀는 괜히 방 안을 뱅글뱅글 맴돌다가, 쿵쿵 소리를 내며 창문 곁으로 다가갔다. 신선한 공기가 방 안에 들어온 지 아직 채 수 분도 되지 않았는데, 거칠기 짝이 없는 손길이 덧문을 쾅, 하고 닫았다.

"흥, 나도 소주라면 두 병 정도는 거뜬히 마실 수 있다고!"

주량을 겨루는 승부도 아니고 그저 약하지 않다 뿐이지 술을 그다지 즐기는 편도 아닌데, 갑자기 왜 이렇게 기분이 저조해졌는지 모르겠다. 그 뒤 뜬눈으로 밤을 지새우며 다시 한 번 곰곰이 생각해 보았지만, 정말 그녀 자신도 도통 영문을 알 수 없는 일이었다.

*　　*　　*

"마녀님."

비장한 얼굴을 한 페라트가 저를 찾아온 것은 늦은 오후였다.

"왜요? 페라트 씨, 무슨 일 있어요?"

카이트와는 처음부터 야, 너, 해가며 거리낌 없이 반말을 해댔기에 지금도 오히려 존댓말이 더 어색하지만, 페라트는 달랐다. 그는 시종일관 제게 매우 깍듯했으며 심지어는 나이도 (책 속에서는) 윤수보다 더 많은 것으로 설정되어 있다. 그렇다 보니 그녀는 페라트를 아무래도 편하게 대할 수만은 없었다.

게다가 그는 카이트와는 달리 가끔은 무슨 생각을 하고 있는지 전혀 파악을 할 수 없는 남자라 더욱 그랬다.

"일생일대의 중요한 부탁이 있습니다. 들어주실 거죠."

"그게 뭔데요?"

"우선 들어주신다고 약속해 주세요."

그런 그가 이런 식으로 이야기를 시작한다면, 그게 무슨 내용이 되었든 우선은 경계부터 하고 보는 게 맞았다.

"무슨 부탁인지 먼저 들어나 봐야죠."

윤수도 지지 않고 기 싸움을 벌였다.

이 냉정한 남자가 이렇게까지 얼굴이 새파랗게 질려 저를 찾는 데는 분명 이유가 있을 것이다.

"솔직하게 말씀해 주시기 전까지는 듣지 않을 거예요."

그녀가 생각보다 더 완강히 버티자 페라트는 하는 수 없다는 듯이 크게 한숨을 쉬었다.

"……춤 상대를 좀 해 주셔야겠습니다."

"네? 춤 상대요? 대체 누구의?"

"누구긴 누구겠습니까? 제 노력을 알아주긴커녕 오히려 화만 버럭 내는 저 불퉁한 주인님이시지."

아랫입술을 지그시 깨문 채 계속해서 한숨을 푹푹 내쉬는 그는 정말로 단단히 토라진 듯 보였다.

"내가 카이트 님을 꽃의 기사로 만들어 드리기 위해 얼마나 노력하는데. 정말 너무하신다, 너무해."

페라트는 줄곧 혼잣말을 중얼거렸다. 그렇게 울분을 삼키다가 윤수가 저를 호기심 어린 눈길로 쳐다보고 있다는 걸 깨닫자 언제 그랬냐는 듯 고개를 꼿꼿하게 세운 채 주름 하나 없는 윗도리를 탁탁 펴며 말했다.

"지금 당장 저와 함께 가주시겠습니까? 좀 더 자세한 이야기는 카이트 님과 직접 나누어 보시죠."

윤수도 그런 그의 앞에서 차마 싫다는 대답은 할 수 없었다.

* * *

예상대로였다. 그저 소파에 깊게 몸을 묻고 팔짱을 낀 채, 아까부터 똑같은 말을 지치지도 않고 끊임없이 되풀이하는 모습이 말이다.

"나는 괜찮으니 걱정하지 마라."

"그렇지만 카이트 님, 문제는 제가 괜찮지 않다는 데에 있습니다. 카이트 님이 너무나 걱정이 되어서 말입니다."

"춤은 벌써 열 살 때 전부 배웠다고 말하지 않았나? 그때도 결코 엉망이라는 소리는 듣지 못했는데."

"하지만 그게 벌써 몇 년 전 일입니까? 게다가 당시 아무리 열심히 배우셨다고 해도, 황자님은 무도회에 나가보신 적이 한 번도 없잖습니까. 그저 교습을 받은 것과 실제 상대의 손을 잡고 음악에 맞춰 춤을 추는 건 하늘과 땅만큼 다릅니다."

"너는 평소 나를 너무 무시하는 경향이 있어."

이쯤 되니 이게 무슨 상황인지는 윤수도 모르는 바가 아니었다.

무도회라고 하면 역시 그것 아닌가.

교양 있는 미소를 머금은 우아한 부인들이 서로 살벌하게 실력을 겨루는, 그야말로 여자들의 찬란한 전쟁터!

"그러다 공주님 앞에서 기어코 망신을 당하게 되면 어쩌실 셈입니까? 아니, 차라리 망신만 당하면 오히려 다행입니다. 타국의 여왕 폐하께 거짓말을 했다는 게 전부 들통나 버리면 어쩝니까. 게다가 춤은 제각기 버릇이나 습관 같은 것들이 다 다릅니다. 그 어떤 아가씨도 똑같지가 않다고요. 물론 저라면 그것을 다 맞춰 줄 수 있겠지만, 아직 카이트 님에게는 무리입니다."

아니, 이게 무슨 근거 없는 자신감이야?

이제 보니 페라트와 카이트는 서로 굉장히 닮은 사이가 아닌가 싶다. 그렇게 생각하며 슬쩍 본 페라트의 얼굴은 장난스러운 기운이라고는 조금도 찾아볼 수 없었다.

"페라트 씨, 진짜 그렇게 춤을 잘 추세요?"

"물론이죠. 제가 못하는 것은 없습니다."

그 말도 전혀 농담처럼 들리지 않았다.

윤수는 페라트에 대해 제가 묘사해 놓은 부분을 슬그머니 머릿속에 떠올렸다.

『모든 일을 척척 처리해 내는 페라트는 그야말로 유능함의 상징이었다. 그는 더할 나위 없이 똑똑하고, 부지런했으며, 또한 뭐든지 할 수 있는 심복이었다.』

생각해 보면 그는 아침 일찍 일어나서 밤늦게 잠들기까지, 하루 종일 성 안팎을 두루 챙기느라 매일 눈코 뜰 새 없이 바빴다. 카이트를 방문하는—물론 북쪽 성을 일부러 찾는 자들이 그렇게 많지는 않지만—손님들의 응대나 하인들의 휴가 처리 및 급여 지불, 그의 영토에 무더기로 묻혀 있는 철광석이 탐이나 광산을 개발하고자 오는 개발자들과의 상담까지 모두 페라트의 몫이었다.

윤수는 직접 목격한 장면 하나를 또다시 머릿속에 떠올려 보았다.

“저어, 마녀님. 실례지만 페라트 님이 지금 어디에 계시는지 아세요?”

복도를 가로질러 방으로 돌아가려는 저를 헐레벌떡 잡은 것은 성의 주방장이었다.

“네, 저기 뒤뜰 쪽에 계시는데요. 근데 왜요?”

“아, 감사합니다. 저번에 새로운 스튜 조리법을 알려 주셨는데, 그게 엄청 호평이었거든요. 이번에 다시 한 번 만들려고 하는데 잘 안 돼서 여쭤보려고요! 아무튼 고맙습니다!”

그렇게 말하고 뚱뚱한 배를 흔들면서 마구 뛰어가던 주방장의 모습이 뇌리에 선하다.

게다가 어디 요리뿐인가? 저 콧대 높고 사치스럽기로 유명하다는 미틀러렌의 공주를 상대로 편지도 척척 써내고, 이제는 카이트의 춤 실력까지 걱정해 주어야 한다니. 혹시 ‘뭐든지 할 수 있는 심복이었다.’라는 한 문장이 이 유능한 남자를 슈퍼 일개미로 만들어 버린 것은 아닐까. 그것도 세상에서 가장 골치 아픈 사람을 주인으로 모시고 말이다. 그러니 제가 정말 미안해해야 할 사람은 카이트가 아니라 페라트일지도 모른다. 슬쩍 고개를 드는 죄책감을 애써 꾹꾹 밟으면서 윤수가 물었다.

"그러니까 지금, 한 번도 무도회에 나가보지 못한 3황자를 위해 저보고 연습 상대가 되어 달란 말씀이시죠?"

그러자 페라트가 고개를 마구 끄덕이며 답했다.

"네. 그렇습니다."

"그런데 죄송하지만 저도 춤은 못 추는걸요. 애초에 제가 있던 세계는 무도회 같은 게 그리 흔히 열리는 곳도 아니었고요. 그런데 3황자가 설마 몸치인 건 아니겠죠? 안 그러면 페라트 씨가 이렇게 난색을 표할 리가……."

"뭐? 지금 감히 누구더러 몸치라고 하는 건가!"

예상대로 거칠게 항의하는 카이트의 모습에 윤수가 킥킥 소리 내어 웃었다. 하지만 페라트의 구겨진 미간은 도통 펴질 줄 몰랐다.

그는 주머니에서 돌돌 말린 작은 천 조각을 하나 꺼내 그녀의 눈앞에 들이밀었다.

"이것을 보십시오."

그것은 가장 최근에 받은 공주의 답장이었다.

친애하는 카이트 님.

에른테페스트 축일이 앞으로 얼마 남지 않았군요. 곧 만나 뵐 수 있다고 생각하니 가슴이 설레어 잠이 오지 않

을 지경이랍니다.

……중략……

사실은 말씀드리기 부끄럽지만 카이트 님께 미움을 사고 싶지는 않으니 솔직히 이야기하겠습니다.

저는 사실은 춤에 무척 서투릅니다.

얼마나 서툰가 하면 어디 가서 남들 앞에 선보이기 부끄러울 지경이랍니다.

덕분에 제 모친이신 프란카 여왕께서도 무도회가 열리는 날이면 늘 이마에 주름을 지우지 못하셔요.

그래서 말인데, 여기 여왕 폐하로부터의 전언을 알려드리고자 합니다.

여왕께서 말씀하시기를, 다른 건 전부 제 뜻대로 해도 좋다고 하셨지만 오로지 딱 하나, 춤에 대해서만큼은 그 실력이 확실하신 분이 꽃의 기사였으면 좋겠다는 의사를 전달하셨답니다.

그러니 이런 말씀을 드린다고 해서 부디 노여워하지는 말아 주세요.

물론 꽃의 기사에 대해 먼저 제안을 드린 건 제 쪽이었으나 프란카 여왕께서 이리 말씀하신 이상, 이 부분은 꽃의 기사를 결정하는 데 있어서 굉장히 중대한 사항이 되

고 말았습니다.

에른테페스트 무도회 당일 날 그저 다른 내방객들에게 민폐를 끼치지 않기를 바라는 마음이시니, 부디 너그러운 양해를 부탁드려요.

나라 최고의 검술 실력에 대해서는 익히 알고 있었습니다만 춤 실력은 어떠실지 몹시 궁금하군요.

물론 저는 개인적으로 매우 훌륭하신 리드를 하실 수 있는 분이라 믿어 의심치 않습니다…….

"그러니까 이, 이게……."

윤수가 놀란 목소리로 말을 더듬자 여전히 침묵 중인 카이트의 눈썹이 더욱 불쾌하다는 듯 구겨졌다.

그 대신 입을 연 것은 페라트였다.

"네. 실제로도 그게 그녀의 가장 큰 열등감인 것 같더군요. 무도회야말로 사교계에서 열리는 진검승부의 장이니, 일국의 공주가 춤에 서툴다는 것은 웃음거리가 되긴 하겠지요. 어쩐지 그 전부터 계속 춤 이야기를 하면서 제 실력을, 아니 카이트 님의 솜씨를 떠본 적이 여러 번 있었답니다."

"대체 공주가 얼마나 춤을 못 추면 이럴까요?"

"물론 아주 형편없지야 않겠지만, 프란카 여왕은 매우 엄격한 분이라, 미틀러렌을 대표하는 공주의 그런 모습을 용납하지 못하실 겁니다."

"그래서 페라트 님께서는……."

"물론 매우 잘 춘다고 썼습니다."

"이미 답장도 보내셨어요?"

"물론입니다. 이제 와서 못한다고 할 수는 없잖습니까?"

"푸하핫!"

윤수는 더 이상 참을 수 없었다. 크게 폭소가 터지려는 찰나, 저를 못마땅하다는 듯 노려보는 카이트의 시선을 발견하고는 황급히 입을 막았다.

"저는 거짓말하지 않았습니다. 실제로 제 손을 잡고 싶어 하는 아가씨들이 못해도 한 무도회당 수십 명씩은 족히 줄을 서니까요."

"그건 네 이야기이지 않나!"

결국 카이트가 벌떡 몸을 일으켰다.

"이제 와서 연습을 하겠다고 초대받지도 않은 무도회를 참석할 수는 없는 노릇이다. 그리고 다시 한 번 말하지만, 내 의사도 묻지 않고 먼저 거짓말을 한 건 너이니, 내가 다소 서툴다 해도 어쩔 수 없겠지."

하지만 페라트는 냉정했다.

"그건 있을 수 없는 일입니다, 카이트 님. 춤도 검술처럼 경험이 매우 중요한 부분을 차지하는 것이죠. 그러니 여기 마녀님의 도움을 청해 반드시 완벽해지실 때까지 연습하셔야 합니다."

마치 엄격한 선생님처럼 입술 끝을 아래로 내리고는 그를 타이르듯 하는 페라트의 목소리에, 어안이 벙벙한 건 윤수도 마찬가지였다.

"네? 하지만 저도 춤은 못 춘다고 아까 분명히 말씀드렸는데요."

"마녀님."

그는 몸을 휙 돌려서 그녀의 옆으로 저벅저벅 다가왔다.

"우리 그 수첩을 씁시다."

"네?"

이게 무슨 농담인가 싶어 피식 웃음을 지으려는데, 한없이 진지한 페라트의 얼굴이 눈에 들어왔다.

그는 계속해서 열변을 토해 냈다.

"매일 하나씩 새로운 전투 기술을 습득하시고, 누구보다 열심히 그것을 연마하시는 자세는 참 훌륭하다고 생각합니다. 하지만 이왕 만능 숙녀가 되시는 김에, 춤도 한번 제패를 해 보심이 어떨까요!"

"하, 하지만……."

"부디 우리 카이트 님을 이끌어주세요. 늘 검이나 휘두르고 다니는 거친 사내의 면모는 질리도록 봤습니다. 그보다 제가 원하는 건, 사교계의 꽃들을 줄 세우는 완벽한 신사라고요. 죽기 전에 딱 한 번만이라도 좋으니, 그런 주인님을 볼 수 있다면 아무런 여한이 없을 것 입니다."

그는 구구절절 열변을 토하며 윤수의 두 손을 덥석 잡았다.

"도와……주실 거죠?"

어느새 페라트는 안 그래도 살짝 처진 눈초리를 더더욱 아래로 추욱 내려뜨리고 있었다. 그 모습이 마치 비 맞은 불쌍한 강아지 같아서, 그녀는 아무 말도 하지 못했다.

* * *

그들은 즉시 수업에 들어갔다. 윤수에게는 물론, 너무나 간단한 일이었다.

부드럽고 두툼한 가죽 위에 검은색 잉크로 소원을 적어 넣자마자 음악에 맞춰 저절로 발이 움직였다.

흐르는 물처럼 유연하게 휘어지는 몸짓을 따라 드레스의 풍성한 레이스 자락이 봄바람처럼 휘날렸다.

여느 귀부인 못지않게 섬세하고 우아한 손짓은 모두의 입을 딱 벌어지게 만들었다.

"과연 마녀님의 수첩은 대단하군요!"

제가 말하던 게 바로 이거라며 페라트가 박수를 치고 좋아했을 정도로 윤수의 능력은 완벽했다. 심지어 도리스는 윤수를 향해 그 어떤 영애가 와도 절대로 이기지 못할 춤의 여왕, 이라는 칭찬까지 쉴 새 없이 쏟아 냈다.

하지만 역시 문제는 카이트였다.

막상 실전에 들어가니 검을 휘두를 때는 그토록 날렵했던 몸이, 춤을 추기 위해 움직일 때는 그저 풀을 잔뜩 먹인 천처럼 뻣뻣했다.

단단하게 굳은 돌 같은 몸을 교정시키기 위해 윤수는 그야말로 고군분투했다. 그러나 결국 둘은 크게 다투고 말았다. 아니, 다퉜다기보다는 카이트의 설움이 폭발했다고 하는 게 더 맞는 이야기일 것이다.

"미안해. 이제 화내지 않고 다시 차근차근 잘 가르쳐 줄 테니까, 응?"

살살 눈치를 보다가 저와 눈이 마주치자 배시시 웃는 그녀를 보며 카이트는 차마 더 이상 화를 내지 못했다.

대신 한숨을 내쉬며 속으로 이런 후회를 했을 뿐이었다.

'춤과 승마는 절대로 아는 사람에게 배우는 게 아니라는 말이 있다더니 그게 사실이었어.'

아닌 게 아니라 이건 그에게도 매우 당황스러운 일이 아닐 수 없었다. 몸이 이렇게 제 마음대로 되지 않은 것은 정말 처음이다.

"왼쪽, 왼쪽! 발이 뒤로 빠졌으니 팔은 왼쪽으로 돌려야지. 아, 팔만 왼쪽으로 돌리라는데 왜 또 몸이 같이 따라와?"

그러한 남의 속도 모르고 점점 더 거세게 절 책망하는 그녀를 향해 결국 카이트가 이렇게 선언했다.

"차라리 다시 한 번 더 교습소 선생을 부르면 불렀지, 이제 너한테는 배우지 않겠다!"

처음부터 잘하는 사람이 어디 있나!

그 일을 생각하니 또다시 카이트의 마음속에 설움이 꾹꾹 올라왔다. 어렸을 때도 신동이라는 소리를 들으면 들었지, 뭔가를 못한다고 혼난 적은 단 한 번도 없었다.

검이면 검, 공부면 공부.

모든 가정교사가 카이트를 천재라고 칭찬했었다.

그렇기에 이토록 주눅이 드는 기분은 매우 낯선 것인데, 절 혼내는 사람이 그녀라 더더욱 서러운 느낌이다.

"미안해. 응? 이제 면박 주지 않을 테니까 다시 한 번만 더 해 보자."

하지만 이쯤 되니 절로 오기가 생긴다. 다음에는 절대로 실수하지 않고 한 번에 성공시켜 보이리라는 투지도 샘솟았다.

"좋아, 그럼 다시 해 보지."

그는 그녀의 곁으로 바짝 다가서서 허리를 크게 감싸 안았다. 그러자 넓고 단단한 어깨가 그녀의 이마에 닿을 정도로 성큼 다가왔다.

"준비 됐나?"

"응, 시, 시작해."

그 말이 떨어지자마자 저를 안은 카이트의 손에 힘이 실렸다. 그리고 그럴 때마다 윤수의 심장은 저 홀로 펄쩍펄쩍 뜀박질을 해 댔다.

사실 그래서 더 엄격하게 군 것도 있었다.

몸 안은 너무 좁다며 마치 항의라도 하듯 쿵쿵 발길질을 해 대는 이 녀석을 일단은 진정시켜야 했으니까.

아, 게다가 드레스의 옷감이란 건 왜 이렇게 죄다 얇은 것들뿐인지. 커다란 손에서 느껴지는 따듯한 온기가 허리 부근에 고스란히 흘러들어온다.

그의 부드러운 리드를 따라 천천히 이끌려가는 윤수의 목 뒤에서 어느새 땀이 송골송골 돋았다.

사실 이 정도라면 굳이 춤을 추지 않아도 괜찮지 않을까?

그러니까 이런 자세로 가만히 서 있기만 해도 공주 역시 틀림없이 저와 같은 기분을 느낄 테니 말이다. 품에 안겨 있다고 해도 무방할 정도로 가까운 거리인데, 여기서 가슴이 두근거리지 않을 여자는 아마 단 한 명도 없을 것이다.

그걸 의식하자마자 상황은 역전되었다.

연신 자잘한 실수를 연발한 것은 이번에는 윤수 쪽이었다.

"왜 그러지? 혹시 내가 너무 빠른가?"

"아, 아니 괜찮아."

그 이후로 두 사람은 꽤나 오랫동안 춤을 추었다.

페라트도, 도리스도 침실로 돌아가고 없는 늦은 밤의 홀.
느린 템포의 잔잔한 음악은 없지만 아주 조금 가빠진 그의 호흡이 귓가에 따스하게 스몄다.
창 가까이로 크게 다가온 하얀 달을 바라보며 윤수는 오늘도 거의 하루 종일 그와 붙어 있었다는 사실을 새삼스럽게 떠올렸다. 물론 카이트와는 이미 오래전부터 거의 매일 상당한 시간을 함께 보냈기에, 이처럼 둘만 있는 순간이 그리 어색하게만 느껴지는 것은 아니었다.
다만 거칠게 부딪치던 차가운 검 대신, 벨벳 장갑이 껴진 손을 부드럽게 맞잡았을 뿐이다.
격렬한 격투 연습 끝에 헉헉대며 뿜어져 나오던 거친 숨소리가 살짝 달아오른 호흡으로 바뀐 것뿐이다. 하지만 그렇게 제아무리 다독여 봐도 견딜 수 없이 낯선 것이 하나 있었다.
바로 벽에 달린 커다란 거울 속에 비친 서로의 모습이었다.
드레스를 입은 자신과, 몸에 딱 맞는 연미복을 입은 카이트가 마치 한 쌍의 다정한 연인처럼 우아하게 춤을 추고 있었다.
'평소처럼 흙이나 먼지를 잔뜩 묻힌 지저분한 모양새를 하고 있었더라면 차라리 나았을 텐데.'
결국 그녀는 심장 근처를 맴도는 이 불편한 기운을 참지 못하고 큰 한숨을 토해내듯 내쉬었다.
그러다 거울 속의 그와 눈이 마주친 순간.

"나한테 집중해야지. 선생님이 한눈을 팔면 어떡하나?"

카이트가 기다렸다는 듯 미소를 지었다.

"미안."

또 한 차례 심장이 뛰었다. 어느새 윤수의 볼에 홍조가 살짝 배어 있었다.

"이런 수업도 나쁘지 않군."

"뭐?"

몸 안의 요란스러운 박동에만 온 신경을 기울이고 있던 윤수가 재차 물어왔다.

"아무것도 아니다."

하지만 카이트는 여전히 미소를 머금은 채였다. 무엇이 그를 그리 기분 좋게 했는지, 아무리 생각해 봐도 그 이유를 알 수 없는 불가사의한 미소였다.

* * *

서신이 오고 가는 횟수는 갈수록 순조롭게 늘어났다.

그건 그녀가 집으로 돌아갈 수 있는 시간이 점차 가까워지고 있다는 걸 의미했다. 그런데 윤수는 정작 기분이 그저 그랬다. 무얼 해 보아도 마치 돌멩이를 잔뜩 삼킨 것처럼 가슴께에서 답답한 기운이 영 사그라들질 않았다.

이젠 거의 단짝이라고 불러도 될 만큼 서로 짝짜꿍이 잘 맞는 도리스조차도 요즘은 그녀의 눈치를 살피느라 하루가 바빴다.

'아휴, 바서 님께서 요즘은 왜 이렇게 저기압이실까. 뭔가 기분 나쁜 일이라도 있으신 거예요? 아무한테도 말하지 않을 테니 저라도 좋다면 털어놔 보세요. 원래 마음속에 담아두는 건 좋지 않다고들 하잖아요. 아무에게도 말하지 않을게요. 제 주인이신 카이트 님이 물으신다 하더라도 절대로 발설하지 않겠어요.'

하지만 그런 도리스에게조차 윤수는 그 어떤 말도 할 수가 없었다.

대체 왜일까?

하지만 페라트는 성의 분위기가 흉흉해지든 말든 매일같이 두 사람을 불러놓고 성실하게 보고를 했다. 오늘은 제가 어떤 이야기를 썼고, 무슨 주제로 그녀의 환심을 샀는지 말이다. 나중에 공주와 카이트가 직접 만났을 때 들통이 나지 않게 하려면 이런 회의와 보고를 하루에도 몇 번씩 반복해도 절대 모자람이 없다는 것이 이 은발머리 청년의 강력한 주장이었다. 하지만 윤수는 사실 그때마다 고문과도 같은 지독한 시간을 남몰래 견뎌야만 했다.

그도 그럴 것이.

카이트 님은 무서운 분이신 줄 알았는데 알고 보니 사실은 매우 솔직하고 자상한 분이군요.

라든지,

페어라센에서 살다온 여인을 새 하녀로 채용했습니다. 그녀가 말하길, 카이트 님은 그 어떤 황자보다 멋지고, 근사한 외모의 소유자라고 하더군요. 피에 굶주린 검사라는 말도 사실은 카이트 님의 실력을 시기하는 자들이 낸 소문에 불과하다고요. 만약 제가 카이트 님을 뵈었을 때 첫눈에 반해 버린다면…… 그러한 감정을 이룰 수 있기를 바라는 소망을 허락해 주실 건가요?

따위의 문장을 계속해서 들어야 하는 게 영 거북스럽기 짝이 없었기 때문이다.

독자님들도 생각해 보시라.

친하지도 않고 관심도 없는 옆자리 동료가 '저번 주는 오빠랑 어딜 가서 뭘 먹었고, 어제는 오빠와 몇 시까지 전화 통화를 하다 잤는지' 등의 본인 연애사를 매일같이 귓가에 대고 읊는다면 그게 얼마나 짜증 나겠는가!

물론 이런 회의라면 저 없이 둘이서만 하는 편이 더 좋지 않겠느냐고 여러 번 부탁해 보았지만 소용없었다.

'위험부담을 최소한으로 줄이기 위해서는 마녀님도 모든 것을 알고 계시는 편이 좋습니다. 꽃의 기사가 거느린 병사로 위장하든 뭐든, 2황자의 성에 들어가는 건 마녀님도 함께 아닙니까? 그

때 혼자만 손발이 안 맞는다고 생각해 보세요. 우리 계획이 들통나는 건 시간문제겠죠.'

그렇게 페라트가 절 어르듯 달랜 것은 물론이요,

'너는 빠지겠다고? 이봐, 아직도 혼자 도망칠 궁리를 하는 중이라면 그만두는 게 좋아. 네가 간 곳이 어디든 내가 끝까지 쫓아가서 찾아내고야 말 테니까.'

라고 카이트가 묘하게 절 협박하는 통에 윤수는 오늘도 꼼짝없이 슈타티스트 공주의 잘난 척을 경청해야만 했다.

아니, 정확히 말하면 잘난 척이라기보다는 남자를—페어라센의 제3황자를—향해 노골적으로 드러내는 호기심이라 해야 더 옳은 표현일 것이다. 아닌 게 아니라 슈타티스트 공주는 요즘 들어서 카이트에게 매우 호의적인 감정을 가지고 있었다.

페라트가 대신 쓴 편지가 퍽이나 마음에 든 건지, 그도 아니면 하녀들이 찧어대는 카이트의 잘생긴 외모에 대한 입방아에 마음이 동한 건지 알 수는 없지만 말이다.

그리고 그러한 감정이 절정에 다다른 날이 바로 오늘이었다.

'어젯밤 꿈을 꾸었습니다.'로 시작하는 편지를 읽어 내려가던 페라트의 입술이 잠시 멈췄다.

"왜 그래요?"

"아, 아닙니다. 흠, 흐음. 그럼 마저 읽겠습니다."

아주 찰나의 순간이었지만 당황하는 페라트의 모습은 평소 좀처럼 보기 힘든 거였다. 그리고 그가 내비쳤던 난감한 눈빛의

원인이 무엇이었는지 바로 알 수 있었다.

공주가 보내온 편지에는 너무나도 노골적인 이야기가 쓰여 있었다.

“꿈에 카이트 님이 제게 다정하게 키스를 해 주셨습니다. 조금 부끄러웠던 저는 품 안을 빠져나가려고 했으나 워낙 단단하게 안겨 있어 불가능했던 것 같았어요. 황자님의 부드러운 입술이 닿았고, 곧이어 뜨거운 혀가 제 입술을 가르고 들어왔답니다. 저도 모르게 내뱉은 신음 소리가 귀를 자극했던 것일까요? 곧바로 목구멍이 턱턱 막힐 정도로 거친 혀의 움직임에 저는 꼼짝도 할 수 없었지요. 그리고 황자님의 손이 제 드레스를 거칠게 내리던 순간, 눈을 뜨고 말았죠. 조금 더 솔직하게 말씀드려도 될까요? 너무나 아쉬웠습니다. 하지만 어쩐지 이런 일이 곧 실제로 일어날 것만 같아 몹시 기대가 되는군요…….”

윤수의 입이 쩍 벌어졌다.

공주도 공주지만, 저걸 눈 하나 깜작 않고 그대로 읽어 내려가는 페라트도 대단하다고 생각하던 찰나.

울분을 참지 못한 도리스가—그녀는 성의 일개 하녀이지만 윤수가 매우 의지하는 사람이었기에 특별히 이 회합에 낄 수 있는 자격을 부여받았다—기어코 큰 목소리로 외쳤다.

“아니, 그 공주는 왜 남의 나라 황자한테 보내는 편지에 지 야설을 쓰고 지랄이래요?!”

페라트는 평소 그런 품위 없는 욕설을 가장 싫어했다.

게다가 그 상대가 왕족이니, 불호령이 떨어지고도 남을 일이었으나 도리스는 도무지 참을 수 없었던 모양이었다.

그러나 지금은 페라트도 아무 말 하지 못했다.

그는 한참을 말없이 부들부들 떨다가 갑자기 크게 외쳤다.

"카이트 님. 해냈습니다, 드디어 제가 해냈다고요! 공주님의 이런 감정이 진짜라면, 꽃의 기사 자리는 그야말로 우리들이 따 놓은 당상입니다!"

그는 격한 기쁨을 이기지 못해 발까지 마구 굴러댔다.

윤수는 이렇게 흥분한 페라트를 처음 보았다. 하지만 당사자인 카이트는 되레 기분이 나빠진 듯싶었다.

"그게 그렇게까지 기쁜 일인가?"

미간을 찌푸리고 있는 카이트와 달리, 페라트는 이미 아무것도 들리지도, 보이지도 않는 모양이었다.

"사실 이제 와서 드리는 말씀이지만, 줄곧 얼마나 불안했는지 모릅니다. 제아무리 공주님이 먼저 꽃의 기사를 요청했다고는 해도 언제든 그 의사를 철회하면 그만이잖습니까? 더 마음에 드는 상대가 나타날 수도 있을 테니까요."

그는 계속해서 방 안을 흥분된 발걸음으로 뱅글뱅글 맴돌며 외쳤다.

"역시 여성의 마음은 와르르 무너뜨려서 함락시키는 게 아닌, 단 한 순간에 잽싸게 훔치는 것이 맞다고 믿었던 제 이론이 통한 겁니다!"

"하지만 조금도 관심 없는 여자에게 그런 소리를 듣는 건 남자에게도 굉장히 기분 나쁜 일이다. 속이 다 울렁거리는군!"

짜증이 가득 섞인 말투였다. 평소 같았으면 그런 주인의 비위를 맞춰 줬을 법했지만, 지금은 그 어떤 말도 최고조에 달한 페라트의 기쁨을 꺾을 수는 없었다.

"후훗, 하하하! 자, 이제 남은 건 꽃의 기사로서의 위엄을 드러낼 연미복을 맞추는 일뿐이군요. 색깔은 무엇으로 할까요? 보통 눈에 확 띄려면 은사가 섞인 밝은 회색이나 짙은 와인색이 정석이겠습니다만, 역시 그건 좀 흔하지요? 아, 이러고 있을 때가 아니지. 오오, 마침 도리스가 여기 있었군요. 어서 시녀장을 불러와 주지 않겠어? 당장 내일 수도에서 제일가는 의상소 사람을 들여야 할 테니까!"

"네? 아, 네에……."

하지만 도리스는 그저 넙죽 대답만 할 뿐 좀처럼 움직이질 않았다.

"얼른 가지 않고 뭘 하는 것이지?!"

"알겠습니다."

그가 재차 채근하자 그녀는 그제야 무거운 엉덩이를 일으켰다. 그러나 그 발걸음은 마치 무거운 돌 여러 개를 단 듯 느리기만 했다. 아까부터 옆에서 정말로 무서운 마녀라도 된 듯 험상궂은 얼굴을 한 채 말없이 조용히 앉아 있는 윤수의 눈치를 살살 보느라고 말이다.

* * *

"후우. 이제 좀 잠깐 쉬자."

카이트의 관자놀이를 타고 굵은 땀방울이 쉴 새 없이 흘러내리고 있었다. 하지만 윤수는 막무가내였다.

"허억, 헉. 한 번만, 응? 한 번만 더 해."

이미 체력의 한계를 넘은 듯 파리해진 입술. 그의 눈가가 걱정스럽게 구겨졌다.

"안 돼. 너무 무리하는 건 좋지 않다고 했잖아."

"글쎄 난 괜찮다니까……!"

동시에 힘이 빠진 손에서 스르륵 미끄러져 내려간 검이 챙그랑! 소리를 내며 바닥을 굴렀다. 이런 그녀의 모습은 매우 낯선 것이었다. 덕분에 그는 적잖이 놀라고 말았다.

"대체 왜 그러는 거지?"

"……아무것도 아니야. 미안."

그녀는 황급히 허리를 굽혀서 바닥에 떨어진 검을 쥐었다. 회사에서나 집에서나, 대부분 컴퓨터 자판을 두드리는 것뿐이었던 손이 어느새 많이 거칠어져 있었다. 매일매일 하루 평균 네다섯 시간씩 무거운 검을 쥐고 휘둘러댄 탓이었다. 살이 빠진 자리에는 탄탄한 근육이 차올랐다. 그리고 그런 몸의 변화는 윤수를 더욱 날렵하게 만들어 주었다.

"……네 말대로 조금 쉬어야겠어."

절 가만히 응시하는 시선을 피한 채 그녀는 갈라져서 피가 배어나오는 손등을 아무렇게나 쓱쓱 문질렀다. 눈가가 절로 찌푸려질 정도로 쓰라린 상처였지만 조심하긴커녕 더 거칠게 다루고 싶은 가학적인 욕구가 샘솟았다.

'아파.'

손등에 난 상처가 다 벌어지도록 마구잡이로 문지를 때는 언제고, 알싸한 통증이 손 전체에 퍼지니 그건 또 그 나름대로 그녀의 신경을 곤두서게 만들었다.

페라트가 만사를 제치고 꽃의 기사 준비에만 매달려 매일 열일하는 동안 윤수는 마치 무예 사관학교에 입학한 것 같은 나날들을 보내고 있었다. 아침 먹고 검술 훈련, 페라트와의 회의, 점심 먹고 또 방어구 훈련, 그 뒤 타격술 훈련까지. 마녀의 작은 수첩에는 한 줄짜리 소원이 하루가 멀다 하고 매일 빼곡하게 채워져 갔다.

검술을 익히니 방어구에 대한 올바른 지식이 필요했고, 방어구도 검도 다 집어던졌을 때의 상황을 계산하니 상대를 제대로 제압할 타격술이 배우고 싶어졌다. 물론 수첩 덕에 그녀의 기술은 나날이 풍요로워져 갔지만, 그녀가 이렇게까지 출중하게 발전할 수 있었던 건 비단 수첩 때문만은 아니었다.

검술과 방어술을 어느 정도 익힌 윤수를 데리고, 카이트는 제가 알고 있는 모든 실전 경험을 아낌없이 전수해 주었다. 거의 쏟아 부었다고 말해도 좋을 정도로.

덕분에 그녀의 실력은 날로 일취월장했다.

황국의 그 어떤 누구보다 훌륭한 선생이 그렇게 매일같이 옆에 딱 붙어 물심양면으로 가르쳐 주니, 아무리 둔한 사람이라도 실력이 늘지 않고서는 배기지 못하리라.

물론 몸은 단 하루도 녹초가 되지 않는 날이 없었다.

베개에 머리만 댔다 하면 즉시 곯아떨어지고 마는 힘겨운 나날들이었지만 그녀는 차라리 그렇게라도 되어서 다행이라고 진심으로 생각하고 있었다.

"아웃, 따가워."

말은 그렇게 하면서 점점 더 신경질적으로 터진 상처를 문지르고 있던 찰나였다.

"이리 와 봐."

뒤에서 흘러나오는 자상한 목소리보다도 더 부드러운 손길로, 그가 그녀의 손을 잡았다. 카이트와 하도 엎치락뒤치락한 시간이 많다 보니 이제는 손을 잡거나 어깨를 안는 것쯤은 일도 아니었다. 물론 저 엎치락뒤치락이라는 건 문자 그대로의 의미였다. 설렘과 두근거림은 조금도 없는, 아니 설령 그런 마음이 들었다 한들 아주 약간의 티도 내서는 안 되는 무미건조한 나날들이었다. 카이트와 저 사이에 함께 보낸 것들이라는 게.

제아무리 머리를 쥐어뜯고 고민해 보았자, 남녀 사이에 싹 트는 핑크빛 감정 같은 건 자신에게 주어진 몫이 아니었다. 그뿐만 아니라 시간이 지나면 지날수록 자꾸만 주변에 있는 모두와 깊은 정이 들어 몹시 곤란했다.

왜냐하면 그럴 때마다 원래의 세계로 돌아간다는 사실에 그리 기뻐하지 않는 또 다른 자신이, 저도 모르게 불쑥불쑥 튀어나오기 때문이었다.

애초에 책 안의 세계로 끌려 들어온 건 상상조차 할 수 없을 정도로 해괴한 일이고, 그것을 애써 받아들인 후 생각할 수 있는 목적은 오로지 하나밖에는 없었다.

자신이 살던 곳으로 돌아가는 것.

하지만 새로이 솟아나는 이 감정들 덕분에 원래의 결심마저 흔들린다면, 그것은 과연 제게 정말 필요한 것이라 말할 수 있을까?

윤수는 그 물음에 이미 대답을 해 놓은 상태였다.

그러나 지금 이 순간 그녀가 무슨 생각을 하고 있는지 알 길이 없는 카이트는 오로지 상처에만 온 신경이 쏠려 있었다. 그는 빨갛게 벌어진 살 틈을 보며 저도 모르게 쯧 하고 혀를 찼다.

"흉이 질 것 같군."

"괜찮아. 가서 도리스한테 약 발라 달라고 하지, 뭐."

최대한 아무렇지 않은 목소리로 정중히 거절했음에도 불구하고, 그는 그녀의 손을 놓아주지 않았다.

"거기까지 갈 필요 뭐 있어. 이리 앉아 봐."

카이트는 평평한 바위를 찾아 그 위에 걸터앉으며 자신의 옆

자리를 손으로 탁탁 쳤다.

“내가 요즘 너 때문에 별걸 다 가지고 다닌다.”

그가 안쪽의 주머니에서 꺼낸 것은 조그마한 나무 상자였다. 달칵거리는 소리와 함께 뚜껑을 열자 기분 좋은 멘톨향이 솔솔 풍겨 왔다.

“너 말이야, 원래 세계에서의 네 본분을 잊은 거 아닌가? 그게 아니면 그쪽에서의 직업 역시 검투사였다는 걸 내게 숨겼다든가.”

“…….”

농담으로 한 말이었지만 어쩐지 그녀의 기분이 나아지기는커녕 또다시 어둡게 가라앉은 것 같다.

제 눈치를 보면서 듬뿍 뜬 약을 살살 발라주는 그의 손길이 하나도 아프지가 않아서, 윤수는 괜히 울고 싶은 기분이 되고 말았다.

카이트도 한동안 말이 없었다. 그러다가 이내 나지막한 한숨을 내뱉고는 조심스럽게 입을 열었다.

“낯선 곳으로 끌려온 네 기분이 어떨지 솔직히 전부 이해할 수 있는 건 아니지만, 이곳에서의 시간이 점점 길어질수록 많이 힘들 거라는 것 정도는 나도 알고 있다.”

아무한테도 이야기하지 않았지만, 사실 그는 근래 윤수 덕분에 속을 끓이느라 잠도 잘 청하지 못할 지경이었다.

그녀는 최근 부쩍 말수가 줄었다. 제 손에 의해 이곳에 끌려온 초기와는 사뭇 다른 모습이다.

예전에는 제가 곤란할 정도로 마구 뻗대거나, 기가 죽기는커녕 소리를 지르는 절 향해 같이 욕설을 날릴 정도로 맞받아칠 줄 아는 여자였다. 그런데 요즘은 어두운 표정이 눈에 띄게 늘었다. 카이트에게 들킨 것만 해도 벌써 셀 수 없을 정도였으니 말해 무엇할까.

그는 윤수의 우울함의 원인이, 뜻하지 않게 길어지는 이 낯선 세계에서의 나날들 때문이라고 잘못 믿고 있었다.

"고개 들어 이쪽을 봐."

그녀의 손목을 잡고 있는 그의 손아귀에 어느새 아플 정도로 힘이 고였다. 어쩐지 속내를 들킬 것만 같아 별로 들어주고 싶지 않은 부탁이었지만 그의 목소리가 너무나도 절실했다.

결국 주문에 따라 천천히 고개를 들자 맑디맑은 붉은색 눈동자 하나가 그녀의 시선 안으로 들어와 커다란 별처럼 박혔다.

"무슨 수를 써서든 널 반드시 돌려보내 주겠다. 그러니 나를 믿어라."

한 자, 한 자에 진심을 담은 무거운 목소리.

솔직하게 털어놓고 싶은 이야기들이 그녀의 마음을 열고 튀어나왔다. 그것들은 목구멍을 타고 올라와 입안에서 마구 맴돌았다. 하지만 윤수는 그저 고개를 위아래로 끄덕이는 것으로 대답을 대신했다.

한 달 새에 벌써 계절이 사뭇 달라져 있었다.

그녀는 그동안 아무런 불편함 없이 지냈던 자신의 방을 가볍게 휘둘러보았다. 처음에는 아무것도 없었던 곳이었는데 어느새 제 취향의 물건들이 이것저것 많이도 놓여 있었다. 모두 도리스와 페라트가 매일같이 마음을 써 준 덕분이었다. 혹시라도 불편한 것은 없는지 늘 세심하게 보살펴 준 참 고마운 사람, 아니 캐릭터들이다.

그래, 이제 곧 2황자의 성으로 가서 지하 카브의 문을 열고 나면, 드디어 원래 세계로 돌아갈 수 있다.

잊지 않고 노트북에다가 그를 황제로 만든다는 문장 하나만 입력해 넣는 것이 자신의 임무였다.

그러면 끝나는 거다, 영원히.

아마도 카이트는 황후의 자리에 누구보다도 걸맞은 미틀러렌의 슈타티스트 공주와 결혼해 행복하게 잘 먹고 잘살겠지. …… 그런데 대체 뭐가 불만이라는 것인가. 녀석도 행복하게 살 거고 나도 원래 세계로 돌아가면 더 이상 볼일 없는 것인데.

옳거니, 혹시 혼자만 솔로로 올라오는 게 억울해서 일지도 모른다. 그렇다면 이참에 한 명 확 잡아서 끌고 가버려? 가령, 페라트라든가?!

그런 황당무계한 생각을 떠올려 보아도 가라앉은 기분은 좀처럼 밝게 떠오르지 않았다.

결국 이 모든 번뇌를 떨쳐 버리기 위해 그녀가 취할 수 있었던 행동은 고개를 마구 흔드는 것뿐이었다. 하지만 생각이 비워지기는커녕, 점점 더 복잡해져만 갔다. 그러던 와중에 아까 낮에 카이트가 조심스레 건넸던 이야기가 떠올랐다.

"대체 무슨 생각을 하고 있는 거지?"

걱정으로 잔뜩 젖어든 목소리가 지금도 귓가에서 울리는 것만 같다.

"응? 내가 뭐?"

"요즘에 자주 그러더군. 혼자 멍하니 뭘 생각하다가 갑자기 막 발을 구르기도 하고. 그러다가 팔을 파닥거리면서 저 멀리까지 쌩하니 뛰어가 버리고. 네가 그럴 때면 하녀들이 얼마나 무서워하는지 아는가? 마녀가 미친 건 아닐까 수군거린다고."

"어. 내가 그랬어?"

"응. 하루에도 수십 번씩."

내가 정말 그 정도로 그랬던가?

어느새 윤수는 울적한 얼굴로 가만가만히 숨을 내뱉었다.

자신이 그러는 동안 아마 대놓고 티는 못 냈어도 도리스는 속이 말이 아니었을 것이다. 그리고 가끔씩 얄미운 모습을 보이긴 했지만, 페라트도 분명 특유의 섬세함을 발휘해 뒤에서 여러모로 신경을 써 주었을 거고.

늘 제 안색을 살피고, 또 어디 불편한 곳은 없는지 매일같이 보살펴 주는 사람들에게 둘러싸여 편히 지내는 호사를 너무 당연하게 생각한 것은 아닐지.

자신이 직접 써내려간 캐릭터들을 만난 것만으로도 충분히 잊지 못할 추억이었는데 그들에게 이런 고마운 마음까지 받을 줄은 상상도 하지 못했던 일이었다.

작가인 자신에게 이보다 더 기쁜 일이 있을 수 있을까.

그런 생각을 하던 그녀의 눈에서 따듯하고 투명한 물방울 하나가 또르르 굴러 떨어졌다.

"아아, 밤이 되어서 그런가, 감성 폭발이네."

윤수는 쑥스러운 목소리로 그렇게 중얼거리며 눈가를 쓱쓱 문질렀다.

미틀러렌 왕국의 사절단이 국경에 도착하는 일자가 바로 내일이었다. 이 성에서 머물 날도 이제 사흘 정도밖에는 남지 않았음을 깨닫자, 또다시 멈출 수 없는 아쉬움이 차올라 울컥 눈가를 적셨다.

*　　*　　*

덜컹! 쾅쾅쾅!

시끄러운 소음과 함께 몸이 마구 흔들린 그때, 아직 주위는 캄캄했다.

'아침……? 아니, 아직 한밤중인가?'

밤늦게까지 뒤척이며 잠을 이루지 못한 윤수가 힘겹게 눈을 떴다. 그녀는 사실 막 잠이 든 터였다.

"도리스?"

처음에는 그녀가 저를 깨우는 것으로 여겼다. 하지만 그 순간.

우르르릉!

저 멀리서 기분 나쁘게 땅이 울었다.

그러자 기다렸다는 듯 방 안에 있는 화병이며 조그마한 거울 같은 소품들이 마치 나뭇잎처럼 흔들렸다.

"꺄아악!"

지진이다! 비명을 내지르면서도 그녀는 거의 반사적으로 그걸 생각해 냈다. 물론 살면서 지진을 단 한 번도 겪어 보지 않은 건 아니었다. 요즘은 한국에서도 꽤나 커다란 지진이 일어나고 있으니까.

하지만 그때는 겨우 책상 의자가 아주 미세하게 흔들리는 정도여서, 이렇게 큰 울림을 동반한 것과는 비교조차 할 수가 없었다.

덜컹, 덜컹. 쨍그랑!

덧창문들이 저들끼리 마구 몸을 부딪쳐 대고, 멀리서 화병이나 접시가 떨어졌는지 무언가가 날카롭게 깨지는 소리가 들렸다.

"흐으윽……!"

생각지도 못한 상황에 우왕좌왕하고 있던 찰나.

"어서 나와!"

문이 벌컥 열리며 나타난 것은 카이트였다. 그 역시도 꽤나 다급했던지 껴입은 셔츠의 단추를 겨우 세 개만 잠근 채 거친 숨을 몰아쉬고 있었다.

"이거 지, 지진이야?"

"빨리!"

그는 대답 대신 침대 위에서 벌벌 떨고 있는 윤수의 팔을 거칠게 낚아챘다. 그러고는 계속해서 요란하게 흔들리고 있는 건물의 밖으로 빠져나갔다.

"카이트 님! 지진 때문인지 말들이 죄다 흥분해서 상태가 좋은 녀석이 한 놈뿐입니다!"

마구간 옆에 서 있던 것은 페라트였다.

하지만 카이트는 그 말이 끝나기도 전에 윤수를 그대로 번쩍 들어 안장 위에 앉혔다. 그러고는 곧바로 본인도 자리를 잡고 앉아 다급하게 고삐를 틀어쥐었다.

"이랏!"

그는 저 멀리 하늘이 남빛으로 변하고 있는 방향을 향해 재빠르게 말을 몰았다. 웅웅대는 바람 소리가 귓전을 때렸다.

"내가 네 세계에…… 그때도…… 바로 지금과 똑같은 큰 지진……!"

덕분에 앞에서 무어라 외치는 황자의 말소리가 뚝뚝 끊어진 채 들려왔지만, 그 의미만큼은 고스란히 알아들을 수가 있었다.

마치 마음이 날카로운 칼에 설컹거리며 썰려나가는 것처럼 아파왔다. 말이 달리는 속도는 왜 이다지도 빠른 걸까. 말굽에 푹푹 패여 나가는 진흙마저 야속하다. 지진부터 시작해 모든 것이 너무 갑작스러웠다. 머릿속을 가득 채운 혼란을 몰아내려 윤수는 몇 번이고 심호흡을 했다.

'그곳에 도착해 버리기 전에 어서 결정을 내려야만 해.'

하지만 그렇게 다짐한 것도 잠시. 입가에는 어느새 자조적인 웃음이 배어났다.

결정? 대체 무슨 결정?

이것은 심각한 고민 끝에 겨우 내릴 수 있는 어려운 결정 같은 게 아니었다. 원래 있던 곳으로 돌아갈 길이 정말 생긴 거라면, 그 안으로 망설임 없이 뛰어들면 된다.

그러니 갈팡질팡할 이유가 어디 있는가?

윤수는 그렇게 마음먹고 뒤에서 체념하듯 고개를 끄덕였다.

"발밑을 조심해. 나뭇잎들에 가려져 땅 위에 튀어나온 뿌리가 안 보일 수 있으니까."

이제는 넘어지는 것 따위로 다칠 일은 없었다. 하지만 그래도 그녀가 걱정되는지 카이트는 조심스럽게 손을 내밀었다. 말의 고삐를 얼마나 정신없이 잡아댔는지 황자의 큰 손이 차갑게 식어 있었다. 윤수는 가장 체온이 낮다고 느껴지는 곳을 일부러 찾아 꼬옥 쥐었다.

그렇게 얼마쯤 걸었을까. 카이트의 발걸음이 우뚝 멈추었다.

"아……."

그곳은 그녀의 눈에도 이제 익숙했다. 한쪽 눈을 잃은 채 끊임없이 쫓기던 황자를 크게 삼켰다던 땅의 입구가 있는 곳이었다.

"……아무 일도 일어나지 않았군."

살짝 맥이 풀린 것 같으면서도 어딘가 안심한 듯한 목소리. 그의 말대로 땅은 멀쩡했다. 다만 방금 전 지진의 여파 때문인지 부러진 나뭇가지들의 잔해만이 툭툭 널려 있을 뿐이었다. 카이트는 그곳으로 다가가 발을 쿵 하고 굴렀다. 하지만 일어나는 건 아무것도 없었다.

검을 크게 휘둘러보아도 마찬가지였다. 오로지 다 말라비틀어진 나뭇잎만이 머리 위로 우수수 떨어졌다.

"그러지 마."

그것을 몇 번이고 반복하는 그를 그녀가 만류했다.

어딘가 매우 거칠기 짝이 없는 카이트의 행동이 그 목소리를 듣자마자 마치 마법처럼 멈췄다.

그들 사이에 고요한 침묵이 맴돌았다.

훤해지는 하늘의 끝자락에서는 밝은 햇살이 조금씩 스며드는데 두 사람의 얼굴은 왜인지 점점 어두워져만 갔다.

카이트의 얼굴은 마치 돌덩이를 입에 문 것처럼 딱딱하게 굳어있었다.

그것을 바라보던 윤수의 눈에 서글픔이 차올랐다.

그는 실망한 것이 틀림없었다.

만약 여기에 그때처럼 큰 구멍이 생겼더라면 황제가 될 수 있는 길에 조금이라도 더 빨리 가까워졌을 텐데 그러지 못해서. 저를 원래 있던 세계로 보낼 수 없어서 저렇게 귀신같은 표정을 하고 있는 것일 테지.

서운한 마음을 꾹꾹 삼키며 윤수는 아무렇지 않은 척 애써 미소를 지었다.

실망한 카이트를 위로해주고 싶었다.

“아마 여기가 아닐지도 몰라. 매번 같은 장소가 무너질 거라는 보장도 없잖아. 아! 그렇다면 숲 어딘가에 땅이 갈라진 곳이 있지 않을까?”

밝게 보이려 잔뜩 꾸며낸 표정과 목소리에도 불구하고 황자는 음산하게 대꾸했다.

“그럼 이 넓은 곳을 다 뒤지고 다니잔 말인가? 출몰하는 산적과 마물들을 모조리 베어가면서?”

전례 없이 가라앉은 음성. 그녀의 마음이 더욱 시려왔다.

“그럼 성에서 사람들을 좀 더 데리고 와서 무리를 나눠서 수색하면…….”

“하, 수색을 해? 오늘이 무슨 날인지는 알고 있나? 몇 시간 뒤면 미틀러렌의 사절단이 도착한다고! 그런 상황에서 지진으로 엉망이 된 성의 안팎을 단장하느라 바쁜 하인들을 죄다 끌고 와 정말 있을지 없을지도 모를 땅의 구멍을 하루 종일 찾아다니잔 소린가?!"

왜인지 모르겠지만 그는 화를 내고 있었다.

윤수의 눈에 기어코 뜨거운 눈물이 차오르기 시작 했다.

"조금의 가능성이라도 있다면 거기에 희망을 걸어보는 게 아무것도 안하는 것 보단 낫잖아! 게다가 황자의 명령이라면, 하인들도 기꺼이 따를 거고!"

카이트의 두 눈에 또다시 거센 화가 화르륵 타올랐다.

입을 닫고 지낼 때는 또 언제고 이런 순간에는 지지 않고 맞받아치는 여자가 너무나도 야속했다.

"빌어먹을!"

그는 땅에 검을 박아 넣으면서 나지막이 외쳤다.

그녀는 이제 더 이상 견딜 수 없는 걸까? 저렇게 한시라도 빨리 이곳을 떠나고 싶은 마음뿐이냐는 거다.

아주 보잘것없는 지푸라기라 해도 어떻게든 잡고 싶어 애가 닳은 사람처럼!

그의 가슴속에 시뻘건 불길이 아프도록 일었다.

왜 이렇게 화가 날까?

무엇 때문에 마음이 이리 괴로운 거지?

카이트는 뜨거운 한숨을 토해냈다.

마녀는 매사 모든 것에 열심이었다.

어떻게 하면 3황자의 소원을 빨리 이뤄줄 수 있을까, 틈만 나면 궁리하는 것도 알고 있었다. 그것이 저를 위한 것임을 알면서도, 한편으로는 마음 한구석에 알 수 없는 괴로움이 밀려왔다. 이것이 무슨 감정인지 알 수는 없지만 한 가지는 확실했다.

마녀를 이렇게 보내고 싶지 않다.

하지만 그녀는 저토록 돌아가고 싶어 하고, 그런 여자를 억지로 이 세계로 끌고 온 것은 카이트 본인. 그러니 무슨 수를 써서든 반드시 돌려보내 줄 테니 절 믿으라고 했던 그 말은, 반드시 지키지 않으면 안 될 커다란 약속이다.

어느새 윤수의 볼을 타고 흘러내리는 눈물 속에, 붉은 태양처럼 뜨거운 그의 눈빛이 갇혔다.

두 사람의 대치는 한동안 계속되었다.

하지만 그것도 잠시.

쿠웅!

"꺄아악!"

또다시 땅이 울렸다.

이번에는 아까보다 더 강한 진동이었다. 마치 마구 요동치는 톱날이 정중앙에 박힌 것처럼 주변의 나무들이 육중한 몸을 덜덜 떨어 댔다.

눈앞이 흔들리자 금세 속이 울렁거렸다. 설상가상으로 휘몰아치는 바람 탓에 두 눈을 제대로 뜰 수조차 없다.

"히이이잉!"

옆에 세워 둔 말이 거칠게 울었다. 하지만 녀석은 기특하게도 나 혼자 살겠다고 도망치지 않았다.

"이리 와, 어서 이곳을 나가자!"

마치 폭풍우 속에서 속수무책으로 스러지는 갈대처럼 쉼 없이 휘청거리는 그녀의 작은 몸을 카이트가 품에 단단히 안았다. 그러고는 말 위로 가볍게 뛰어오르려는 찰나.

쩌어억! 쿵!

커다란 소리와 함께 무언가가 그들을 덮쳤다.

"……!"

두 사람의 입에서 소리 없는 비명이 터져나왔다.

* * *

"두 분은 대체 어떻게 된 거지? 이거 큰일 났네. 이제 얼마 후면 미틀러렌의 일행들이 도착할 텐데."

파리도 미끄러질 만큼 반짝반짝 닦인 대리석 바닥 위를 이리저리 왔다 갔다 하는 것은 페라트였다. 그의 안절부절못하는 발끝에서 초조함이 잔뜩 묻어 나왔다.

"역시 사람을 보내는 게 좋지 않을까요?"

시녀장이 그의 곁에서 한 마디를 거들었다.

하지만 이 은발의 날씬한 청년은 그저 손톱 끝을 딱딱 깨물기만 할 뿐 아무런 말이 없었다.

"방금 전 또 커다란 지진이 났는데 혹시 무슨 일을 당하신 건 아닐까 몹시 걱정입니다…… 그리고 이러다 공주님 일행이 먼저 도착하면 어떡하죠? 꽃의 기사가 빠진 채로 그분을 맞이한다는 건 있을 수 없는 일인데."

요 며칠 모든 일손을 닦달해 성 전체를 새로 단장하다시피 한 여인이 피곤한 나머지 짙게 충혈된 눈을 쓱쓱 문지르며 물었다.

"으음."

페라트는 또다시 깊은 고민에 빠졌다. 시녀장의 말은 틀린 게 없었다. 황자가 부재중인 채 사절단을 맞이한다는 것은 누가 봐도 크나큰 결례였다. 여태까지 기껏 준비한 노력이 수포로 돌아감은 물론, 나중에 미틀러렌의 여왕이 알면 크게 진노할 것이 자명했다. 그렇게 되면 3황자의 이미지 쇄신은커녕, 저 사고뭉치 아인젠카이트가 기어코 양국 관계에 누를 끼쳤다는 욕을 있는 대로 먹을 텐데.

"페라트 님! 역시 제가 가서 마부들을 불러올까요? 행여나 탈 만한 말이 남아 있는지 물어보려면 말예요."

"아니, 잠깐. 조금만 더 기다려 봅시다."

하지만 그는 누구보다 카이트의 성격을 잘 알았다.

이럴 때 공연히 사람을 보내 수선을 피우는 것을 카이트는 그다지 달가워하지 않았다. 설령 숲에서 슈냅판들을 만났다 하더라도 위험한 일 같은 건 없으리라 믿는다.

왜냐하면 그는 혼자가 아니니까.

게다가 함께 따라간 마녀도 그간 누구보다 열심히 여러 가지 전투 기술을 연마하지 않았나. 따라서 그 둘은 아마도 현재 황국에서 제일 강하다고 말할 수 있는 자들. 그러니 멍청한 마물이나 흉악범들 따위에게 습격을 받진 않을 테지.

그런데 대체 왜 이렇게 늦어지는 거야, 사람 걱정되게!

"여기 좀 앉으세요, 페라트 님."

이러다가 그가 먼저 쓰러지진 않을까 걱정된 시녀장이 의자를 가져왔다. 그의 얼굴은 그야말로 뒤쪽의 사물이 고스란히 비칠 정도로 투명해졌다고 해도 과언이 아닐 정도로 핏기가 싹 가셔 있었다.

'무슨 수를 내긴 내야 해.'

페라트의 두 눈이 다시 형형하게 빛났다.

"그래, 아무래도 내가 직접 가 보는 게 낫겠어."

결단을 내린 그는 저를 의자 쪽으로 이끄는 시녀장의 손을 뿌리쳤다. 마부를 부를 것까지도 없었다. 본인이 직접 마구간으로 뛰어갈 결심을 굳히고는 급해진 발걸음을 허겁지겁 옮기던 그 순간이었다.

"카이트 님께서 돌아오고 계십니다!"

밖에서 요란하게 외치는 문지기의 목소리에 그의 얼굴에 화색이 돌았다.

"어서 문을 열어드려라!"

안심한 기색이 역력한 목소리로 재빨리 대답하고는 저 멀리에서 뽀얗게 흙먼지를 날리며 맹렬히 달려오는 말 한 마리를 창문 밖으로 확인하는데.

"어?"

페라트는 순간 저도 모르게 눈을 쓱쓱 비볐다.

말을 몰고 오는 것은 붉은 머리의 남자가 아니었다.

그가 그토록 기다린 주인은 말의 뒤에 앉아서 마녀의 등에 마치 죽은 것처럼 몸을 기대고 있었다.

* * *

"카이트 님. 자, 제 팔을 잡고 천천히 앉아 보십시오."

"으윽!"

하지만 그가 반사적으로 힘을 주고 버티자, 옆에 선 중년의 사내가 다시금 혀를 끌끌 찼다. 북쪽 성의 유일한 의원인 그는 본디 각종 전장에서 뼈가 굵은 용병 출신으로, 3황자의 눈부신 검술 실력에 반해 오래전부터 그의 곁에 눌러앉은 자 중 하나였다.

"붕대로 단단히 조였으니 지금은 괴로워도 조금 있으면 통증이 훨씬 경감될 겁니다. 진통제 효과도 곧 나타날 거고요."

본인이 직접 전투에 일가견이 있는 만큼 각종 부상 처치에 대한 남자의 실력은 어느 의사보다도 뛰어났다. 그의 말대로 황자는 금방 나아질 것이다.

"……!"

카이트는 끝끝내 신음을 삼켰다. 하지만 고통스럽게 벌어진 입술 위로 소리 없는 비명이 흘러나왔다. 비 오듯 쏟아지는 땀과 새파랗게 질린 안색. 그뿐만 아니라 드러난 상체 이곳저곳이 온통 울긋불긋한 멍으로 엉망이었다.

그런 주인을 바라보는 페라트의 심정도 와르르 무너졌다.

이 꼴을 슈타티스트 공주가 못 본 게 신의 한 수지.

다행히도 부상은 경미한 수준이었다.

의원의 말에 따르면 어깨 탈골과 더불어 팔의 인대에 손상이 간 것이 전부로, 무리하지 않고 휴식을 취하면 곧 괜찮아질 거라고 했다. 그런데 하필이면 오늘 같은 날에 이런 일을 당했다는 게 무엇보다 문제였다.

"너는?"

끝끝내 치밀어 오르는 속상함을 애써 삼키며 이마의 땀을 닦아주고 있는데, 그 손을 치워낸 카이트가 갑자기 뜬금없는 것을 물어 왔다.

"너는 정말 괜찮나?"

"네?"

하지만 그것은 페라트에게 한 말이 아니었다. 그의 시선 끝에는 윤수가 서 있었다.

여기저기 헝클어진 머리에, 흙으로 더러워진 옷.

무엇이 그리 안절부절못한 것인지는 몰라도 그녀는 저 멀리서 발끝을 세워 의자 끝을 톡톡 두드리고만 있었다.

"난…… 괜찮다니까."

"정말인가?"

"응."

다친 쪽이 오히려 더 안타까움을 금치 못하는 이상한 모양새에 그는 다시 한 번 윤수를 슬쩍 곁눈질했다. 그러나 그녀는 그저 초조해 보이는 모습이 전부였다. 덕분에 불편한 심기가 페라트의 마음속 아주 깊은 곳에서부터 훅 치솟았다. 아무리 폐하의 역정을 샀다고는 해도 카이트는 일국의 황자. 소중한 황가의 자손이 누군가를 감싸다 다친 건 있을 수 없는 일이었다.

그는 팔짱을 낀 채로 윤수를 향해 빙글 몸을 돌렸다.

"어떻게 카이트 님이 이 지경이 되도록 놔두신 겁니까?"

물론 둘 다 똑같은 몰골이 되어야 한다는 뜻은 아니었다.

냉철한 이성으로 생각해 보면 이해를 못 할 것도 없는 상황이긴 하지만, 이미 가슴에서는 열불이 터진 후였다.

"……네?"

"귀한 황족께서 이런 부상을 입으시다니. 게다가 오늘이 무슨 날인지 모르십니까? 설마 마녀님이 그걸 잊어버리신 것은 아닐 테죠!"

페라트의 목에 핏대가 섰다. 대놓고 윤수의 탓을 한 것은 아니지만, 높이 올라간 목소리에는 그녀를 향한 원망이 가득했다.

"아, 나는……."

우물쭈물하는 윤수의 태도에 페라트는 이제 저도 모르게 주먹을 꽉 쥐는 지경에까지 이르렀다.

"잠시 후면 미틀러렌의 공주님이 도착한단 말입니다! 그런데 모두의 앞에서 가장 늠름하게 보여야 할 꽃의 기사께서 이렇게 붕대를 감은 모습이라니요. 제가, 아니 우리가 지난 시간 동안 들인 노력이 대체 무엇 때문인지, 당신이 조금이라도 생각하셨다면……!"

그때였다.

"그만두지 못해?!"

커다란 손이 불쑥 튀어나와 페라트의 옷깃을 거세게 틀어쥐었다.

"주, 주인님?"

"지금 어디서 함부로 혀를 놀리는 건가!"

애써 누인 보람도 없이 카이트가 상체를 곧추세운 채 씩씩거렸다. 무엇 때문인지는 몰라도 황자는 매우 분노하고 있었다. 멱살을 잡힌 탓에 페라트가 빨개진 얼굴로 연신 켁켁거리면서 팔을 내저어 보았지만, 카이트는 요지부동이었다. 덕분에 이제는 숨쉬기마저 버거워졌을 때, 뒤에서 윤수가 나지막한 목소리로 만류했다.

"그만해. 페라트 씨는 아무것도 모르잖아."

그제야 카이트가 슬그머니 손을 풀었다. 컥 하는 소리와 함께 호리호리한 은발 머리 청년의 상체가 힘없이 무너져 내렸다.

"이리 와."

하지만 카이트는 그런 페라트에게는 전혀 눈길조차 주지 않았다. 하나의 작은 태양처럼 붉게 타오르는 눈동자는 줄곧 윤수에게 고정되어 있었다.

"어서. 좀 더 자세히 살펴봐야겠으니까."

그가 재촉하자 그녀의 발걸음이 조용히 움직였다. 그 모습을 멍청히 바라보던 페라트의 두 눈이 크게 뜨인 것도 동시에 일어난 일이었다.

"헉!"

페라트의 입에서 짧은 신음이 흘러나왔다.

온통 검붉은 색으로 물든 상아빛 치맛자락이 그제야 눈에 들어왔기 때문이었다. 염료라 하기엔 너무 어둡고, 흙물이 들었다 하기에는 붉은 기가 너무 강하다.

"이건 설마 핏자국 입니까? 대체 누구의……?"

하지만 윤수는 대답하지 않았다. 그저 페라트의 곁을 조용히 지나쳐 카이트가 앉아 있는 침대 발치에 우뚝 멈추어 섰을 뿐이다.

"조금 더 가까이."

그렇게 말하며 손을 뻗자, 또 몇 걸음 정도를 앞으로 사박사박 내디뎠다.

드디어 하얗고 보드라운 뺨에 그의 손이 닿았다.

"젠장."

따듯한 체온이 손가락 끝을 타고 흘러들어오는 순간, 저도 모르게 입에서 거친 욕설이 터졌다.

카이트의 표정은 왜인지 점점 더 일그러져만 갔다.

"여긴 됐으니까 어서 그녀를 진찰해."

그는 붕대의 마지막 매듭을 꼼꼼하게 묶고 있는 의원에게 명령했다.

"네? 마녀님을요?"

카이트의 뜬금없는 지시에 남자의 시선이 윤수를 향했다. 그곳에 모인 모두가 고개를 갸웃하며 자신을 바라보자, 그녀가 황급히 손사래 쳤다.

"난 괜찮다고 했잖아."

"무얼 하고 있나! 당장 살펴봐!"

하지만 황자가 이렇게 일갈하는 데야, 어느 누가 감히 그 말을 거스르겠는가?

"그럼 잠시 실례하겠습니다."

희끗한 머리를 조아리며 의원은 윤수의 앞으로 다가갔다. 그는 정신을 집중하여 그녀의 외양을 능수능란하게 살폈다. 그러다가 이내 피에 젖은 치맛단 아래로 뻗어 있는 정강이로 날카로운 시선을 고정시켰다.

"호오."

남자는 무릎을 꿇더니 손에 들린 조그마한 붕대 뭉치로 윤수의 다리를 한 대 살짝 쳤다.

"아프지는 않지요?"

그녀의 반응을 살피며 그가 그렇게 묻자 윤수가 천천히 고개를 위아래로 끄덕였다.

"뼈가 잘 붙었군요. 이 정도라면 일상생활하는 데 아무런 지장은 없겠네요."

그녀의 발목을 이리저리 돌려보며 그가 말했다.

아직 채 마르지 않은 피로 옷이 온통 축축했다. 물론 윤수의 다리에는 상처 하나 남아 있지 않았지만, 유능한 의원의 눈을 속일 수는 없었다.

이것은 분명 부러졌다가 다시 붙은 골격의 형태.

게다가 이렇게 출혈이 있었다면 부러진 뼈가 피부를 찢고 튀어나왔을 경우가 대부분이리라.

"흐음. 그래도 당분간은 좀 조심하셔야 할 겁니다."

의원 역시 마녀가 부리는 마법에 관해 다른 하인들 못지않게 잘 알고 있었다.

어느 정도 사건의 전말이 머릿속에서 빠르게 그려졌다. 의원은 저도 모르게 혀를 끌끌차며 이렇게 덧붙였다.

"마녀님에 비하면 카이트 님의 부상이 이만하길 정말 천만다행입니다."

"뭐라……고요?!"

페라트가 놀란 목소리로 반문했다. 그리고 더 이상 참지 못한 카이트가 윤수를 품 안으로 힘껏 잡아당겼다.

"앗."

평소에도 주변의 눈치 따위는 전혀 보지도, 상관하지도 않는 남자.

그의 단단하고 따듯한 상체가 그녀를 빈틈없이 안았다.

"자, 잠깐만."

두 사람을 지켜보고 있을 하인들의 눈을 의식한 윤수가 계속 몸을 바르작댔지만, 그러면 그럴수록 카이트는 더욱 힘주어 윤수를 품 안에 가뒀다.

"넌, 정말……."

카이트는 말을 잇지 못했다. 울컥 차오른 무언가가 뜨거운 호흡과 함께 터져 나왔다.

"위험해!"

그렇게 말하고 그녀를 껴안은 순간, 속절없이 투둑 끊어진 커다란 가지가 그의 상체를 덮쳤다.

"으윽!"

어깨를 가로질러 퍼지는 극렬한 둔통 탓에 카이트는 미처 보지 못했다. 커다란 굉음과 함께 바로 옆에서 우지끈 부러진 커다란 통나무를. 순간 불쑥 튀어나온 가녀린 손이 저를 힘껏 밀쳤다. 카이트가 정신을 차린 후에는 이미 윤수의 다리에서 뿜어져 나온 피가 온 사방에 낭자한 뒤였다. 그 와중에도 그녀는 침착하게 수첩을 들어 보이며 절 안심시켰다.

"아, 윽. 곧 괘, 괜찮아질 거야! 흐윽, 걱정하지 마……!"

고통으로 일그러진 얼굴을 마주했을 때, 그의 심장도 바닥으로 패대기쳐지듯 떨어졌다. 움찔움찔 경련이 일어날 때마다 가느다란 발목을 따라 쉼 없이 흘러내리던 붉은 선혈.

그 모습을 떠올리자 카이트의 어금니가 아프도록 맞물렸다. 동시에 가슴속 깊은 곳에 도사리고 있던 정체 모를 감정이 불을 뿜듯 터져 나왔다.

"작가가 주인공도 아닌 악역을 감싸다 다치는 소설 따위를 누가 읽겠나? 이 바보 같은 여자야!"

계속해서 이리저리 꼼지락거리는 몸을 더욱 단단히 안으며 카이트는 거칠어진 숨을 힘겹게 내쉬었다. 기껏 붕대를 감아놓은 보람도 없이 가슴 쪽에 또다시 통증이 퍼져나갔다. 하지만 그는 이를 악물며 그것을 버텼다. 이 정도는 아무것도 아니었다.

물론 그녀의 부상은 수첩 덕분에 금세 원상태로 돌아갔다지만, 그때 느꼈던 두려움이란 이 여자를 과연 원래의 세계로 어떻게 돌려보낼 수 있겠느냐 하는 갈등과는 차원이 달랐다.

서자 출신의 잔혹한 폭군, 외로운 미치광이.

모두가 자신을 그렇게 손가락질했던, 새삼스러울 것도 없는 사실을 상기시키자 가슴에 울컥하고 설움이 차오른다. 물론 신경 쓰지 않으려 노력했다. 하지만 그렇다고 해서 듣는 귀까지 없는 건 아니었다.

가슴을 후벼 파는 폭언과 제게만 유독 냉정하고 차가운 시선들. 그에 상처받은 마음을 부여잡고 홀로 외롭게 밤을 샜던 기억은 이제는 차라리 한 몸이 된 것처럼 익숙했다.

그랬기에 누군가가 절 보호해 주었다는 이 믿기지 않는 사실은, 그에게 있어 되레 너무나도 이질적인 느낌으로 다가왔다. 마음속 깊은 곳에서부터 무언가 뜨거운 것이 치밀어 올라 목 안쪽이 제멋대로 꿈틀댔다.

난생 처음 느껴보는 답답함이 심장을 무겁게 짓눌렀다. 얼굴은 이미 뜨거운 열기에 속수무책으로 점령당했다.

과연 이런 느낌을 뭐라고 표현하면 좋은가.

마녀는 이 세계를 만든 장본인이니, 어쩌면 모성애 비슷한 것을 가지고 있을 법도 했다.

즉 저를 그저 가엽게 여겼던 건지도 모르지.

그래, 그게 맞을 거다.

그는 그렇게 생각하며 지진이 났을 때의 땅처럼 일렁이는 마음을 발로 꾹꾹 밟듯 밀어 넣었다.

'누군가가 나를 아무 대가 없이 감싸주었다는 건 인생에서 처음으로 받아보는 극진한 대우다. 내겐 이것만으로도 충분히 사치스러워.'

평생 모르고 살아왔던 달콤함을 딱 한 입만 맛보게 해 주고,

두 번 다시 먹을 수 없게 한다면.

나는 애초에 탐하지 않는 것을 선택하리라.

하지만 그러한 결심이 무색하리만치 그녀를 안고 있는 손에는 도무지 힘이 빠질 기미가 보이지 않는다.

카이트는 바싹 마른 입술을 축이며 마음을 진정시키려고 노력했다. 그러고는 애써 침착한 표정으로 고개도 들지 못하고 있는 윤수를 향해 입술을 움직였다.

"다시는, 부디 두 번 다시는 그러지 마라. 만약 또 멋대로 그런 짓을 하면……."

하지만 입에서는 여전히 꽉 막힌 것 같은 목소리가 튀어나왔다.

"네 사지에 전부 족쇄를 채워버릴 거다."

그러자 놀랐는지 그녀의 어깨가 한 번 움찔했다.

"협박인 것처럼 들리나? 내가 하지 못할 것 같아?"

그래, 이왕이면 아예 이 침대에 묶어버릴까? 내 곁에 두고 줄곧 감시할 수 있도록.

저도 모르게 그런 생각을 하고만 카이트의 숨결이 또다시 거칠어졌다. 가만가만히 호흡을 이어 가던 폐부가 눈에 띄게 부풀었다. 서로의 사이에 마치 커다란 태양을 둔 것처럼, 두 사람의 얼굴에 숨길 수 없는 열기가 훅 끼쳤다.

그 순간, 복도 바깥쪽에서 문지기의 목소리가 우렁우렁 들려왔다.

"카이트 황자님! 지금 막 국경에서 성을 향해 출발하셨다는 미틀러렌 공주님의 전언입니다!"

그 소리에 두 사람은 황급히 몸을 일으켰다. 누가 먼저랄 것도 없이 거의 동시에 말이다.

Chapter 7
여왕의 나라, 미틀러렌

"몸은 괜찮으십니까, 카이트 님?"

"조금 움직이기 불편한 것을 빼면 나쁘지 않군."

"진통제 약효가 잘 듣는 것 같아 다행입니다. 게다가 이렇게 차려입으시니 부상을 입은 몸으로는 전혀 보이지 않는군요. 아, 그래도 다친 부위는 계속해서 조심하셔야 합니다."

페라트가 그렇게 말하자, 카이트가 대답 대신 고개를 까닥하며 마지막으로 남은 소매 한쪽의 단추를 잠갔다.

그런 그의 모습에 시선을 고정시킨 윤수의 입에서 나지막한 한숨이 흘렀다. 이처럼 화려하고 아름다운 꽃의 기사는 페어라센 전체를 통틀어 지금까지도, 그리고 앞으로도 없으리라.

마치 불에 여러 번 달궈진 듯한 붉은 머리 아래, 설원의 눈처럼 하얀 망토가 눈이 부시도록 빛났다. 그곳에 금사로 수놓아져 있는 용맹스러운 사자 문양은 페어라센 황가(皇家)의 상징이었다.

오로지 황족만이 그것을 옷에 새길 수 있었다.

그뿐만 아니라 망토와 같은 색의 웨이스트 코트에 달려 있는 아름다운 세공이 돋보이는 금빛 단추는 의상소의 사람이 특별히 고안해 낸 것인데, 그야말로 신의 한 수라 해도 좋을 정도로 잘 어울렸다.

평소 애용하던 검은색 옷을 모조리 벗어던진 황자는 마치 또 다른 책 속에서 튀어나온 사람처럼 근사했다.

그를 감싸고 있는 흉흉한 괴소문이나 악명 따위는 전부 날려 버릴 정도로.

이쯤 되니 슈타티스트 공주가 그에게 반하는 게 문제가 아니었다. 눈을 마주치기는커녕 카이트를 똑바로 쳐다볼 수 없을 정도로 심장이 떨리기는 윤수도 마찬가지.

홧홧하게 달아오른 얼굴을 진정시키며 그녀가 더운 숨을 몰래 내쉴 때였다.

"바서 님."

뒤에서 그녀를 나지막이 부른 것은 어딘가 모르게 줄곧 어두운 표정을 짓고 있는 페라트였다. 주름 하나 없는 푸른색 셔츠와 반짝이는 은사가 섞인 실크 더블 재킷, 먼지 한 톨 묻어 있지 않은 고급스러운 흰 가죽장갑을 낀 모습으로 보건대, 그도 손님을 맞을 채비를 마친 듯했다.

하지만 페라트의 눈빛은 마냥 심각했다.

“왜 그러세요?”

“혼자만 이런 옷을 입게 되셔서…… 속상하시죠?”

그의 말에 윤수는 자신의 몸을 내려다보았다.

짙은 남색 상의에 검은 바지, 에둘러 찬 긴 허리띠에 달려 있는 은색의 검 한 자루. 물론 매우 깨끗하고 단정한 차림이었지만, 어딘가 단조롭고 밋밋하기 짝이 없는 그 옷은 바로 병사를 위한 제복이었다.

카이트 황자가 이끄는 꽃의 기사단과 일정을 함께하기 위해서는 윤수도 무언가 역할이 필요했다. 그를 보좌하는 여러 신하들 중 가장 튀지 않는 신분을 고르다 보니 만장일치로 낙점된 것이 바로 페어라센의 기사단 중 가장 말단에 속하는 보병이었다. 3황자의 소속임을 나타내는 표식인 붉은색 띠를 목에 두르고 페어라센 황가를 위해 일하는 군력을 상징하는 사자 모양 브로치까지 달고 나니, 보병으로 분한 윤수의 모습은 꽤나 그럴듯했다.

“아니에요. 이 옷을 입으니 정말 기사단에 들어간 것처럼 기분이 들뜨는걸요.”

그러므로 이러한 대답은 결코 거짓이 아니었다.

“하지만 바서 님도 예쁜 드레스를 입고 싶으셨을 텐데…….”

가장 좋은 옷으로 갈아입은 하녀 도리스보다도 수수한 윤수의 옷차림을, 페라트는 줄곧 신경 쓰고 있음이 분명했다.

"괜찮아요. 저는 어디까지나 황자가 거느린 병사여야 하는 입장인데 혼자만 튀는 옷을 입으면 그게 더 이상하지 않겠어요? 그래도 2황자 시리즈의 여주, 아니 도른 덕분에 여성 기사들이 늘어난 게 다행이에요. 기사단에 존재했던 금녀의 벽을 깬 그녀가 아니었으면 저 역시 지금 이 순간 꼼짝 없이 남장을 해야 했을 판이니."

우울해 보이는 그를 더 이상 신경 쓰게 하고 싶지 않아, 윤수는 부러 경쾌한 목소리로 발랄하게 대답했다. 하지만 그럼에도 불구하고 그는 풀 죽은 기색을 감추지 않았다.

"아무튼 생각보다 일이 술술 풀리는 것 같아 잘됐네요. 이 이상한 세계에서 얼른 탈출하는 것만이 내 목표거든요. 그뿐만 아니라 3황자가 곧 황제가 될 날도 머지않았고 말예요."

그녀는 제게 무언가 할 말이 있는 듯 달싹이는 그의 입술을 외면하며 마음에도 없는 소리로 진심을 감췄다.

그러고는 억지로 짓고 있는 어색한 미소를 행여나 들킬까 봐 빠르게 등을 돌리려 할 때였다.

"정말 죄송합니다, 바서 님."

"네? 뭐가요?"

언제나 잔잔한 물결처럼 별다른 음의 파고가 없는 페라트의 목소리가 어찌된 셈인지 묵직하게 가라앉아 있었다.

"그렇게 큰 부상을 입었으리라고는 상상도 하지 못해서 그만 씻을 수 없는 결례를 하고 말았습니다. 아니, 설령 다치지 않으셨다 하더라도 감히 그런 말을 입 밖에 내선 안 되는 것인데……!"

정말 면목 없다는 듯 고개를 푹 수그린 채 정중하게 사과하는 페라트를 향해 윤수는 당황하여 마구 고개를 저었다.

"아니에요! 전 벌써 다 잊었는걸요. 아까 일에 대해서는 그다지 마음에 두고 있지 않으니 걱정하지 마세요."

하지만 그의 딱딱하게 굳은 입가는 풀어질 줄을 몰랐다.

늘 여유 넘치고 좀처럼 격한 감정을 드러내는 법 없는 페라트가 이토록 동요하는 모습은 처음이었다.

게다가 여전히 입술을 깨물었다 풀었다 하는 것을 반복하는 모습으로 보건대 그는 지금까지 단 한 번도 말하지 못했던 이야기를 꺼내려는 것이 틀림없었다.

"사실 전 늘 마음 한구석에서는 언제나 당신을 오해하고 있었습니다."

"오해라니요?"

대답하기 난감한 듯 페라트는 손을 들어 이마를 두어 차례 문질렀다.

그는 한동안 눈을 깜박이더니 다시 천천히 입술을 열었다.

"저는 이 세계에 관한 숨겨진 비밀 이야기를 들었을 때, 사실 충격받기보다는 몹시 가슴이 벅찼습니다. 나를 있게 한 창조자를 만날 수 있다는 것이 제게는 그만큼 기쁘고 위대한 일이었죠. 그래서 바서 님께서 얼른 깨어나시기를 얼마나 고대했는지 모릅니다. 하지만 정작 정신을 차린 모습을 마주한 순간…… 이런 말씀을 드리기 참 송구스럽습니다만, 무척이나 실망했었습니다. 차라리 몰랐던 게 나았다고 생각했을 만큼."

줄곧 숨겨왔음이 틀림없는 속마음을 털어놓기란, 이 청년에게도 쉽지 않은 일인 것 같았다.

그는 잠시 숨을 고르더니 재차 말을 이어 갔다.

"왜냐하면 당신의 일거수일투족이 제 기대와는 너무도 달랐던 탓입니다. 그 어떤 위엄이나, 진중함 같은 건 조금도 느껴지지 않았죠. 책 속의 인물이 아니기에 펼쳐 보일 수 있는 능력을 제외하면, 그저 어디에나 있을 법한 자신만 아는 이기주의자라고 생각했습니다. 그래서 존경은커녕, 은근히 업신여긴 것도 사실이었고요. 이런 제 무례에 다시 한 번 진심으로 사죄드립니다."

솔직한 페라트의 고백에 윤수는 줄곧 눈 둘 곳을 찾아 홀로 고군분투하고 있었다. 자신에 대해 품고 있었던 페라트의 생각은 잘못되었다고는 말할 수 없었다. 조금 전에도 '이 이상한 세계에서 빨리 탈출하는 것이 목표'라고 말해 버렸으니, 딱히 변명의 여지조차 없지 않은가.

"……설령 그렇게 보였다 한들 어쩔 수 없는 일이죠. 하지만 앞으로도 민폐 끼칠 일은 없을 거예요. 황자에게도, 그리고 페라트 씨에게도."

사실 속이 매우 상했지만, 동시에 한없이 민망한 기분이 차올랐다. 윤수는 표정이 일그러지지 않게 신경 쓰며 이렇게 당부했다.

"아, 아무튼 아까 일은 신경 쓰지 않을게요. 페라트 씨와 이런 일로 서먹해지긴 싫어요."

괴로운 감정을 들키지 않기 위해 일부러 눈앞에서 마구 팔을 휘저으며 강조하는데, 갑자기 페라트가 손을 덥석 잡았다.

"아."

그는 놀라서 석상처럼 굳어 버린 그녀를 아랑곳하지 않고 그 손을 천천히 잡아당겼다.

"아. 저, 저기……."

윤수의 입에서 당황스러운 신음이 새어 나왔다.

"우리들의 창조자이신 마녀님, 아니 바서 님은 제가 본 그 어떤 여성 중에서도 가장 용감한 분입니다. 그런 분을 몰라 본 저를 부디 용서해 주시겠습니까?"

그는 눈도 한 번 깜빡이지 않았다.

"무, 물론이에요."

잡힌 손을 빼보려 애를 쓰면 쓸수록, 손가락이 더욱 단단히 옭아매어졌다.

"앞으로는 카이트 님과 더불어 바서 님께도 제 모든 충성을 바치겠습니다. 이것은 제…… 진심입니다."

조금의 엉킴도 없이 언제나 찰랑거리는 부드러운 은발과 반짝이는 터키색의 두 눈, 늘 생각하는 거지만 페라트는 여자인 저보다 더 예쁘게 생긴 미청년이었다.

그런 그를 쳐다보지도 않고 윤수는 그저 고개를 끄덕였다.

뒤에서 줄곧 바라보고 있던 카이트의 시선 또한 그제야 슬그머니 돌아갔다.

* * *

"성문을 열겠습니다!"

문지기의 쩌렁쩌렁한 고함을 신호로, 땅에 꿈쩍 않고 박혀 있었던 육중한 쇠창살이 덜컥 움직이더니 위로 천천히 올라갔다. 동시에 두꺼운 문이 우르릉 하는 소리를 내며 안쪽으로 열렸다. 이것은 침입자들을 막기 위한 장치로써, 모두 페라트가 머리를 짜 고안해 낸 방어 수단이었다.

성문이 움직이는 것을 바라보며 윤수는 멍하니 입술을 벌렸다. 이 거대한 문은 언제나 그날의 기억을 떠올리게 했다. 마물이 습격했던 날 말이다. 홀로 피를 뒤집어쓴 채 차가운 벽에 몸을 가만히 기대고 서 있던 뒷모습은, 누가 보아도 잔인한 악역으로 보이기에 충분했다.

그걸 생각하자 또다시 마음 한구석이 아릿해져 왔다.

하지만 그러한 생각도 잠시. 한가운데 길로 들어서는 행렬에 두 눈이 번쩍 뜨였다.

카이트의 눈 색깔만큼이나 붉은 가넷이 셀 수도 없이 박혀 있는 호화로운 마차와, 흰색과 분홍색의 꽃 장식을 단 열 필의 말이 바람에 나부끼는 보랏빛 벨벳 깃발을 들고 있는 기수를 따르고 있었다.

미틀러렌 사절단의 첫인상은 몹시 아름다웠다. 그들은 모든 것이 매우 화려했고 또한 위풍당당했다.

저 마차 안에 앉아 있는 사람이 바로 슈타티스트 공주.

꿀꺽.

윤수는 마른침과 함께 옅은 씁쓸함이 감도는 긴장감을 내리삼켰다.

"공주님께서 나오십니다."

온통 보랏빛의 의상을 입고 있는 시종이 운을 떼자 성 안에 일렬로 도열해 있던 사람들이 약속이나 한 듯 모두 무릎을 꿇었다. 성의 주인인 3황자 아인젠카이트를 제외하고.

아무도 모르게 조용히 눈동자 굴릴 준비를 마친 윤수도 도리스와 페라트를 따라서 어정쩡하게 몸을 숙였다.

"처음 뵙겠어요, 페어라센의 3황자 아인젠카이트 님."

그 어떤 발걸음 소리도 들리지 않았는데 공주는 어느새 카이트 앞에 다가와 있었다.

교양이 넘치는 목소리와 우아한 몸짓.

그 태도는 하루아침에 익힌 것이 아니었다.

그것은 그녀가 어릴 때부터 왕가의 철저한 교육을 철저히 받아왔음을 보여 주는 증거일 것이다.

"어서 오십시오, 슈타티스트 공주."

아무런 감정도 느껴지지 않는 그의 건조한 음성은 윤수의 궁금증을 더욱 증폭시켰다. 그래서 그녀는 그만 참지 못하고 슬쩍 고개를 움직여 공주의 얼굴을 훔쳐보았다.

아.

윤수는 즉시 탄성이 터지려는 제 입술을 황급히 깨물었다.

맑은 강물 아래서 반짝이는 사금처럼 아름다운 금발과 호박색의 두 눈동자, 마치 로제 와인이라도 흘린 듯 발갛게 홍조가 올라와 있는 두 뺨.

세상에, 공주는 한숨이 나올 정도로 너무나 어여뻤다.

그걸 인정하자마자 또다시 무언가가 윤수의 가슴속 깊은 곳에서부터 치밀어 올랐다.

여자인 자신도 한눈에 정신이 나갈 정도인데, 카이트의 눈에는 과연 어떠하겠는가?

하지만 그 순간, 공주의 당황한 목소리가 그녀의 귀를 잡아끌었다.

"여기가 카이트 님의 성인가요? 운켄트니스 황제께서 하사하신……?"

"그렇습니다만."

그는 여전히 담담한 음성으로 친절히 대답해 주었다. 다만 눈썹이 '무언가 문제라도?' 하고 묻듯이 삐뚜름하게 들려 있었다.

"아."

공주는 할 말을 잃은 듯 잠시 입술을 깨물었다.

좌우로, 그리고 위아래로 바삐 흔들리는 눈빛.

티는 내지 않았지만 몹시 당황해하고 있는 것이 틀림없었다.

"음……."

하지만 그런 것도 잠시, 그녀는 고개를 돌려 누군가를 향해 살짝 눈짓을 했다. 그러자 뒤에서 머리를 조아리고 선 미틀러렌의 일행 중, 공주 다음으로 가장 화려한 옷을 차려입은 한 여자가 종종걸음으로 다가와 귀를 가져다 댔다. 공주는 부채로 입가를 가린 채 성 구석구석을 빠짐없이 흘끔거리며 무언가를 소곤거렸다. 옆에서 공손히 무릎을 꿇고 있는 도리스의 고개가 갸우뚱 기울었다.

영문을 알 수 없어 그저 입을 헤 벌리고 있는 이 순진하고 착한 하녀에게 공주의 행동은 이상하기 그지없으리라.

하지만 윤수는 달랐다.

그녀는 저 어여쁜 공주의 태도가 무엇을 시사해 주고 있는지 단번에 눈치챌 수 있었다.

딱 견적 나오는 캐릭터군.

그녀의 관자놀이 부근에 은근한 열이 오르기 시작했다.

*　　*　　*

스윽, 슥.

귀를 기울여야만 들릴 정도로 미세한 소리가 계속해서 규칙적으로 조용한 방 안에 울려 퍼졌다.

물론 성 안에는 이 검은색 액체가 차고 넘칠 만큼 많았다. 하지만 그는 이것만큼은 늘 제가 손수 갈아서 써야지만 직성이 풀렸다. 향긋한 내음이 코끝을 간질이자 거짓말처럼 마음이 차분하게 가라앉았다.

이처럼 먹을 가는 것은 남자에게 있어 여전히 중요한 일과였다. 그는 늘 이것으로 하루의 시작을 열곤 했는데, 이는 아주 오래전 다른 세상의 인물이었을 때부터 몸에 밴 습관 이었다.

똑똑—

끝이 뭉툭해진 먹을 약 오십여 차례 돌렸을 때, 조심스러운 노크 소리가 들렸다.

"들어오게."

"황자님, 폐하께 문후를 드릴 시간입니다. 시간이 더 지체된다면 폐하께서는 크게 불쾌하게 여기실 겁니다."

눈처럼 하얀 백발을 단정하게 빗어 넘긴 남자가 곁에 와서 깍듯하게 고개를 숙였다.

"으음, 지금 가도록 하지."

황국 최고의 베슐리서(집사)답게 그의 보좌는 언제 보아도 기가 막힐 정도로 훌륭했다. 제 소중한 아침 일과를 방해하지 않으면서도, 이 나라 최고 권력의 심기를 절대로 거스르지 않도록 조절하여 주는 저 솜씨.

이것을 위해 그는 하루도 빠짐없이 매일 아침마다 문밖에서 초 단위로 시간을 재고 있을 것이다.

"폐하께서는 오늘 기분이 몹시 좋으십니다. 귀족들과 접견하시기 문제없을 정도입니다만."

"아버님이? 그거 다행이로군. 병환을 앓는 환자가 기분이 좋아지기란 쉽지 않은 일이지. 좋아…… 지금 가장 큰 의심을 품고 있는 인물들로 몇몇 초청해. 나도 그 자리에 참석할 테니 나중에 명단을 가져오도록 해라."

"알겠습니다."

마음속으로 칭찬을 아끼지 않았던 집사는 어느새 벌써 문손잡이를 잡고는 문 앞에서 대기하고 있었다. 얼핏 보면 벽이 아닌가 생각될 정도로 커다란 문에는 수정을 깎아서 만든 말이 금방이라도 튀어나올 것처럼 생동감 있게 달리고 있었다. 그뿐만 아니라 그 뒤에 끌려오는 마차 조각에는 주먹만 한 다이아몬드와 황금, 그리고 각종 산호석이 빼곡히 박혀 있어 가끔 햇살이 좋은 한낮이면 똑바로 쳐다볼 수 없을 정도로 눈이 부셨다. 이 호화로운 보석들은 모두 그가 이웃나라와의 무역을 통해 벌어들인 거였다.

평범한 이는 죽었다 깨어나도 만져볼 수조차 없는 사치품들. 하지만 이런 눈부신 화려함 뒤에 수많은 음모와 음습한 비밀이 난무하는 이곳이 바로 수도 프라흐트볼 한가운데에 우뚝 세워져 있는 황궁이었다.

그 중심을 차지하는 것은 물론 황제였지만, 그는 2황자의 결혼식 이후 급격히 노쇠하여 지금은 여러 지병과 싸우고 있는 늙은 육체를 간신히 지탱할 뿐이었다.

그리고 그런 그의 곁을 지키고 있는 건 눈에 칼이 담겨 있다 해도 과언이 아닌 뾰족한 시선을 자신에게 겨누고 있는 3황자의 친모, 라우브루스트.

'어느 시대, 어느 세계에서나 황궁이란 것은 어쩌면 이리도 같은 느낌인 건지.'

그렇게 생각하며 우아하게 걸음을 옮기는 남자의 뒤에서, 집사의 음성이 나지막이 들려왔다.

"황자님."

"왜 그러는가."

"북쪽을 담당하고 있던 자가 전갈을 보내왔습니다. 오늘 그곳에 미틀러렌 공주가 도착했다고 합니다."

순간 발이 우뚝 멈춰 섰다.

단정하게 하나로 묶은 흑단처럼 검은 머리카락이 찰랑이며 흔들렸다.

"……그래?"

"네. 그리고 마차나 말 같은 탈 것들을 정비하는 모습으로 보아 곧 행렬이 시작될 것 같다고 하더군요. 그 전갈로 미루어 보건대 아마 내일 모레 즈음이면 공주와 함께 그도 2황자님의 성에 도착하게 될 겁니다."

"흐음."

그는 입을 다문 채 팔을 뒤로 돌려 맞잡았다.

무언가 생각이 많을 때면 조용히 뒷짐을 지는 게 이 남자의 버릇이었다. 꽤 오랜 세월이 흐른 탓에 이제는 턱 밑의 끈을 만지작거리는 동작은 사라졌지만, 이 습관만큼은 아직도 그의 몸에서 사라질 생각을 하지 않는 듯했다.

"좋아. 지금 당장 그쪽에 황궁의 제2 친위대장을 파견시켜라."

"제2 친위대장을요?"

"그래. 공식적으로 축제를 참관하며 나의 눈이 되어줄 역할로는 그가 제격이지. 게다가 만약 녀석이 멋대로 날뛴다면, 놈을 제압할 만한 건 제2 친위대장밖에는 없다. 친위대장에게는 지금 즉시 날 대신해 황명을 내릴 수 있는 권한을 임시로 부여해 주지."

"알겠습니다."

집사는 군말없이 짧게 대답하며 얼른 고개를 숙였다.

"음. 이제 와서 정말로 신붓감 따위를 찾자고 꽃의 기사 역할을 자처한 건 아닐 테고……."

남자는 서로 맞잡은 양손가락에 바특하게 힘을 주며 혼잣말로 중얼거렸다. 말을 하거나 식사를 할 때를 제외하고는 늘 똑바르게 맞물려 있는 입술 끝이 어느새 땅을 향해 험상궂게 내리 끌어져 있었다. 그는 그 후로도 무언가를 더 한참 동안 생각하는 듯 아무런 미동이 없었다.

그러다 두 손을 다시 앞으로 모아 가만히 맞잡고는 집사를 향해 더욱 은밀한 목소리로 물었다.

"……그의 모친도 혹시 이 사실을 알고 있나? 아들이 꽃의 기사가 되었다는 것 말이다."

"그렇습니다. 그녀 역시 따로 사람을 고용했더군요. 그자는 보르델(유곽) 뒷골목을 헤매던 보잘것없는 불량배인 것까지 파악했습니다만……."

"호오. 꽤나 품위 없는 것을 고르신 걸 보니 매우 급하셨던 게로군."

"……없앨까요?"

집사의 음성 역시 점점 낮게 가라앉았다.

"우리의 인력들과는 질적으로 다른 자입니다. 쥐도 새도 모르게 없어진다 하더라도 누가 손을 쓴 건지조차 파악하기 힘들 겁니다."

"그렇군."

집사의 말을 들으며 남자는 희미하게 입가를 끌어 올렸다. 그러고는 무엇을 생각하는지 알 수 없는 묘한 미소를 줄곧 머금은 채 말을 이었다.

"뭐, 그자는 지금 그녀의 유일한 눈과 귀일 테니 우선은 그냥 놔두어라. 무슨 꿍꿍이인지 좀 지켜보고 싶으니까."

"알겠습니다. 행여나 계획하신 일에 방해가 된다면 제 선에서 바로 처리하도록 하겠으니 안심하십시오."

집사는 아무 주름도 가 있지 않은 제 검은색 셔츠의 소매를 흰 장갑을 낀 손으로 습관처럼 매만지며 담담한 어투로 대답했다. 남자는 날카롭게 잘린 유리 조각만큼이나 얇은 미소를 입가에 머금는 것으로 대답을 대신했다.

이러니 이 초로의 사내를 어찌 신뢰하지 않을 수 있겠는가.

집사는 사실 그저 이름만 아버지일뿐인 운켄트니스 황제보다도 저와 더 가까운 사이였다. 게다가 그는 이 황궁에서 '그것'을 알고 있는 유일한 한 사람이었다.

바로 페어라센의 1황자 워르겐 폰 데어 오튼의 몸 안에 들어있는 건, 사실 전혀 다른 세계에서 온 낯선 자라는 이 엄청난 비밀 말이다.

"또 다른 지시가 있으십니까?"

"당장은 조용히 있어라. 무슨 짓을 꾸미려는 건지는 몰라도, 우리 쪽에서 먼저 나설 필요는 없지. 아마 놈도 사방에 보는 눈이 많은 에른테페스트 축일 때 함부로 문제를 일으킬 생각은 없을 거다."

그렇게 말하고 오튼은 몸을 돌렸다.

"……얌전히 북쪽 성에나 있을 것이지, 괜한 짓은 오히려 명줄을 잘라 먹을 수도 있음을 아직도 모르는 건가? 어리석은 녀석."

언제나 묘한 힘이 느껴지는 차분한 어투 끝에 쯧, 하고 혀 차는 소리가 들려왔다. 집사는 경외심이 담긴 눈을 숨기지 않은 채 오튼을 한참 동안이나 바라보았다.

이 남자를 섬긴 지 벌써 수십 년째이지만, 지금도 종종 신에게 감사를 드리곤 하는 일이 집사에게는 있었다. 너무나 어리숙하고 품위 없었던 예전의 1황자와는 달리 지금의 그는 차기 황제에 너무나도 잘 어울리는 면모를 지니고 있으니, 이건 그야말로 신의 은총과도 같은 일이다.

"알겠습니다, 주인님."

집사는 습관대로 허리를 숙이며 깍듯하게 인사를 했다.

존경과 신뢰, 충성과 숭상을 담아. 그러고는 제게서 멀어지고 있는 페어라센의 가장 유력한 차기 황제 후보, 1황자 오튼의 발걸음을 여느 때와 같이 바삐 좇았다.

* * *

공주의 귓속말은 꽤 한참 동안이나 지속되었다.

덕분에 윤수의 얼굴은 숨길 수 없이 붉게 달아올랐다.

사람을, 그것도 한 나라의 황자를 앞에 두고 저렇게 자기들끼리 소곤거리다니. 예의는 대체 어디다 두고 왔담?

물론 그 이유는 이미 짐작하고도 남았다.

공주는 평소 자신이 살고 있는 미틀러렌의 그것과는 사뭇 다른 3황자의 초라한 성에 놀란 것이 틀림없었다.

카이트에 의해 얼떨결에 끌려 들어오긴 했지만, 어쨌거나 여기가 윤수 본인이 밤잠을 설쳐가며 쓴 책 속이라는 건 변함없는 사실이었다. 그런 소중한 책에 슈타티스트는 진짜 등장시키고 싶지 않은 캐릭터였다.

자꾸만 입가에 드러나려는 냉소를 애써 숨겼을 때였다.

어느새 공주와 귓속말을 끝낸 여인이 말문을 열었다.

"경애하는 페어라센의 제3황자, 위르겐 폰 데어 아인젠카이트 님, 슈타티스트 공주님을 대신하여 전언 드리옵니다. 우리 미틀러렌의 일행이 이곳에 머무르는 동안, 당장 다이아몬드를 두른 커다란 샹들리에와 금으로 세공한 실내 분수를 받아보실 수 있도록 급히 조취를 취하겠습니다. 이것은 사절단의 선물이 아니라, 공주님의 개인적인 성의이십니다."

뭐라고? 윤수의 눈이 번쩍 뜨이는 순간, 곧바로 상냥한 목소리가 이어졌다

"고마워요, 케어스틴 백작 부인. 황금 분수는 이쪽 입구 가까이에다 설치하시지요. 그것만으로도 이 낡은 곳의 분위기가 한결 달라질 거예요. 이 정도면 카이트 님께 처음으로 드리는 선물로는 부족함이 없으시겠죠?"

슬쩍 곁눈질을 해 보니 공주는 어느새 고개를 치켜들고 미소를 지으며 서 있었다.

처음 만난 남자에게 황금 분수와 다이아몬드 샹들리에라니. 호감의 선물치고는 꽤나 씀씀이가 컸다.

그도 아니면 그 정도로 카이트에게 한눈에 반한 걸까?

"흐음. 이곳이 마음에 안 드시는가 보군요."

그렇게 되묻는 카이트의 입가 한쪽이 슬며시 위로 올라가 있었다. 비웃음이었다. 하지만 그 모습조차도 공주의 눈엔 들어오지 않는 모양이었다.

"이토록 근사하신 황자님께서 지금까지 이리 검소히 지내셨다는 것은 틀림없이 양국의 백성들에게 커다란 호감을 사고도 남을 겁니다."

"과연. 제가 그런 것으로 이 나라 사람들의 호감을 살 수 있다면 얼마나 좋겠습니까."

순간 페라트가 크게 헛기침을 했다. 참지 못하고 공주를 있는 힘껏 비꼬는 황자를 향해 자중을 부탁하는 신호였다.

마치 거지에게 선심 쓰듯 하는 공주의 태도는 그야말로 점입가경이었다.

"샹들리에는 다양한 것으로 여러 개 준비하도록 하지요. 무도회가 열릴 때마다 매번 똑같은 걸 달 수는 없지 않습니까?"

모든 사람들의 입이 쩍 벌려졌다. 특히 카이트의 하인들은 그저 믿기지 않는다는 듯 두 눈을 수도 없이 깜박였다.

순간 슈타티스트 공주에 대해 '상상을 초월할 정도로 사치스럽고 엄청난 허영심 덩어리'라고 평하던 페라트의 말이 윤수의 뇌리를 스치고 지나갔다.

"그 외에 어떤 것들로 꾸며야 이 삭막한 분위기가 한결 나아질까요? 아무튼 제게 맡겨주시지요. 스스로 말하기 부끄럽지만, 이래 뵈도 성을 아름답고 호화롭게 꾸미는 것에는 일가견이 있답니다."

하지만 공주의 성격은 그 얼굴만큼이나 예쁘지는 않은 듯 보였다. 첫 대면부터 다짜고짜 제 재력을 과시하는 점하며, 카이트는 안중에도 없는 듯한 경거망동에 윤수의 미간이 저도 모르게 찌푸려지려는 찰나.

"흐음, 세세한 장식품들은 성을 찬찬히 살펴보면서 생각해 보는 편이 낫겠군요."

"죄송하지만, 전."

마치 신혼집 설계라도 하는 듯 연신 종알거리는 공주의 말문을 막은 건 카이트였다.

"별로 성에 그런 불필요한 것들을 두고 싶어 하지 않는 주의라서 말입니다. 그저 마음만 감사하게 받겠습니다."

그러고는 가시죠, 라고 쐐기를 박으며 먼저 휙 등을 돌렸다. 그녀가 미처 '네?' 하고 반문할 틈도 없이 말이다.

하지만 뒤에 남겨진 공주의 얼굴이 황망함으로 물들든 말든 그는 거침없이 발걸음을 옮겼다.

어쩔 줄 몰라 하던 카이트 쪽 가신들도 결국 몸을 일으켰고, 윤수 역시 페라트와 도리스를 따라 적당히 눈치껏 무릎을 바로 세웠다.

"끄으응."

찬 바닥에 얼마나 오래 앉아 있었는지 다리가 몹시 저렸다.

이것 참. 성의 하인 1, 2, 3으로 등장했던 캐릭터들을 앞으로는 절대로 무시하지 않으리라.

윤수는 그렇게 다짐하며 카이트와 그를 좇아가는 신하들의 뒤를 종종거리며 따랐다. 이윽고 그의 발걸음이 홀에서 중앙 응접실로 향하는 커다란 계단 앞에서 멈췄다.

"어서 에스코트해 주세요."

살짝 심기가 좋지 않아 보이는 공주가 그를 재촉했다.

"이 계단은 숙녀에 대한 배려가 별로 느껴지지 않는 구조로 되어있군요."

그녀가 입고 있는 드레스의 치맛자락은 파니에(Panier)로 얼마나 부풀려 놓았는지 마치 풍선처럼 커다랬다. 홀로 계단을 오르는 것조차 힘겨울 정도로. 하지만 공주는 입으로는 그렇게 투덜대면서도 황자에게 스스럼없이 팔짱을 꼈다. 그 모습을 본 윤수는 슬그머니 고개를 돌렸다.

원래의 세계로 돌아가는 그날까지 보기 싫은 광경이 있다면 차라리 보지를 말자고 결심하며 눈을 내리까는데, 카이트의 목소리가 귓가에 들려왔다.

"한 가지 죄송스러운 말씀을 드려야 할 것 같습니다만, 실은 제가 오늘 아침 부상을 입고 말았습니다. 그래서 말인데, 이런 몸으로는 공주님을 제대로 에스코트해드릴 수가 없군요. 그러니 저 대신 제 부하가 공주님을 모시는 것을 부디 너그럽게 양해해 주십시오."

그러더니 뒤에 손을 모으고 선—하지만 역시 당황스러운 표정을 감추지 못하고 있는—페라트를 향해 단호한 목소리로 지시했다.

"페라트, 어서 슈타티스트 공주님을 에스코트해 드리도록 해라."

그러고는 입을 쩌억 벌리고 있는 윤수의 곁으로 뚜벅뚜벅 걸어오더니 이렇게 말하는 게 아닌가.

"저도 보다시피 부축을 좀 받아야 하는 처지라."

카이트는 그녀의 허리에 한 손을 감고 말을 이었다.

"어서 가지."

"뭐? 야, 아니, 황자님. 자, 잠깐만요."

당황한 윤수가 허둥지둥 몸을 빼자 카이트가 찡끗 눈짓을 주며 조용히 속삭였다.

"난 모르는 여자가 내 몸에 손대는 것만큼 싫은 게 없어. 그러니까 조용히 협조해."

허, 대단히 화끈한 철벽남이 여기 있었네.

하마터면 실소가 터질 뻔해 입을 황급히 다무는데, 그가 저를 계단으로 잡아끌며 또 귓속말을 했다.

"하지만 너와는 괜찮으니까."

동시에 고개를 치켜들자, 위로 아주 살짝 올라가 있는 카이트의 입매가 눈에 들어왔다. 오로지 곁에 있는 그녀만이 눈치챌 정도로 매우 잔잔한 미소였다.

*　*　*

계단을 오르며 카이트는 계속해서 윤수의 허리를 잡은 손을 놓지 않았다. 그리고 정말 부축을 받는 사람처럼 은근하게 몸을 붙여오니, 그녀의 입에서는 이내 더운 숨이 쏟아졌다.

그런데 왜 나도 모르게 자꾸만 웃음이 나오려고 하는 거지?

윤수는 휘어지는 입가를 진정시키려 노력하며, 곁에 붙어 있는 카이트에게만 들릴 정도의 작은 목소리로 조용히 속삭였다.

"걷는 건 아무 문제 없으면서."

"뭐?"

"다친 건 다리가 아니잖아."

"……다리도 다쳤다고 해."

푸핫.

이번에는 진짜로 헛웃음이 터졌다. 어린아이도 아닌데 난데없이 꾀병을 부리는 모습이 황당하기 그지없다.

덕분에 지끈거리는 두통이 조금 가라 앉는 것 같았다.

사실 따로 말은 하지 않았지만 그녀는 아까부터 지독한 피로감과 싸우고 있었다.

그도 당연한 것이 요 근래에는 거의 매일을 긴장 상태로 보냈던 데다가 아침에 그런 예상치 못한 사고까지 당했으니, 아무렇지 않다면 그게 더 이상한 일이 아닌가.

저도 모르게 카이트를 옆으로 밀치던 순간을 떠올리며 윤수는 가볍게 몸을 떨었다. 다소 충동적인, 하지만 스스로도 믿기지 않았던 용기였다.

……물론 그렇게 크게 다칠 줄은 몰랐지만 말이다.

그러나 만약 그때로 돌아가 또 같은 상황에 놓인다 해도, 달라지는 건 없을 것이다. 자신은 아마 똑같이 그를 감쌀 테니까 말이다.

그래, 아무래도 나는 변한 거 같아.

그녀는 바지에 달려 있는 주머니를 손바닥으로 꾸욱 눌렀다.

매일같이 만지작거렸던 터라 이제는 손때가 묻은 물건.

수첩으로 만들어 낸 가죽천의 여백이 어느새 점점 줄어들고 있었다. 그렇기에 윤수는 이제 어떤 능력을 손에 넣는 것 자체보다도, 그 능력의 효용 가치가 얼마나 큰지에 대한 걸 따지기 시작했다. 제아무리 탐나는 능력이라 해도 딱히 크게 쓰임새가 없을 거라 생각되면 미련 없이 탈락시켰다. 그리고 그 모든 고민과 행동의 끝에는 언제인가부터 딱 한 인물이 마치 이정표처럼 서 있었다.

바로 과거의 영광을 뒤로한 채 한없이 몰락해가는 악역, 3황자 아인젠카이트였다. 그는 제 손에 의해 철저히 괴롭힘 당했고, 무너졌으며, 모든 것이 산산조각 나버리고 말았다. 그리고 그때마다 카이트가 얼마나 괴로워했는가?

격한 분노를 이기지 못해 밤새 잠을 이루지 못하고 몇 번이나 벽을 주먹으로 쳐가며 고통스러운 숨을 헐떡이던 장면이 있었음을 똑똑히 기억한다.

그뿐만이 아니었다.

자신을 버리려고 하는 아버지에게 마지막 기회를 얻기 위해 이 나라에서 제일 인기 있는 투루니어 경기, 즉 마상(馬上) 시합에 참가했다가 모두가 지켜보는 앞에서 처참히 무너졌던 일도 생각났다.

그것도 주인공인 2황자의 시원한 부활이 예고되어 있는 에피소드를 완성시켜 주기 위해서 말이다. ……물론 그때마다 독자들은 '앗싸, 사이다!' 하면서 좋아했었지만.

그러나 그 후 자신의 꼬락서니가 속상한 나머지 카이트가 어두운 담장 아래 기대어 혼자 남몰래 울음을 삼켰던 사실까지 윤수는 다 알고 있었다.

당연한 일이었다. 그녀는 작가이니까.

즉, 이건 다 그녀 스스로의 손으로 쓴 이야기들이니까.

이 모든 것들을 지금까지 줄곧 모른 채 해왔으나 머릿속에서는 지울 수 없었다. 그때마다 가슴 가득히 차오른 것은 버거울 정도로 무거운 죄책감뿐이어서, 되레 생각하지 않으려 애쓴 적이 많았다. 그러니까 요지는, 이러한 미안함을 씻어내기 위해서라도 카이트는 앞으로 반드시 행복해지지 않으면 안 된다는 거였다.

황제가 되든 뭐가 되든지 간에 자신의 뜻도 마음껏 펼치고, 다른 주인공들처럼 뜨거운 사랑도 하면서 말이다.

게다가 책의 완결 이후 친모에게마저 버림받은 그인데, 아무런 대가 같은 걸 바라지 않고 무조건적으로 자신을 위해 주는 누군가를 한 명쯤은 만날 수도 있는 거잖아!

하지만 그렇게 마음속으로 외쳤음에도 불구하고, 윤수는 카이트의 좌절을 또 한 번 눈앞에서 목도해야만 했다.

조금도 열리지 않은 땅을 바라보며 그가 얼마나 딱딱하게 굳은 표정을 지었던가?

여러 번 칼을 휘두르던 행동과 자신의 위로에도 불구하고 왜인지 거칠게 화를 내던 그의 태도. 덕분에 도저히 견딜 수 없는 미안함이 가슴 속 깊이 차오르던 그때였다.

우지끈 소리와 함께 부러진 통나무가 굴러오는 게 보였다.

그 순간 반사적으로 그를 밀쳤다.

"하아……."

윤수의 입에서 또 한 차례 작은 한숨이 새어 나왔다.

사실 이런 변화는 달갑기보단 곤란한 거였다.

특히 카이트가 이미 제 안에서 명실상부한 주인공으로 자리잡고 말았다는 게 그녀를 가장 당혹스럽게 했다.

왜 그런가 하면, 작가란 원래 주인공을 향해 질리지도 않고 무한대의 애정을 쏟는 생물이라는 것을 누구보다 잘 알고 있기 때문이었다.

혼자서 묵묵히 시련을 견디어낸 진중함은 물론, 곤경에 처한 자를 보면 기꺼이 위험을 무릅쓰고 구해 줄 줄 아는 의협심, 게

다가 발랑 까지지 않은 순진함까지.

이것이 곁에서 지켜본 카이트의 원래 모습이었다.

그러니 반 년 넘게 머리를 쥐어뜯으며 기껏 완벽한 남주로 만들어 줬더니 정작 자신에게 실망을 안긴 2황자보다, 카이트 쪽이 훨씬 더 주인공에 적합한 녀석이라는 것은 두말하면 잔소리 아닌가.

그는 이제 더 이상 숨만 쉬어도 욕을 먹을 정도로, 누군가의 미움을 받을 때 가장 가치 있었던 존재가 아니었다. 적어도 그녀에게만큼은.

"무슨 생각을 하는 거지? 설마 아직 아픈 데가 남아 있나?"

줄곧 말이 없는 모습이 걱정을 샀는지, 낮게 잠긴 목소리가 불쑥 귓가에 침입했다.

"응? 아니야. 아프긴 뭘."

윤수는 그렇게 대답하며 머릿속에 늘어놓은 상념을 황급히 지웠다. 그래, 지금은 이런 생각을 할 때가 아니었다.

이제, 2황자의 성에 간다.

원래의 세계로 돌아 갈 수 있는 통로이자, 늘 고통뿐이었던 3황자의 삶에 조금이나마 속죄할 수 있는 유일한 기회.

이건 이를 악물고서라도 견뎌야 하는 어려운 도전이나 과제 같은 게 아니었다. 자신은 꽃의 기사단을 따라다니는 위장 병사로서의 역할을 훌륭히 해내기만 하면 되는 것이니, 실수 따위는 절대로 용납할 수 없다.

그렇게 다짐하며 그녀는 지니고 있는 모든 번뇌를 지우려 다시 한 번 갖은 애를 썼다.

* * *

"공주님이 머무르실 방은 이곳입니다."

뒤에서 들려온 페라트의 말에 아픈 척하는 카이트를 부축하던 윤수의 발걸음이 멈췄다.

아기자기한 물건들로 가득한 커다란 방 앞이었다.

"어머."

바닥까지 떨어진 기분이 그제야 나아지는 듯, 공주가 탄성을 질렀다.

"제가 하늘색을 좋아하는 걸 기억하고 계셨나 보군요."

순간 페라트가 재빨리 눈치를 주자 카이트가 어색하게 고개를 끄덕였다. 물론 손거울이나 슬리퍼 따위의 작은 소품까지 세세히 신경 쓴 것은 이 은발머리 청년이었다.

"그토록 수차례 서신을 교환했는데, 공주님이 직접 말씀해 주신 것을 잊을 리가 있겠습니까. 그럼 먼 길을 오셨으니 잠시 쉬시는 편이 좋겠지요. 저녁 식사 준비가 되면 다시 모시러 오겠습니다."

어느새 카이트는 부드러운 목소리로 능청스레 말을 건넸다.

그 모습에 윤수는 제 발끝으로 가만히 눈길을 돌렸다.

잠시 잊고 있었는데 자신한테 유리하도록 분위기를 자연스럽게 돌리는 것은 카이트의 특기였다. 어쨌든 자신이 그에게 만들어 준 건 단점뿐만이 아니라 장점도 있었으니까.

“벽지와 카페트도 전부 제가 선호하는 무늬로 꾸며주셨군요. 게다가 저 의자와 테이블은 분명 페어라센에서 가장 유명한 명인의 작품이 아닌지요? 집 밖으로 나가는 일이 일 년에 몇 번도 채 되지 않는 은둔자라, 제아무리 황족이라 해도 그의 작품은 쉽게 손에 넣을 수 없다고 들었는데…….”

이제야 자존심이 좀 회복된 듯 공주의 턱이 또다시 점점 치켜 올라갔다.

“맞습니다. 마음에 드신다니 다행이군요.”

“어쩜. 감사합니다, 카이트 황자님.”

“별말씀을.”

그 명인을 찾아내느라 페라트가 얼마나 고생했는지 윤수는 잘 알고 있었다.

재주는 심복인 그가 다 부렸는데 칭찬은 카이트 혼자서 독식하다니, 말을 안 해서 그렇지 저 은발 청년도 얼마나 억울한 것이 많을까라고 생각하던 찰나였다.

“그럼 쉬십시오. 필요한 것이 있으시면 여기 있는 하녀나 방을 지키는 문지기에게 말씀하시면 됩니다.”

그렇게 말하고 카이트가 등을 돌리려는데 공주가 황급히 입을 열었다.

"아 참, 황자님. 부탁이 있습니다만, 호위 병사를 저기 계신 여성분으로 바꿔주실 수 있으신가요?"

'뭐라고? 나?'

뜻밖의 제안에 윤수의 두 눈이 크게 뜨였다.

"죄송하지만 그녀는 이 일을 맡은 지 얼마 안 되어서요. 아직 신참에게 공주님의 호위를 맡길 수는 없습니다."

놀란 것은 카이트도 마찬가지였다. 그는 당황스러움을 숨긴 채 좋은 말로 대번에 공주의 청을 거절했다.

"하지만 전 남자 병사가 불편한걸요! 그들은 가끔 너무나 거칠고 또한 지저분하죠. 우리 미틀러렌의 왕실 기사단 역시 대부분이 여자라고요. 페어라센의 기사단장님도 분명 여성분 아니었나요? 그런데 여긴 왜 이렇게 여성 병사가 없나요?"

끊임없이 투덜거리는 그녀를 바라보는 카이트의 입술이 굳게 닫혔다. 그러고는 곧 눈을 두어 번 깜박이더니 노골적으로 한숨을 크게 내쉬는 게 아닌가.

'그러니까 저 행동은 그걸 말하는 거죠?'

'네, 지금 엄청나게 화를 참고 계신다는 것이지요.'

뒤에서 페라트와 윤수가 재빨리 눈빛을 교환했다.

두 사람 모두 카이트를 뼛속까지 잘 아는 사람들이기에 가능한 일이었다. 그러고는 서로 앞다투어 입을 열었다.

"신참이긴 하지만 잘해낼 수 있을 겁니다, 주인님."

"제가 호위를 서겠습니다!"

그러자 그가 눈썹을 있는 대로 구기며 두 사람 곁으로 저벅저벅 다가왔다.

"야아, 조심해. 너 지금 다리 다친 설정이라고."

하지만 카이트는 들키는 것 따위 상관없다는 듯 그녀의 앞을 떠억 가로막고 섰다.

"……대체 뭐하는 짓이지? 네가 공주의 호위 일까지 맡겠다고?"

윤수는 도도하게 고개를 쳐들고 있는 슈타티스트 공주의 눈치를 보며 조용히 입술을 움직였다.

"그럼 어떻게 해. 저렇게 떼를 쓰는데."

"지금은 공주님의 청을 들어드리는 게 어떻습니까, 주인님. 이러다 2황자의 성에 가기도 전에 일이 틀어질까 두렵습니다. 모쪼록 주인님께서 꽃의 기사라는 걸 잊지 마십시오."

페라트까지 거들고 나서자, 그의 미간이 더욱 찌푸려졌다.

"페라트, 넌 입 다물어."

"걱정 마, 내가 안 들키고 잘할 테니까."

"하……."

불만 섞인 한숨을 마지막으로 흘리고 카이트는 입술을 꾸욱 깨물었다.

지금 저는 윤수의 정체를 들킬까 봐 이러는 게 아니었다.

일개 병사인 척 꾸몄을 뿐이지, 누가 진짜 근무를 서라고 했나. 아침에 그런 큰일을 겪었으니까 좀 쉬게 해 주고 싶을 뿐인데! 도대체 이 여자는 스스로를 뭐라고 생각하는 거지? 진짜 본인이 영원불멸의 육체를 얻은 마녀라도 되었다고 믿고 있는 거 아니야?

차마 입 밖으로 꺼내지도 못하고 속으로만 이렇게 버럭버럭 소리칠 때였다.

"카이트 황자님? 언제까지 절 방 밖에 세워두실 참이죠?"

공주의 입에서 또다시 칭얼거리는 소리가 흘러나오자, 그의 눈썹이 더욱 노골적으로 꿈틀댔다.

"아, 지금 곧 가겠습니다!"

카이트가 어깃장을 놓을까 노심초사한 나머지 윤수가 먼저 황급히 대답했다.

"좋아요. 그런데 여자 병사는 정말 당신 혼자뿐인가요?"

"네에, 그렇습니다. 고, 공주님."

"흐음, 어쩔 수 없죠. 그럼 따라와요."

윤수는 페라트와 카이트를 향해 여러 가지 의미를 담은 눈짓으로 바쁘게 신호를 보내고는 그대로 공주를 따라 방 안으로 들어갔다.

"하아."

그들의 뒷모습을 바라보던 카이트의 입에서 기어코 짙은 탄식이 흘러나왔다.

"제가 여기 남을까요? 공주님 허락이 없으니 바로 곁에서 함께 있어드리지는 못해도 이 근처를 떠나지 않겠어요. 행여나 무는 일이 있으면 바로 알릴 수 있도록 말예요!"

말하지 않아도 그의 심정을 이해한다는 듯 그렇게 첨언하고 나선 것은 도리스였다. 지금 그의 편은 그녀뿐인 듯싶다.

"좋아, 그럼 부탁하겠다."

황자가 허락하자 도리스는 힘차게 고개를 끄덕였다.

"걱정하지 마세요, 카이트 님. 바서 님의 정체는 제가 온몸을 던져서라도 지킬 테니까요!"

요즘 자신이 이 비밀 결사대의 일원이 된 것을 누구보다도 자랑스러워하는 이 활기찬 하녀는, 어디론가 쪼르르 달려가더니만 금세 커다란 의자를 낑낑거리며 끌고 왔다.

그러고는 공주가 머무는 방 맞은편에 그것을 놓고는 털썩 주저앉았다. '좋아, 임무다!'라고 말하는 듯한 비장한 표정을 풀지 않은 채.

"그럼 여긴 도리스에게 맡기고 이제 그만 가시죠, 황자님. 어깨의 붕대도 새로 가셔야 합니다."

하지만 페라트의 재촉에도 불구하고 카이트는 쉽사리 발걸음을 떼지 못하고 있었다. 그는 그 후로도 도리스의 시선을 피해 복도 저 끝에서 혼자 남몰래 한참을 서성였다.

공주가 한껏 차려입은 드레스는 이미 무슨 색깔이었는지조차 기억나질 않았다. 그저 눈에 아른대는 것이라고는 단순하고 밋밋한 남색 제복을 입은 단발머리 여자의 잔상뿐이다.

또다시 걱정 반, 답답함 반으로 마음속이 꽉 차버렸다.

'창조주인 주제에 제가 만든 캐릭터의 마음을 어찌 이리도 몰라 줄 수 있나.'

알 수 없는 서운함과 야속함. 요즈음은 그녀만 생각하면 늘 이런 상태였다.

* * *

"왜 장미색 장갑이 보이질 않아? 이러면 정원 산책용으로 낄 만한 것이 없잖아!"

"아, 죄, 죄송합니다. 공주님. 하지만 가장 좋아하시는 색깔로 열 개를 채우라고 하셔서, 그것들을 우선적으로 챙기다 보니……."

짜악!

여인이 그렇게 운을 떼자마자, 그녀의 어깨 위에 매질이 쏟아졌다.

손에 쥔 부채로 부인을 서슴없이 후려친 것은 공주였다.

"감히 어디서 말대꾸야! 한 나라를 대표하는 사절단이란 게 얼마나 막중한 임무인지 네까짓 게 알기나 해? 매 순간의 내 모습이 바로 미틀러렌 그 자체라고!"

"으윽, 죄송합니다. 공주님."

"너와 네 남편 말고도 성의 출입증을 가지고 싶어 하는 귀족들은 널려 있다는 걸 잊었나 보지?"

또 짝! 하는 소리가 울려 퍼졌다.

"그런 게 아닙니다! 부, 부디 용서해 주십시오."

세상에. 저, 저, 미친!

그리고 공주가 그럴 때마다 윤수는 이렇게 소리치고 싶은 제 입을 막느라 필사적이었다.

사실 호위 병사의 임무라는 게 딱히 어려운 것은 없었다.

그저 방 한구석에 부동자세로 서서 점점 아파오는 다리와 허리의 통증을 참아 내면 그뿐. 하지만 덕분에 윤수는 슈타티스트 공주의 숨겨진 면모를 빠짐없이 볼 수 있었다.

방 안에 저와 제 측근들만이 남게 되자, 그녀는 순식간에 백팔십도로 변모했다.

처음에는 짐 속의 향수병 뚜껑이 빠져 달아났다는 것으로 사람들을 들들 볶더니, 이제는 수십 짝 챙겨온 장갑들 중 고작 한 가지 색깔이 없다고 저 난리다.

슬쩍슬쩍 귀동냥을 한 결과, 공주의 측근들은 젊은 연령의 아가씨부터 어머니뻘 되는 부인까지 나이대도 다양했고, 모두가 귀족 출신이었다.

생각해 보면 놀랄 일은 아니었다. 공주를 보좌한다는 것 자체가 높은 신분임을 나타내주는 증거일 테지.

그런데 제아무리 왕가의 핏줄이라지만, 정말 저래도 괜찮은 걸까? 게다가 지금 계속해서 매질을 당하고 있는 저 여인도 누가 봐도 공주만 한 딸이 있을 것 같은데.

윤수는 이 상황을 정리해보려 재빨리 머리를 굴렸다.

슈타티스트 공주가 책 속의 사람이라는 것은 물론 변함없는 사실이나, 공주는 사실 책과는 별로 상관없는 외부 인물에 더 가까웠다. 윤수가 직접 캐릭터를 잡고, 세세한 성격을 만들어 준 존재가 아니기에 더더욱 그러했다.

"페어라센의 병사분 앞에서 이런 소란을 피워 부끄럽기 그지 없군요."

게다가 이 아가씨는 아무래도 소리 소문 없이 사람 앞에 다가오는 것이 특기인 것 같았다. 제 앞에서 살포시 치맛자락을 들고 더할 나위 없이 교양 있는 목소리로 차분히 사과의 말을 전하는 공주는, 어느새 우아한 왕족의 모습으로 돌아가 있었다. 강풍에 데굴데굴 구르는 벌레만 봐도 눈물을 흘릴 것 같은 얼굴을 하고서는.

설마 이 여자, 이중인격자?

저를 향해 생글생글 웃는 공주의 표정은 그렇게 생각할 만큼 천진난만했고, 호박색의 두 눈은 반짝이는 별처럼 빛나고 있었다. 하지만 그런 그녀를 앞에 두고 윤수는 아무런 대답도 하지 못했다.

진짜 악역을 눈앞에서 본 느낌이 들었다. 그리고 그것은 카이트를 마주했을 때와는 전혀 다른 불쾌감이었다.

공주가 목욕을 하고 싶다며 윤수를 밖으로 내보내자, 도리스가 기다렸다는 듯 다가왔다.

"아휴, 힘드셨죠, 바서 님? 어서 여기 앉으세요."

복도에 놓인 긴 의자에 앉자마자 열과 성의를 다해 자신의 다리를 주물러 주는 도리스를 향해 윤수가 멍청한 목소리로 입을 열었다.

"저 여자는…… 아무래도 어딘가 좀 이상해요."

"네?"

"글쎄 내 말 좀 들어 봐요. 그렇게 얌전하게 굴 때는 언제고, 방에 들어가자마자 자기 측근들에게 막 패악을 부리다 못해 손찌검까지 하는 거 있죠! 그것도 사소한 실수 하나로."

"누가요?"

"누구긴요, 슈타티스트 공주죠!"

입에 거품까지 문 윤수와는 달리 도리스는 그저 시큰둥했다.

"어머, 그래요?"

"네에. 정말이지 믿을 수가 없네. 난 이중인격자일까 봐 무섭기까지 했다고요."

"그래서 바서 님의 눈이 이렇게 놀란 토끼처럼 된 거군요."

"그럼 도리스는 이 이야기를 듣고 아무렇지도 않아요?"

그러자 그녀는 어깨를 으쓱 추켜세우며 대수롭지 않은 목소리로 말을 받았다.

"하지만 그게 보통인걸요. 측근들이 쉬쉬해서 그렇지 그쪽 세계에서는 별일이 다 일어난대요. 황족들 말이에요. 그러니 바서 님도 유념하셔야 해요. 저 안에서 본 일들을 함부로 발설하시면 절대 안 된답니다. 그분들의 면면을 입에 담는 건 큰 죄에 속하니까요. 아셨죠?"

하지만 윤수는 이해할 수 없다는 듯 관자놀이를 긁적이며 물었다.

"보통 그렇다고 하기에는 말에 어폐가 좀 있지 않아요? 카이트 황자도 엄밀히 말하면 '그쪽' 사람 아니던가요? 도리스가 하고 있는 이 성의 일이란 것도 결국은 황자를 위한 거고요."

그러자 도리스는 기다렸다는 듯 대답을 쏟아 냈다.

"어머, 페어라센의 황자님들을 다른 이웃나라 왕실 사람들과 비교하시면 곤란해요, 바서 님. 카이트 님은 물론이고 하인들을 자신과 똑같은 하나의 인격체로 대해 주시는 것은 주변국을 통틀어서 우리 황자님들이 유일무이하답니다."

윤수는 부지불식간에 도리스의 말을 앵무새처럼 그대로 따라 했다.

"모든 하인들을 똑같은 인격체로 대해 주는 것은 페어라센의 황자들뿐이라고요?"

어째서일까?

윤수는 그 답을 찾기 위해 스스로 자문해 보기 시작했다. 그런 그녀를 앞에 두고 도리스는 자부심이 가득한 목소리로 계속해서 설명을 이어 갔다.

"정말 감사한 일이죠. 덕분에 이웃나라에서는 무려 부시녀장까지 지냈던 경력자가 그저 신참 하인이라도 좋으니 이 나라에 제발 취직만 시켜달라고 애걸복걸할 정도인걸요."

머릿속으로는 이미 다른 생각이 한 가득이지만, 윤수는 잊지 않고 적절히 추임새를 넣듯 대답해 주었다.

"한마디로 인기 있는 일자리네요."

"그러니 제아무리 미틀러렌의 귀족이면 뭐해요? 전 단연코 페어라센의 하녀인 쪽이 훨씬 좋아요."

혼란은 점점 가중되었다.

"그렇지만 정말 저런 게 공주라니…… 게다가 아까 손찌검을 당한 여인은 무려 남작 부인이었다고요."

"아휴, 순진하신 바서 님."

얼이 빠진 듯한 윤수를 바라보며 도리스가 킥킥 소리 내어 웃었다.

"제아무리 높은 지위라 해도 감히 공주님과는 대적할 수 없는 걸요. 아마 남작이란 칭호, 그에 따라 받을 수 있는 재산도 모두 왕실에서 내린 것일 테니까요. 즉, 공주님의 말 한마디면 모든 게 순식간에 사라질 수도 있는 허상이라고요."

거기까지 말하고 도리스는 얕은 한숨을 내쉬었다.

"하지만 저런 공주님이 이 성의 안주인이 된다면, 여기도 많이 바뀌겠죠."

"아, 안주인?"

순간 윤수의 머릿속이 쿠웅, 하고 울렸다. 무언가 무거운 것이 떨어지듯 말이다.

물론 새삼스럽게 놀랄 일도 아니었다. 어차피 이 꽃의 기사라는 건 서로 배우자를 맞이하기 전, 상대가 어떤 사람인지 한번 만나 보라는 의도가 다분한 제도 아니던가.

"이건 바서 님한테만 말씀드리는 건데요, 그때가 되면 전 사표를 낼 거예요. 물론 일을 계속한다면 근사한 귀족 칭호 하나쯤은 얻을 수 있을지 모르지만 사람 대접 하나 받지 못하고 일해야 하는 건 싫어요. 전 아직 젊으니까, 어딜 가든 입에 풀칠 정도는 할 수 있겠죠."

이곳을 그만두는 상상을 하자 정말로 속상한지 도리스는 우울한 한숨을 쉬지 않고 내뱉었다.

하지만 윤수는 더 이상 아무런 대답도 할 수 없었다.

아까부터 계속해서 마음속으로 곱씹고 있었던 한 가지 의문에 대한 해답의 실마리가 드디어 풀렸기 때문이었다.

'카이트 님은 물론이고 하인들을 자신과 똑같은 하나의 인격체로 대해 주시는 것은 우리 황자님들이 유일무이하답니다.'

누가 들으면 웃을지도 모르겠지만, 사실 윤수는 지금 가슴이 벅차 눈물이 다 나올 지경이었다.

페어라센 황실의 일원들이 다른 왕족들과는 다르게 가신들을 허투루 대하지 않는다는 것은 작가로서의 제 가치관이 그대로 반영된 결과라고 그녀는 진심으로 믿었다.

사실 이곳에 끌려오던 날에도 점심밥조차 편히 먹지 못한 채 여직원 무리의 조롱을 받은 그녀 아닌가.

윤수는 누군가를 이유 없이 괴롭히거나 함부로 업신여기는 것을 가장 싫어했다. 그건 사람들이 저지르는 수많은 일 중에서도 가장 비열한 행동이니까 말이다.

게다가 그런 취급이 익숙하다고 해서 상처받지 않을 리 없다는 것도 자신이 가장 잘 알고 있었다.

당시 그런 마음가짐으로 황자 시리즈를 써 내려갔다.

덕분에 직장 내 은근한 괴롭힘으로 인해 받았던 스트레스도 해소되었다. 그러므로 페어라센은 그녀가 옳다고 믿은 대로의 세계관, 바꿔 말하면 이상향 그 자체라고도 할 수 있을 것이다.

그런데 이곳에 저 미꾸라지 한 마리가 들어와 물을 흐린다고?

"바서 님?"

있는 대로 미간을 구긴 채 말없이 손톱을 딱딱 튕기는 윤수를 도리스가 조심스럽게 불렀다.

내가 혹 무언가 말실수라도 한 걸까?

마녀는 어쩐지 몹시 화가 난 것처럼 보였다. 그뿐만 아니라 범접할 수 없는 어떤 강한 기운까지 느껴져 도리스는 그만 찔끔 기가 죽고 말았다. 하지만 윤수는 그녀가 제 눈치를 계속해서 살피는 줄도 모른 채, 계속해서 저만의 생각에 푹 빠져 헤어 나올 줄 몰랐다. 솔직하게 고백하자면 사실 그녀는 카이트를 황제로 만들어 주는 것 외에 가능한 한 그 어떤 스토리에도 개입하지 않으려 했다.

누굴 만나든지, 또 어떤 여자와 사랑을 하든지 간에 말이다.

그래, 특히 러브 라인에는 더더욱 참견하지 않으려 했다. 마치 자식에게 집착하는 부모처럼 그 어떤 여자가 와도 꼬투리를 잡을 게 뻔하니까! 하지만 내 손으로 만든 세계가 어지럽혀질 것을 알면서도 지켜보기만 하는 건 작가로서의 자존심이 도무지 허락하지 않았다. 그래서 그녀는 부지불식간에 이렇게 소리 내어 말하고 말았다.

"그런 걱정은 접어 두세요. 도리스가 사표를 쓸 만한 상황 같은 건 절대 만들지 않을 테니까."

"네?"

"아무데서나 갑질 하는 저런 모습은 소설 밖 현실만으로도 지긋지긋하다고요. 게다가 이 성의 안주인이라는 건 따지고 보면 여주 자린데, 얼굴만 예뻤지 성격은 미친 고양이 같은 그런 여자에게는 너무 과분한 것 같네요!"

하지만 도리스는 윤수가 하는 말을 이해하긴커녕, 조금도 알아들을 수 없었다. 그렇지만 그녀는 그저 고개를 힘차게 끄덕이며 맞장구쳤다. 윤수가 부리는 별별 희한한 마법을 그동안 쭉 가까이에서 지켜본 덕이다.

"그래요, 맞아요! 전 바서 님이 하는 말은 죄다 옳다고 생각해요!"

하지만 씩씩하게 대답한 것도 잠시, 무얼 생각했는지 도리스는 무척이나 조심스러운 목소리로 다시금 윤수를 불렀다.

"근데요, 바서 님."

"네?"

'그러지 말고 바서 님이 그냥 카이트 님의 짝이 되어 주시면 안 되는 걸까요?'

그녀는 입술을 달싹이며 속으로 몇 번이고 연습한 그 말을 목구멍 끝까지 올렸다.

사실 못 할 것도 없지.

시녀장님은 주인님과 바서 님의 사이가 나쁜 것 같다며 가끔 걱정을 하시곤 하나, 그건 하나만 알고 둘은 모르는 소리다. 물론 두 분이 티격태격하는 건 사실이지만 분명 서로 은근히 상대를 마음에 두고 있다니까!

눈치 하나만큼은 성의 누구보다도 재빠르다는 평가를 받는 도리스였다. 그러니 그녀의 느낌이 틀릴 리 없었다.

하지만 도리스의 입은 그 말을 하는 대신 다른 누군가의 이름을 반갑게 외쳤다.

"어머, 카이트 님!"

그녀를 방해한 것은 윤수의 안위가 궁금해진 나머지 그새를 못 참고 저 멀리서 걸어오는 붉은 머리 남자였다.

* * *

"이제 그만하면 되었으니 당장 방으로 돌아가!"

눈까지 부라리면서 카이트가 종용한 탓에 윤수는 결국 슈타티스트 공주의 방에서 철수했다. 그리고 지금 이 순간, 그녀는 그의 말을 못 이기는 척 듣기를 잘했다고 진심으로 생각했다. 그렇지 않았더라면 지금 이 시간을 틀림없이 버티어 내지 못했을 것이다.

오늘은 하루 종일 서서 보냈던 시간이 앉아 있는 시간보다 압도적으로 많았다.

작가였던 그녀로서는 익숙지 않은 일이었다.

그러나 첫 저녁 만찬—물론 만찬이라고 하기엔 조금 조촐하지만—의 자리에서도 공주는 줄곧 고집스럽게 저만을 찾아댔다. 마치 다른 남자들과 한 공간에 있으면 큰일이라도 나는 것처럼 구는 슈타티스트 덕분에 그야말로 몸살이 날 지경이었다.

참 나, 카이트한테는 잘도 그런 야한 편지를 써놓고.

테이블 뒤에 놓인 커다란 벽난로 옆, 부동자세로 서 있던 윤수의 입가가 위로 삐죽이 들렸다. 그녀는 후들거리는 무릎을 바로 세우려 노력하며 식당 안에 가득 차 있는 음식 냄새를 저도 모르게 코로 킁킁댔다.

아, 버터를 듬뿍 쓴 무언가를 굽는 냄새다. 아마도 커다란 파이나, 바삭한 쿠키 같은 거.

마, 맛있겠다!

군침이 목으로 꼴깍꼴깍 잘도 넘어갔다. 윤수는 저들의 식사가 빨리 끝나기를 다시 한 번 간절히 빌었다.

병사라는 포지션은 생각보다 훨씬 어려웠다.

무엇보다 몸이 고되다는 게 가장 힘든 점이었다.

마녀에서 검사, 검사에서 격투가, 그 뒤에는 댄스 교사, 그리고 다시 병사에 이르기까지. 윤수는 마치 제 자신이 직업 체험 프로그램에 매주 출연하고 있는 사람 같다는 생각을 했다. 물론 제가 이곳의 창조주인 건 맞지만, 그렇다고 해서 여기 있는 모든 역할들을 다 겪어봐야 하는 것도 아닌데 말이다.

……잠깐, 설마 진짜 그런 건 아니겠지?

괜한 생각에 갑자기 머릿속이 새하얗게 비워졌다.

내가 또 뭘 만들었더라.

초점을 잃은 두 눈이 바삐 움직였다.

하녀1, 하녀2, 문지기1, 문지기2, 문지기3. 게다가 요리사에 정원사, 재봉사, 마구간지기…….

으악! 안 돼!

그렇게 소리치고 싶은 마음을 간신히 진정시키고 있을 때였다.

"바서 님."

"네?"

친근하게 이름을 부르며 다가온 것은 페라트였다.

"일부러 시간을 좀 조절하여 뒤에 남은 음식들이 빠르게 나올 수 있도록 했습니다. 곧 식사가 끝날 테니 조금만 견뎌 주세요."

"아니요, 전 괜찮아요. 사절단들이 도착한 첫 날의 만찬이잖아요. 행여나 황자의 평가가 깎이기라도 하면……."

조심스레 거절하자 페라트가 살짝 웃으며 속삭였다.

"이건 카이트 님의 지시이기도 합니다."

"아."

그 한마디에 윤수는 즉각 입을 다물었다. 그러고는 저를 줄곧 배려해 주는 붉은 머리 남자를 향해 진심을 담아 고마운 시선을 보내려는 찰나.

"저분들은 지금 왕족을 앞에 두고 따로 뭘 속삭이고 계시는 거죠? 아하! 알겠다! 이제 보니 저 두 분이 좀 은밀한 사이인가 보네요. 카이트 님, 알고 계셨어요?"

식사를 하면서 곁들인 와인에 조금 취했는지, 공주의 웃음소리가 유달리 높아져 있었다. 그 말에 사절단 일행들이 기다렸다는 듯 까르르 웃음을 터뜨렸다.

"……."

카이트는 그저 눈살을 찌푸린 채 아무런 대꾸도 하지 않았지만 그녀는 끈질겼다.

"어머, 혹시 성의 주인이신 카이트 황자 님도 모르셨던 관계? 그렇다면 저 때문에 탄로가 난 거군요! 호호, 괜찮아요. 두 분 무척이나 잘 어울리니까요. 그렇죠, 카이트 님?"

"……글쎄요."

하지만 그의 무뚝뚝한 대답에도 불구하고 슈타티스트의 관심은 사그라질 줄을 몰랐다.

"흐음, 좋아요. 그렇다면……."

그렇게 말하며 공주는 손에 든 와인 잔을 입으로 가져다 댔다. 그녀는 남아 있는 술을 목으로 마저 꿀꺽 넘기고는 윤수와 페라트를 위아래로 샅샅이 훑었다. 그건 몹시 불쾌한 눈길이었다. 자신들을 마치 사람이 아니라 지루함을 잠시 상쇄시켜줄 재미있는 장난감처럼 취급하는 시선.

저 여자를 당장 지나가는 개미보다도 못한 존재로 만들어서 — 아니, 아예 소설 밖으로 추방시켜버리고 싶은데 이 짜증나는 기분을 어떻게 참아야 하는가 하고 윤수가 고민하던 때였다.

"카이트 님은 남자분이시니 아무래도 이런 일에는 둔감하실 테죠. 좋아요, 그럼 내가 자비를 베풀어 드리지요."

아이고, 또 뭘 지껄이시려고? 말할 거면 잘 생각하고 말해라. 나중에 죽도록 후회하는 수가 생길 테니.

그녀의 입에서 작게 혀 차는 소리가 새어 나왔다.

하지만 공주는 아랑곳 않고 떠들어 댔다.

"미틀러렌 왕가의 이름으로 두 분의 사이를 기꺼이 허락해 드리겠어요. 보아하니 황자님께도 말 못 할 사정이 있는 거 같은데, 자, 이제 왕족의 인정도 얻었으니 그 어떤 것도 문제될 건 없겠죠?"

"세상에, 우리 공주님은 자상하시기도 하시지."

"어쩜, 공주님 최고예요. 너무나 낭만적이신 분!"

맙소사, 저 말도 안 되는 헛소리에 또다시 미틀러렌 사람들이 앞다투어 찬사를 쏟아 냈다.

"저는 사랑은 언제나 아름다운 거라고 생각한답니다."

사랑 같은 소리 하네. 윤수는 치솟는 화를 삭히기 위해 윗입술을 아랫니로 잘근 물었다.

사실 공주의 행동은 몹시 무례한 거였다.

카이트의 앞에서 황자의 측근들을 데리고 마치 인형 놀이를 하듯 행동하다니. 슈타티스트의 말도 안 되는 이야기가 불편한 건 물론 페라트도 마찬가지인 듯했다.

하지만 그는 역시 프로였다. 어느새 카이트 옆으로 돌아간 페라트는 자연스럽게 그의 시중을 들고 있었다.

"감사합니다, 슈타티스트 공주님."

아무 일도 없었다는 듯, 저렇게 시치미를 뚝 떼고서.

하지만 페라트가 얼른 윤수의 곁을 뜬 건 다른 이유가 있어서가 아니었다. 공주의 장난기 섞인 희롱에, 당사자들보다 더욱 얼굴을 굳힌 건 바로 카이트였기 때문이다.

"황자님, 여기 냅킨을 바꿔드리겠습니다."

페라트는 그렇게 말하며 아직 깨끗하기만 한 냅킨을 황급히 치웠다. 카이트가 이성을 잃기 전에, 그래서 불과 공주를 만난 이 첫날 돌이킬 수 없는 일이 벌어지지 않도록, 그는 필사적으로 애를 쓰고 있었다.

이래서는 배우자감은커녕, 꽃의 기사로서의 앞날도 불투명한 상황이다. 분위기는 겨우겨우 원래대로 돌아갔지만, 윤수는 여전히 속으로 조용히 혀를 내두르고 있었다.

생각해 보면 슈타티스트도 대단한 여자였다.

만난 지 하루도 채 지나기 전에 황자를, 아니 모두를 이렇게 질리게 만들다니.

혼자서 멍하니 서있는 것 외에 별다른 할 일이 없었던 윤수의 머릿속에, 새로운 이야기가 재빠르게 구상되었다.

착하고 아름다운 성녀인 척 연기하던 이웃나라 공주님의 가면을 벗기기 위해, 온갖 고생을 가져다 안기는 이야기.

그래서 결국 울면서 애원하는 모습을 보는 것이 목적인 소설이라면 꽤 재미있지 않을까?

윤수는 소리 없이 미소를 지었다.

그러고는 발끝에 힘을 준 채 허리와 등을 다시 꼿꼿하게 폈다. 때로는 검보다 펜을 휘두르는 복수가 더 무서운 것일지도 모른다는 생각을 하면서.

"어머! 그랬군요! 회색 빛깔에 흰 얼룩이 박힌 말이 변종이라는 생각은 한 번도 못 했어요."

그새 화제가 바뀌었는지 두 사람은 말 이야기를 하고 있었다.

"원래 희귀한 색을 지닌 녀석일수록 변종일 가능성이 높으니 세심한 관리가 필요한 겁니다. 그저 예쁜 털을 가진 망아지라고 치부해 버렸으니 금세 폐사해 버릴 수박에요."

여전히 화가 풀리지 않았는지 그저 무뚝뚝하게 대꾸하는 카이트의 태도에도 불구하고, 슈타티스트 공주가 눈물을 글썽이며 대답했다.

"그래서 그랬군요. 제가 베스라고 이름 붙여 준 말이 제대로 뛰지도 못하고 몇 달 만에 죽은 이유가요. 어쩜, 너무 가여워라."

슈타티스트의 가증스러움에 윤수의 입술이 무한대로 벌어졌다.

뭐? 죽은 말이 가여워? 가여운 건 모두의 앞에서 너한테 손찌검 당한 그 부인이라고!

부아가 치민 마음을 진정시켜 볼 요량으로 허리에 찬 검 자루를 가만히 매만질 때였다.

"그런데 말이에요, 황자님."

"네."

갑자기 공주의 목소리가 은밀하게 잦아들었다.

"제가 먼저 이런 이야기를 꺼내도 될지 모르겠어요."

"말씀해 보십시오."

그의 음성은 여전히 담담했지만 슈타티스트는 얼굴이 붉게 달아올라 있었다.

그 묘한 수줍음에 알 수 없는 불길함을 느끼던 찰나.

"사절단 임무를 다 마친 후 미틀러렌에 돌아가기 전까지, 결혼식 날짜를 받았으면 합니다."

챙그랑!

공주의 말이 끝나자마자 쇠붙이가 바닥을 요란스레 굴렀다.

그것은 그만 손에서 놓쳐 버린 누군가의 검이었다.

그리고 그 끝에는, 완전히 익었다고 표현해도 좋을 정도로 새빨간 얼굴을 한 윤수가 서 있었다.

"아, 미안, 아니 죄, 죄송합니다!"

다행히 공주는 그녀가 벌인 작은 수선을 그리 신경 쓰지 않는 듯했다.

"길일을 받기 위해서는 양국의 신력을 따져 봐야 하는데 올해는 특히 성일(聖日)이 많은 해이니, 그 점을 유의하여 잡아 주셨으면 해요."

사실 윤수도 알고는 있었다.

꽃의 기사단 임무가 종료되는 날, 신부 쪽에서는 순결을 상징하는 커다란 꽃다발을, 신랑 쪽에서는 결혼식 날짜를 수놓은 손수건을 서로 교환하는 전통이 있다는 것을.

그저 한 줄의 이야기로 끝나는 설명이었을 뿐, 실제로 쓰인 에피소드는 아니었다. 게다가 그건 어디까지나 정말 결혼하기로 마음먹은 연인에게나 해당되는 설정 아닌가!

게다가 카이트는 역시 이런 이야기가 금시초문이었나 보다. 그는 드물게 당황하고 있었다. 원래부터 꽃의 기사나 이웃나라 공주님과의 결혼 따위에 관심이 없었으니, 당연하다면 당연한 일이었다.

"……결혼 날짜요?"

"네. 전통대로 하는 게 좋겠죠."

쉬이 대답하지 못하고 한참 침묵을 지키던 그가 간신히 입을 열려던 순간, 또다시 먼저 선수를 친 것은 공주 쪽이었다. 그녀의 입가에는 무엇을 생각하는지 알 수 없는 음흉한 미소가 걸려 있었다.

"그런데 이건 좀 외람된 질문이긴 합니다만, 안대로 가리고 계신 한쪽 눈은 노르덴 숲 안으로 발을 들여놓았을 때 입었던 상처라고 들었습니다. 그게 정말 사실인가요?"

"알면서도 물어보는 악취미가 있으실 줄은 몰랐군요."

카이트의 목소리에는 어느새 숨길 수 없는 불쾌함이 가득 했다. 지금까지 용케도 아무 동요를 보이지 않던 페라트마저 얼굴에 당혹스러운 표정이 드러났다.

"검은 숲의 저주받은 자들 때문에 고민이 많으시겠군요. 감히 한 나라의 황족에게 상처를 입히다니, 극형에 처해도 부족함이 없지요."

공주는 카이트의 한쪽 눈을 빼앗은 자들이 숲의 슈넵판 무리라고 생각하는 듯했다. 그가 반역자라는 누명을 쓰고 쫓긴 사실은 다행히 아직 귀에 들어가지 못했음이 틀림없었다.

"그래서 대체 무슨 말씀이 하고 싶으신 겁니까? 그건 갑자기 꺼내신 결혼 이야기와는 아무런 상관도 없는 주제인 것 같습니다만."

상대의 의사 따위는 묻지도 않고 결혼 날짜 운운하는 그 자신감은 대체 어디서 나오는 거지?

손에 들고 있던 포크와 나이프를 내려놓으며 의자 등받이로 깊숙이 몸을 기대는 카이트의 얼굴은 그렇게 말하고 있는 듯했다. 하지만 공주의 자신만만한 미소는 되레 더욱 만면에 퍼져 나갔다.

"아니요, 지금부터 드릴 말씀은 미틀러렌…… 그러니까 저와의 혼인이 얼마나 카이트 님께 좋은 기회인지를 알려드리려는 겁니다. 그러니 전혀 상관없는 주제라고는 할 수 없겠네요."

"좋은 기회라."

그의 목소리 사이사이에 숨길 수 없는 비웃음이 실렸다.

"숲의 저주가 점점 더 커진다지요? 그에 따라 마물들도 자꾸만 늘어가고요. 그것은 사실 미틀러렌 쪽에서도 매우 골치 아픈 문제랍니다. 그 숲에 국경이 닿아 있는 건 우리도 마찬가지 아닙니까? 물론 이곳과는 비교도 할 수 없는 커다란 병력을 지닌 국경 수비대가 안전하게 지키고 있긴 하지만. 사실 말이 나왔으니 말인데 페어라센의 북쪽 영토는 너무 위험해 보여요. 사실 이 낡은 성만 해도……."

"하시고 싶은 말씀이 무엇입니까?"

노골적으로 입맛이 떨어진 것 같은 표정을 지으며 카이트가 가차 없이 공주의 말을 잘랐다. 물론 더 이상 식사를 계속할 생각이 없는 것은 그녀도 마찬가지인 것 같았다.

그 후 어찌 된 셈인지 공주는 자신의 측근들을 모두 밖으로 나가게 했다. 그러고는 카이트와 단둘이 독대하기를 청했으나, 그는 심복인 페라트와 저기 있는 호위 병사 없이—윤수를 지칭하는 거였다—자신은 절대로 누군가와 따로 만난 적이 없다면서 줄곧 버텼다.

“저 둘은 제가 가장 신뢰하는 부하들입니다. 그들이 들어서 안 되는 이야기라면, 제게도 하지 마십시오.”

결국은 카이트의 고집이 승리했다.

“하아. 좋아요. 하지만 만약 이 이야기가 밖으로 새어 나가게 되면 즉시 두 사람을 극형에 처하겠다는 각서를 하나 써 주시지요.”

슈타티스트의 협박은 무시무시했다. 카이트는 그 말이 끝나자마자 기다렸다는 듯 펜을 가져오게 했다.

“미틀러렌 왕가에서는 오래전에 극비로 학교를 하나 세웠지요. 주변국들은 물론, 이 사실을 아는 것은 몇몇 귀족들 중에서도 극히 소수에 불과해요.”

그녀는 각서 끝 부분에 우아하게 사인을 하고 있는 카이트의 손을 바라보며 입을 열었다.

“모든 자격을 통과한 매우 우수한 사람이 아니면 선불리 지원조차 할 수 없지만, 대신 한번 입학하면 필요한 모든 것을 아낌없이 후원받을 수 있는 곳입니다. 학비는 물론이고, 심지어 생업 때문에 공부에 지장이 없도록 부양가족들에게 돈까지 제공했지요. 그리고…….”

각서 쓰기를 끝마친 카이트는 손을 뻗어 와인 잔을 쥐며 조용히 그녀의 말을 경청했다.

“미틀러렌은 드디어 그 어떤 나라도 해내지 못한 위대한 인적 자원을 양성해 낼 수 있게 되었습니다. 그 결과를 손에 쥔 것은 비교적 최근의 일이지만요.”

“결과라…….”

흥미로운 공주의 이야기에 어느새 귀를 기울이고 있는 건 윤수도 마찬가지였다. 그녀는 들으란 듯이 말을 이어 갔다.

“바로 마법사들입니다. 슈넵판들에게 지지 않을 정도의 마력, 아니, 마음만 먹으면 저 골치 아픈 검은 숲을 하루아침에 날려 버릴 수도 있어요. 만약 저와 혼인하신다면 그들을 손에 넣을 수 있겠죠. 어때요? 이 정도면 카이트 님이 차기 유력 황제 후보로 단숨에 올라서는 데에 손색이 없겠죠?”

챙!

“아, 죄송합니다.”

이번 소음의 주범은 페라트였다. 그는 바닥에 떨어뜨린 은 스푼을 줍기 위해 허리를 굽히며 황급히 사과했다.

그런 페라트에게 공주는 상냥하게 고갯짓을 해 보이고는 계속해서 말을 이어 갔다.

“아직 손에 꼽을 정도의 숫자이긴 하지만 우리가 키워낸 마법사들은 제법 능숙하게 자신들의 힘을 제어하고, 또 다룰 줄 알죠. 흉측한 어둠의 저주를 키워가는 마물이나 무식한 산적들과는 차원이 다른 인재들이랍니다. 카이트 님께서 어릴 때부터 줄곧 황제의 길을 꿈꿔왔다는 것은 저뿐만이 아니라 누구나 다 아는 이야기죠. 그러니 흥미가 없다는 거짓말은 부디 그만두세요. 어때요? 저의 힘으로 당신을 황제로 만들어드리겠어요."

순간 카이트의 턱 부근이 움찔, 하고 움직였다.

"흥미까지는 잘 모르겠지만 저를 몹시 자극하는 이야기이긴 합니다."

그의 언짢음은 더욱 깊어져만 갔다. 워낙 남에게 지기 싫어하는 남자의 자존심을 건드렸으니, 당연한 일이었다.

하지만 카이트를 향해 공주는 더할 나위 없이 사랑스러운 미소를 지어 보였다.

"페어라센의 1황자님께서는 이 나라 경제를 논하는 데 빼놓을 수 없는 분이고, 2황자님은 강력한 군대를 움직일 수 있는 분이라죠? 그렇다면 카이트 님은 무엇으로 차기 황제 자리를 노리시렵니까?"

"이제 보니 꽃의 사절단으로 오신 공주님께서는 페어라센의 황권 다툼에도 관심이 많으셨군요."

카이트의 날 선 목소리만큼이나 윤수의 눈빛도 날카롭게 변했다.

대체 무슨 꿍꿍이지? 첫눈에 반한 남자에게 가진 것을 모두 다 아낌없이 주는 여자인 건가?

설령 그렇다 하더라도 저건 너무 파격적인 제안임에 틀림없었다.

윤수의 호흡이 눈에 띄게 격해졌다.

그녀 또한 어쩐지 자존심이 상했다. 본인 외에도 카이트를 황제로 만들어 주겠노라 자신만만하게 선포하는 여자를 눈앞에서 만날 거라고는 상상도 하지 못한 탓이었다.

"가진 것 없는 남자를 최고의 자리로 올려주는 일 또한 여자의 즐거움 아니던가요?"

"그 명제가 이뤄지려면 먼저 그 가진 것 없는 남자가 공주님을 선택하게끔 만들지 않으면 안 되겠군요."

일순 공기가 팽팽해졌다. 그의 대답이 공주를 자극했는지, 그녀의 눈썹이 하늘을 향해 올라갔다.

"마법사를 부릴 수 있는 권리라는 것은 많은 걸 내포하고 있죠. 페어라센에도 왕립 마법원을 세울 수 있게 해드리는 것은 물론, 양질의 선생들과 교육 과정에 반드시 필요한 전문지식도 아낌없이 전수하겠어요. 그거라면 운켄트니스 황제도 크게 만족하실 거예요."

말을 끝낸 공주의 얼굴에는 또다시 자신만만함이 서려 있었다. 그가 감히 이것을 거절할 배짱은 없을 거라는 강한 확신이 느껴졌다.

윤수는 제 목 뒤를 타고 땀이 흐르는 것을 눈치챘지만 손을 들어 닦아낼 생각 같은 건 하지 못했다.

물론 자신의 손끝에서 탄생하지 않은 새로운 설정을 마주하게 될지도 모르겠다는 각오를 하지 않은 것은 아니었다. 그리고 그 각오는 처음으로 마물을 맞닥뜨렸을 때 느꼈던 당혹스러움을 조금이나마 진정시켜 준 일등 공신이기도 했다. 하지만 지금 공주가 선포한 것은 그때의 일과는 조금 달랐다.

아, 하필이면 마법이라니.

그것만은 아니었으면 하고 바랐던 최악의 상황은 이미 시작되고 있었다.

*　　*　　*

마법? 마법!

그래, 마법이라.

뭐가 있을까? 스크롤? 신성력? 그도 아니면 텔레포트?

한참을 생각하다 윤수는 어둠 속에서 고개를 가로저었다. 공주가 말했던 건 이런 단어 몇 개로 규정지을 수 있는 단순한 것들이 아니리라.

따지고 보면 저 양피지가 바로 마법의 압축 스크롤이고, 신성력은 그런 스크롤을 자유자재로 다루며 동시에 이 모든 세계관을 다 알고 있는 자신이 지니고 있다고 해도 무방하며, 텔레포트는 이미 카이트가 해낸 것 아니던가.

황자 시리즈에서 새롭게 생겨난 설정이 하필이면 이렇게도 복잡하고 골치 아픈 거라니.

불도 밝히지 않은 어두컴컴한 방 안에서 또다시 얕은 한숨이 흘러나왔다. 윤수는 아까부터 눈 한 번 깜박이지 않고 무언가를 노려보듯 하고 있었다.

줄곧 시선을 떼지 못한 것은 눈앞에 놓인 양피지였다.

어찌나 장시간 고민했는지, 뒷목이 다 뻣뻣해져 왔다.

오늘 하루가 무척이나 길었던 탓에 몸은 애초부터 녹초가 된 지 오래였지만 도무지 마음 놓고 쉴 수가 없었다.

아니, 쉬기는커녕 아직 옷도 갈아입지 않아 그녀는 여전히 제복 차림이었다.

검은 숲의 어둠이니, 알 수 없는 신비로운 능력이니 하는 것들은 그저 소설의 분위기를 조성하기 위해 골라 쓴 단어에 불과했다. 하지만 책 속의 존재들은 그 단어에 실제로 힘을 부여하여 스스로를 향상시켰다.

도망친 슈넵판들은 정말 저주의 마물을 만들어 냈고 미틀러렌은 마법사를 양성하기에 이르렀으니, 이것은 정말 놀라운 성장이 아닐 수 없었다.

마치 원시에서 출발했던 현 인류가 눈부신 기술을 발전시킨 것과 똑같이 말이다.

"제가 카이트 님을 황제로 만들어 드리죠. 마법사를 부릴 수 있는 권리뿐만이 아니라 페어라센에도 왕립 마법원을 세울 수 있게 해드리겠어요."

잘난 척 떠드는 공주의 목소리가 또다시 윤수의 머릿속을 짜증스럽게 강타했다.

그까짓 마법. 그래, 그렇다면 내가 너희들은 감히 찍소리도 할 수 없는 대마법사가 되어 주마!

카오스 워프 파이어 위시 블리자드 스톰!

그녀는 마음속으로 아무렇게나 헛소리를 지껄이며 침대에 풀썩 몸을 뉘였다.

어쩐지 개운치 못한 마음을 안고 몸을 뒤척이는데, 방문을 두어 번 노크하는 것 같은 소리가 귀에 들려왔다.

"누구세요?"

그렇게 말하며 벌컥 문을 열자 기둥에 비스듬히 서 있는 한 남자가 눈에 들어왔다.

카이트였다.

"혹시 내가 휴식을 방해한 건가?"

"괜찮아. 방해는요, 어서 들어오시지요."

마치 슈타티스트 공주가 그러하듯 있지도 않은 치맛자락을 들치는 흉내를 내며 윤수가 공손히 허리를 굽히자 그가 피식 웃었다.

"오늘 하루 마녀에게 이런 고생을 시키다니, 면목이 없군. 혹 내게 저주를 내린다 해도 달게 받아주겠다."

"좋아. 그 용기만큼은 높이 사 주지. 저주는 약한 걸로 해 줄 테니 안심해."

서로 그렇게 농담한 것도 잠시. 무언가 어색한 듯 눈 둘 곳을 찾아 방 안 구석구석을 살피던 그의 시선에 침대 위에 아무렇게 나 놓인 양피지가 들어왔다.

"이번에는 또 뭘 혼자서 고민했지? 설마 마법?"

제 마음을 그대로 꿰뚫어 본 황자의 실력에 감탄한 나머지 윤수는 속으로 혀를 내둘렀다.

"응. 맞아. 대단한데?"

이제는 별로 숨길 것도 없었다. 고개를 끄덕이며 순순히 대답하는 그녀를 향해 그가 나지막이 속삭였다.

"공주의 말에 신경 쓸 필요는 없어. 그리고 미틀러렌이 뭘 만들어 내든지 간에 그건 네가 집으로 돌아가는 것과 아무런 상관이 없는 일이야."

카이트는 이제 윤수가 양피지 위에서 발휘하는 능력에 대해 딱히 긍정적인 관심이 생기지 않았다.

마녀가 오늘처럼 다치는 일이 또 있어서는 절대로 안 되니까.

하지만 그런 카이트의 속을 알 길이 없는 윤수는 시무룩한 목소리로 대꾸했다.

"그렇지만 그 제안을 무조건적으로 배제할 수만은 없어. 왜냐하면 공주는 널 황제로 만들어 줄 수 있는 또 다른 길이 될 테니까……."

그는 가당치도 않다는 듯 가볍게 코웃음을 쳤다.

"잊지 마라. 한때 이 나라의 유일한 차기 황제 후보가 누구였는지를. 그리고 그 호칭을 요행으로 얻은 적은 단 한 번도 없었다는 것도."

슈타티스트 공주의 제안은 카이트가 이미 혼자서는 죽어도 황제가 될 재간이 없다고 판단했기에 나온 것임이 틀림없었다. 그리고 그건 아마 공주뿐만이 아니라 모두가 공통적으로 가지고 있는 생각이겠지.

윤수는 더 이상 그의 자존심을 건드리고 싶지 않아 황급히 화제를 돌렸다.

"그런데 이 시간에 여긴 왜 왔어?"

"아—"

갑자기 카이트의 얼굴에 짙은 당혹감이 서렸다.

왜, 왜 그러지?

덕분에 윤수의 마음마저 괜한 불안감에 휩싸였다.

"다름이 아니라."

"무슨 이야기인데 그래."

그녀의 발걸음이 바로 앞까지 바짝 다가왔다.

어떤 생각에 몰두하게 되면 나머지 것을 모조리 잊어버리고 마는 게 윤수의 장점이자 단점이었다.

아까부터 불을 켜야 한다는 사실을 미처 떠올리지 못한 덕분에 현재 방 안은 온통 짙은 어둠만이 깔려 있었다.

그리고 지금은 카이트의 대답을 듣는 것에만 온 신경이 쏠려 있어 윤수는 그에게 필요 이상으로 가까이 다가갔다는 걸 깨닫지 못했다.

"내가, 그……."

서로의 숨이 닿을 정도로 가까운 거리. 카이트는 저도 모르게 한 발자국 뒤로 물러섰다.

목이 마른 것도 아닌데 무언가를 마시고 싶은 묘한 기분이 들었다. 그뿐만 아니라 땀이 배어나기 시작한 손이 자꾸만 그녀를 향해 나아가려고 해, 그는 얼른 팔을 뒤로 돌려야만 했다. 틀림없이 붉어졌을 얼굴을 그녀가 눈치채지 못하고 있을 만큼 깜깜한 어둠 속이었다.

그런데 왜 조금만 고개를 숙이면 닿을 저 조그마한 입술의 위치가 유독 뚜렷하게 보이는 걸까?

젠장, 이 쿵쾅거리는 심장의 소음은 제발 내게만 들려야 할 텐데.

카이트는 정신 나간 제 입술이 멋대로 무슨 짓을 할까 봐 순간 두려워졌다.

"물어보고 싶은 게 있어서 왔다."

그는 황급히 고개를 돌리며 말문을 열었다.

"그게 뭔데?"

고르지 못한 숨소리가 새어나왔다.

"숲에서…… 너는 대체 왜 울었지?"

혹시라도 돌아가야 한다는 사실이 아쉬워서 그런 건 아니었나?

그렇게 되묻고 싶었지만 스스로 생각해 봐도 도무지 말도 안 되는 이야기였다. 카이트는 그저 어금니를 꽉 깨물었다.

"아……."

윤수는 그저 나지막한 탄성만을 내뱉었을 뿐 아무런 말을 하지 못했다.

그 기억을 상기시키자마자 사박거리는 눈이 내리듯 가슴에 차디찬 기운이 서렸다.

너무나도 멀쩡한 땅을 확인하고는 눈에 띄게 굳어진 그의 입매와 화를 참을 수 없다는 듯 거칠게 굴던 그의 행동, 그리고 짙은 냉기가 느껴지던 얼굴이 가슴 아파 저절로 눈물이 흘렀었다.

"그건……."

하지만 절대로 그렇게는 말할 수 없었다.

자신과 눈을 마주치지도 못한 채 대답을 회피하는 윤수의 얼굴을 바라보며, 카이트는 본인의 이성이 스스로를 비웃는 것을 느꼈다.

아무리 생각해도 바보 같은 질문이었다.

왜 울었겠는가. 집으로 돌아갈 수 없어 무척이나 절망했겠지.

하…….

씁쓸한 웃음이 커다란 고래처럼 입 속을 유영했다.

사실 그녀의 방문 앞을 맴돈 지는 벌써 한참 전의 일이었다. 용기를 내어 노크하기까지가 시간이 걸렸을 뿐.

얼굴을 보며 직접 묻고 싶은 건 한가득이었다.

정말 네 마음속에 아쉬움이라고는 조금도 없는 건가? 그렇다면 그 후 어째서 날 감싼 거지? 왜 나로 하여금 그런 따스한 기분을 맛보게 했냐는 말이다! 하루 종일 네 생각밖에 하지 못하도록.

"미안하다. 방금 내 말은 잊어."

방금 떠올린 무수한 질문들을 정말로 소리 내어 내뱉을까 봐 두려워진 카이트는 황급히 몸을 돌렸다.

그러고는 얼른 방을 빠져나가려고 하는데, 뒤에서 자신의 옷자락을 잡아당기는 손길이 느껴졌다.

"잠깐만."

"……."

몸을 돌리자 또다시 울 것 같은 얼굴로 입술을 달싹이는 그녀의 얼굴이 눈에 들어왔다. 덩달아 긴장되기 시작한 그 역시 계속해서 마른침을 삼켰다.

"그, 그러니까……."

얼떨결에 잡긴 했는데, 무슨 말을 먼저 해야 할지 잘 모르겠는 것은 윤수도 마찬가지였다.

뭐라 운을 떼어야 할까?

너를 어서 황제로 만들어 주기 위해 하루 빨리 돌아가려 한다고? 그러니 슈타티스트 공주 따위와 조금도 이어지지 않았으면 좋겠다고?

"실은 슈타티스트 공주는 내가 만든 인물이 아니야. 내 책에 그 공주는 단 한 줄도 등장하지 않아."

그러나 결국 튀어나온 말은 이것뿐이었다.

한참 동안 망설인 것치고는 어쩐지 맥이 빠진 것 같은 이야기다. 줄곧 비스듬히 들려 있던 그의 눈썹이 천천히 제자리로 내려왔다.

"그건 나도 알고 있어."

그런 그를 향해 윤수가 어찌된 셈인지 더욱 다급한 음성으로 말을 이었다.

"이 세계에는 아마 자연적으로 생긴 캐릭터도 있는 모양이야."

"그렇군."

"공주가 그 정도로 별로일 줄은 몰랐어."

"뭐."

슈타티스트에게 아무런 관심도 없는 카이트는 그저 어깨를 한번 으쓱 들어보였다. 하지만 그녀는 왜 이렇게 공주 이야기를 꺼내는 것일까. 오로지 그것만이 궁금할 따름이다.

"내가, 음, 내일은 오늘보다 더 자연스럽게 잘해낼게. 실수는 저지르지 않을 테니 아무 걱정하지 마."

"실수라니?"

그가 고개를 갸웃거리며 되물었다.

"집에 무사히 돌아가기 직전까지, 누구보다도 완벽한 병사를 연기해 보일 테니까."

순간 카이트는 저도 모르게 터져 나오려는 탄식을 막기 위해 어금니를 악물어야 했다. 참으로 고마운 소리지만 기대했던 것과는 전혀 다른, 그 어떤 속내도 들여다 볼 수 없어 더욱 실망스러운 이야기였다.

달빛에 생겨난 검은 그림자보다 더욱 짙은 침묵이 두 사람을 감쌌다.

"그래, 그렇군."

한참 만에 낮게 깔리는 안개처럼 힘없는 목소리가 귓가에 스며들었다.

그 음성에 잠시 정신이 팔린 사이, 그의 손이 다가왔다.

따듯한 체온이 턱 부분을 어루만진다 싶더니, 이내 목의 깃 쪽으로 천천히 내려왔다.

그곳에는 사락거리는 천이 한 겹 둘러져 있었다.

아마도 붉은색 실크로 만들었을 이것은, 바로 그녀가 3황자의 아군이라는 증거. 물론 황제에게 내쳐진 황자 따위가 가질 수 있는 병력이 있을 리 없었다. 그러므로 그녀는 그가 처음으로 가진, 유일한 병사가 맞았다.

카이트는 반쯤 풀려진 매듭을 다시금 꼼꼼하게 묶어 주었다. 마치 성스러운 의식을 치르듯, 약간의 떨림을 동반한 정중한 움직임. 그 부드러운 손길은 어깨에 달린 사자 문양 브로치마저 제 위치로 바르게 돌려준 뒤에야 비로소 떨어져 나갔다.

"넌 지금도 더할 나위 없이 최고의 병사다."

카이트는 낮은 음성으로 혼자 읊조리듯 말했다. 그러고는 그녀의 어깨를 두어 번 두드린 후 조용히 방을 빠져나갔다.

하지만 그 뒤로도 윤수는 그저 한참을 우두커니 서 있는 것이 고작이었다. 그녀는 혹시라도 그의 손을 잡을까 봐 줄곧 쥐고 있었던 주먹을 조심스럽게 폈다. 땀으로 촉촉해진 손아귀 안이 몹시 저릿했다.

Chapter 8
조우

정적만이 맴도는 조용한 공간에 다그닥거리는 말발굽 소리가 끊임없이 울려 퍼졌다. 창밖으로 스쳐 지나가는 것이라고는 그저 칙칙한 회색 빛깔의 암석들뿐이어서 지루한 시간은 더욱 더디게 흘렀다.

"카이트 님?"

"네."

"저기……."

"말씀하십시오."

흔들리는 마차 안, 제 맞은편에 앉은 카이트를 연신 불러대고 있는 것은 슈타티스트 공주였다. 하지만 카이트의 눈은 그저 아까부터 손에 들린 두루마리에만 줄곧 꽂혀 있었다. 그리고 그게 벌써 몇 개째인지 몰랐다. 비어 있는 그의 왼편에는 어림잡아도 수십 개의 두루마리가 수북이 쌓여 있었다.

1황자나 2황자라면 몰라도, 3황자 카이트가 저토록 바쁠 일은 없을 것이다. 그럼에도 불구하고 그는 마차 안에서 멀미가 나지도 않는지 쉼 없이 보고서들을 읽고 있었다.

하필이면 둘만 있게 된 이 시간에 말이다.

"다름이 아니라, 으음…… 밖의 풍경이 무척 아름답네요."

"그것참 다행이군요. 마음껏 보십시오."

그는 여전히 공주 쪽으로는 일말의 시선도 주지 않은 채 즉각 대답했다. 그런 그의 냉담한 모습에 또다시 공주는 부아가 치밀었다.

자신은 3황자에게 먼저 혼인을 제의했으며 마법사를 양성하는 왕립 학교에 관한 비밀까지 털어놓은 터였다.

그런데 이런 무관심이라니.

아무리 생각해도 있을 수 없는 일이었다.

한껏 차려입은 화려한 핑크색—특히나 상체 부분이 대담하게 파인 드레스를 일부러 손으로 잡아 끌어내리자, 커다란 가슴이 더욱 유혹적으로 솟아올랐다.

하늘에 핀 꽃처럼 믿을 수 없는 아름다움, 그 어떤 남자도 사로잡고야 말 매혹적인 요정.

그것이 자신을 따라다니는 당연한 수식어라는 것을 공주는 잘 알고 있었다. 그럼에도 불구하고 카이트는 저를 밖에 굴러다니는 돌보다도 못하게 여기는 것 같았다.

그런 남자를 보고 있자니 슈타티스트의 마음속에서 은근한 굴욕감이 치밀어 올랐다. 물론 슈타티스트가 이렇게까지 카이트를 공략하는 데에는 이유가 있었다.

그녀는 남자가 필요했다.

가능하면 아무것도 가진 게 없어서 손쉽게 제 마음대로 좌지우지할 수 있는 그런 남자가.

또다시 이가 바득 갈렸다.

*　　*　　*

프란카 여왕의 적통 후계자인 슈타티스트 공주는 어려서부터 워낙 인형처럼 귀여웠던 데다가, 영악하리만치 눈치가 빨라 주변의 사랑을 듬뿍 받고 자라났다.

원래부터 샘이 많은 천성에 뭐든지 주인 의식을 강조하는 왕실 특유의 교육이 더해지니, 그녀의 욕심은 마치 하늘 위로 쏘아진 화살처럼 그 끝이 보이질 않았다.

따라서 그녀는 점점 매일매일 관심 받고 주목 받지 못하면 견딜 수 없는 작은 악마가 되어갔다.

그러던 와중에 갑자기 의붓언니가 생겼다. 아버지인 루테 경이 쭉 비밀로 숨겨왔던 혼외 자식, 프롯쉬.

프란카 여왕을 만나기 전 사랑했던 여인과의 아이라고 했다.

그리고 그 여인이 젊은 나이에 세상을 떠나는 바람에 아이의 존재도 공개되고 말았다. 미틀러렌의 왕실을 발칵 뒤집은 일대 사건이었지만, 성품이 나쁘지 않았던 어머니 프란카 여왕은 그 아이를 마음으로 품어주었다.

하지만 슈타티스트는 달랐다. 유독 수줍고 조용한 성격의 언니가 제 앞에 나타난 순간, 그녀는 폭주하는 말처럼 날뛰었다.

때론 유치하고, 가끔은 가학적이기까지 했던 그 괴롭힘은 성인이 되어도 더하면 더했지 결코 줄어들지 않았다.

프롯쉬는 슈타티스트에게 늘 인간 이하의 무시를 당했다. 매일매일 견디기 힘든 모욕감이 계속되었지만 그녀는 그것을 그저 말없이 받아들였을 따름이었다.

그러던 어느 날, 주변 나라를 통틀어 가장 강대국에 속하는 바흐타벨의 황태자가 프롯쉬에게 청혼의 뜻을 비쳤고, 그것을 거절할 이유가 조금도 없었던 그녀는 누구보다도 빨리 결혼식 준비에 돌입했다.

'말도 안 돼! 그 거지 같은 년이 그런 강대국으로 시집을 간다고?! 내가 아니라?'

덕분에 그 이후 슈타티스트가 얼마나 패악을 부렸는지는, 온 성에서 모르는 자가 없었다. 그중에서도 오랜 세월 소중히 쓰인 왕실의 비싼 크리스털 식기들을 죄다 깨부쉈다는 일화가 특히 유명했는데, 이러한 이야기가 널리 퍼지지 않은 것은 공주의 이미지를 위해 왕실의 모든 신하들이 각고의 노력을 기울인 덕분이었다.

"늘 나를 괴롭히고 무시했던 네게 이런 복수를 하게 될 날이 온 것에 그저 감사할 따름이란다. 그리고 한 가지 더 일러두자면, 이제 앞으로는 네가 거는 시비를 절대로 참고 넘어가지 않을 거라는 점이야. 왜냐하면 그분은 날 무척이나 사랑해 주시거든. 더 이상 미틀러렌에는 아무런 애정도, 관심도 없어. 난 바흐타벨의 황비로서 새로운 삶을 살 거라고. 전쟁? 그래, 어디 해볼 테면 해 보렴. 이 조그만 나라에 갇힌 개구리 같은 공주님아."

프롯쉬가 바흐타벨로 떠나기 전날 밤에 마지막으로 날린 통한의 일격이었다. 그것이 제대로 꽂혀 들어왔다.

덕분에 슈타티스트의 드높던 자존심이 와장창 무너졌다.

줄곧 업신여겼던 상대에게 이런 패배감을 맛보다니!

그녀의 성정은 나날이 악랄해져만 갔다.

미틀러렌의 프란카 여왕은 스스로에게 몹시 엄격하고 백성들에게는 인자하기 그지없는 성군이었지만, 자식 농사만큼은 뜻대로 하지 못했다. 줄곧 오냐오냐해 주었으면서도 때로는 딸 가진 엄마의 심정으로 보수적인 태도를 강요했으니, 슈타티스트는 설상가상으로 점점 숨어서 못된 짓을 하는 법마저 배우게 되었다. 그녀의 무너진 자존심을 일시적으로 회복시켜 준 것은 수많은 남자들이었다. 그들과 알몸으로 뒹굴며 세상에 둘도 없을 온갖 찬사를 듣고 있노라면 다시금 하늘이 제 발아래에 있는 듯했다.

물론 어디까지나 육체적 유희뿐이었다. 의붓언니가 그렇게 좋은 혼처 자리에 시집을 간 이후, 마음속 야심을 채워 주지 못하는 남자에게는 조금의 관심조차 가지질 못했으니까. 그러던 찰나 왕실에서 정식 임무가 내려왔다.

그것은 다름 아닌 에른테페스트의 축하 사절단 대표.

페어라센의 마지막 남은 카이트 황자는 좋은 혼처 자리이긴 커녕, 잘못했다간 저마저 함께 개미지옥으로 빠져 들어가기 안성맞춤이었다. 그래서 처음에는 관심조차 가지질 않았다.

그런데 가만있어 보자.

바흐타벨의 황태자가 언니를 선택한 것은, 혹 그녀가 말 잘 듣는 인형이었기 때문이지 않았을까?

그렇게 생각하니 꽤 설득력이 있었다.

권력을 쥔 사내는 같은 야망을 품은 저 같은 여자를 별로 좋아하지 않겠지.

'그렇다면 나도 나만의 인형을 만들면 되는 거였어!'

슈타티스트의 머리가 바삐 돌아가기 시작한 건 그때부터였다.

"네가 정말로 여왕이 될 만한 재목이라는 확신이 섰을 때, 미틀러렌의 왕립 마법원에 대한 권리를 물려주마."

어머니 프란카 여왕은 그 언젠가 공주에게 저렇게 말한 적이 있었다.

그리고 그녀는 이 이야기를 이렇게 받아들였다.

'언젠가는 내가 물려받게 되겠구나!'

슈타티스트 공주는 프란카 여왕이 죽으면 왕립 마법원이 자신의 것이 될 거라는 사실을 조금도 믿어 의심치 않았다.

이 왕립 마법원이라면, 가진 것 없는 3황자를 황제로 만드는 것도 문제없었다. 그는 이미 저 없이는 나무에 달린 과일조차 절대 혼자서는 딸 수 없는 남자가 되어있을 테니까. 무능력한 주제에 쓸데없이 그저 황제라는 하늘만 쳐다보고 서서 침만 삼키는 그런 남자 말이다. 그러니 그런 카이트라면 얼마든지 마음대로 주무를 수 있으리라.

그녀가 원하는 건 확고했다.

'그렇게 해서 미틀러렌과 페어라센, 두 나라를 모두 손에 넣을 수 있다면 강대국 바흐타벨과 한번 힘을 겨뤄볼 만하지!'

설령 그것이 정말 전쟁으로 이어진다 해도 상관없었다.

어차피 그런 일에 왕족인 제가 먼저 검을 들고 전장으로 나갈 일은 없을 테니까 말이다.

저를 대신해 목숨을 바칠 자들은 산처럼 많다.

그러니 그 재수 없는 년이 내 발밑에서 눈물 콧물을 흘리며 사정하는 꼴을 반드시 보고야 말리라.

“그 명제가 이뤄지려면 먼저 그 가진 것 없는 남자가 공주님을 선택하게끔 만들지 않으면 안 되겠군요.”

‘흐응.’

그녀는 어제저녁 그가 한 말을 생각하며 마음속으로 시큰둥하게 웃었다. 예상외로 고고하게 자존심을 세우고는 있지만, 이 남자 역시 결국 자신에게 함락되고 말 것이다.

소문에 의하면 3황자는 아직 여자를 모르는 남자라고 했다. 그런 근사한 외모를 가지고 어째서 지금까지 여자를 만나보지 못했던 건지는 잘 모르겠지만, 어쨌든 저에게 있어 나쁠 건 없었다.

‘게다가 동정인 남자를 다루는 방법만큼 쉬운 건 없지.’

그동안 제게 목을 매던 수많은 남자들을 생각하며, 그녀는 야릇한 미소를 띠었다.

“공주님, 짓궂으시네요. 이런 편지를 받으면 이 남자는 이제부터 하루 종일 공주님 생각밖에 못 하게 된다고요.”

“후후 그게 내가 원하던 바야.”

색정적인 문구로 가득 찬 편지를 읽으며 알몸으로 낄낄대던 그 남자는, 새로 채용된 그녀의 가정교사였다. 하지만 막상 만나

보니 3황자에게 자꾸 미련이 생기는 건 슈타티스트 쪽이었다.

공주는 바람에 나부끼는 붉은색 머리카락과 그 아래 솟은 날카로운 콧대, 그리고 다부진 어깨를 홀린 듯 쳐다보며 저도 모르게 꿀꺽, 하고 침을 삼켰다.

과연 카이트의 외모만큼은 성의 하녀들이 입방아를 찧어 댈 만했다. 외적인 것만 놓고 본다면 그동안 만났던 그 어떤 남자와도 비교가 되질 않는다는 건 슈타티스트도 진심으로 인정하는 바였다.

양국 간의 친선 행사가 열릴 때면 1황자나 2황자는 종종 모습을 드러냈지만, 3황자는 그렇지 못했다.

어렸을 때는 먼발치에서 본 것이 전부였기에 그의 인상이 그다지 명확하지 않았는데, 이 정도로 여심을 홀리는 외모일 줄은 상상조차 하지 못했던 일이었다.

이런 남자와의 잠자리는 과연 어떨까?

짜릿한 떨림이 또다시 목구멍 사이로 파르르 하고 넘어갔다.

"카이트 니임."

그녀는 욕망을 지체 없이 실행으로 옮겼다.

콧소리 가득한 목소리로 아양을 떨며 상체를 쑥 기울였다. 하지만 그의 태도는 슈타티스트 공주의 상상을 초월하고도 남았다.

"움직이는 마차에서 함부로 몸을 일으키면 위험하다는 상식 정도는 기본 아닙니까?"

슈타티스트는 붉어진 얼굴로 입술을 깨물었다. 이런 굴욕은 태어나서 처음이다.

마치 소나 말에게 그러하듯, 카이트 황자는 손에 들린 두루마리로 그녀의 어깨 부근을 턱하니 가로막은 채 핀잔 가득한 목소리로 이렇게 책망할 뿐이었다.

바로 눈앞에 쏟아지듯 드러난 풍만한 가슴에는 아무런 관심도 없는지, 눈썹 하나 까닥하지 않는 카이트를 보고 슈타티스트는 경악을 금치 못했다.

'이 남자 혹시 고자 아니야?!'

그리고 머리끝까지 열이 뻗친 건 그녀뿐만이 아니었다.

'아니, 저게 미쳤나! 빨리 안 떨어져?!'

밖에서 그 광경을 목격한 윤수는 머리끝까지 차오르는 화를 식히느라 애를 써야 했다.

북쪽의 성을 떠나 동쪽으로 향한 지도 벌써 두어 시간 정도가 흘러있었다.

페라트의 말에 따르면 이것도 전례 없는 일이라고 했다.

보통은 사절단의 피로도를 고려해 성에서 며칠 정도 더 머무르다가 축제 장소에 조금 뒤늦게 모습을 드러내는 것이 일반적이라면서 말이다. 그러나 이렇게 도착하자마자 바로 그 다음날 발걸음을 재촉하는 것은, 빨리 2황자의 성에 들어가 지하로 잠입할 수 있는 시간을 조금이라도 더 벌기 위함이라고 그는 말해주었다. 따라서 미틀러렌 사절단과 꽃의 기사단은 이른 아침부터 이동을 시작했다.

그리고 그 시간 내내, 황자는 공주와 단둘이 마차에서 고문 같은 시간을 버티는 중이었다.

물론 카이트는 죽어도 마차로 가고 싶지 않다며 여러 차례 이야기 했지만, 아직 말을 타기에는 어깨의 부상이 다 낫지 않았기에 어쩔 수가 없었다.

하지만 사실 카이트는 혼자가 아니었다.

그가 눈치채지 못했을 뿐이지, 마차의 바로 옆에는 윤수가 다람쥐 한 마리 끼어들 틈 없이 바짝 붙어서 감시를 게을리 하지 않고 있었다.

'에잇!'

더 이상 참을 수가 없었던 윤수는 부츠의 굽으로 죄 없는 말의 옆구리를 슬며시 찼다.

"히이이잉!"

그러자 말이 앞발을 번쩍 들며 항의하듯 크게 울었고, 그 소리는 바로 옆에 있는 마차의 창문을 넘어 들어가 공주의 귀에 정통으로 내리꽂혔다.

"대체 뭐죠? 당신은 말도 제대로 못 모는 건가요? 마차에 앉아 있는 사람은 바로 귓가에서 울음소리가 들리는 것처럼 시끄럽단 말이에요!"

드디어 카이트에게서 떨어진 공주가 창밖으로 몸을 반쯤 빼고는 앙칼지게 쏘아붙였다.

“어머, 죄송합니다. 공주님. 말을 타는 게 조금 익숙하지 않아서요.”

“호위 병사가 말 타는 게 서툴다니!?”

“아, 그건 제가 보병이라.”

윤수도 지지 않고 맞받아쳤다.

공주의 얼굴이 더욱 새빨갛게 달아올랐다.

더 이상 무어라 반박할 말이 없어진 그녀는 그대로 입술을 쭈욱 내민 채 다시 카이트의 반대편에 얌전히 엉덩이를 붙이고 앉았다. 불같이 일었던 윤수의 화가 그제야 슬그머니 가라앉았다.

‘슈타티스트 공주는 인격적으로 한 없이 문제가 많은 인물이니까 카이트가 가까이 해서 좋을 게 없어.’

애써 그렇게 생각했지만 지금 자신이 한 행동은 질투가 명백했다. 또다시 한없이 쑥스러워지기 시작해 뜨끈해진 얼굴을 문지르며 괜히 주위를 두리번거리던 때였다.

“어……?”

윤수의 두 눈이 순간 화등잔만 하게 커졌다.

뒤를 돌아보는 순간 재빠르게 몸을 숨기긴 했지만, 자신의 눈을 속일 수는 없었다.

분명 행렬을 따라오는 무언가가 있었다.

휙휙 바람 소리가 날 정도로 날렵하면서도 어딘가 괴이하게 뒤틀린 움직임. 바위 뒤에 숨었다가, 혹은 썩은 고목의 그림자에 감쪽같이 몸을 은폐하기도 하며 능숙하게 뒤를 밟고 있는 예사

롭지 않은 존재.
순간 뒷목에 소름이 돋았다.
행렬의 이동을 눈치챈 놈들은 아마 저 멀리 북쪽 숲에서부터 한참 동안 따라온 것이 틀림없었다.
'마물.'
행여나 주위를 놀라게 할까 봐 그녀는 마음속으로만 중얼거리며 주변을 가만히 살폈다. 아직 행렬은 평온했다. 그 어떤 병사도 동요하는 이가 없는 것으로 보아, 아직까지는 저만 눈치챈 일인 듯싶었다.
최대한 일을 크게 만들고 싶지 않았던 윤수는 조용히 페라트의 곁으로 말을 몰았다.
아무 말 없이 윤수가 가리킨 방향을 유심히 살피던 페라트의 두 눈이 딱딱하게 굳었다.
"어떡할까요? 소란이 이는 것은 원치 않는데."
"모두가 알게 되면 행렬은 분명 뒤죽박죽 엉망이 될 것 같습니다만."
얼굴에 두려움이 가득 퍼져있었지만 페라트는 용케도 침착함을 잃지 않았다.
"맞아요. 게다가 카이트 황자도 지금 다친 상태잖아요."
맞는 소리였다. 물론 카이트가 부상을 입은 건 어쩔 수 없지만, 그래도 이런 상황에서 제대로 검도 뽑지 못하는 꽃의 기사라는 것은 미틀러렌의 사절단 앞에서 그다지 보이고 싶지 않은 모습이었다.

"언제부터 따라온 것 같습니까?"

"아마도…… 성에서 출발했을 때부터요?"

"숫자는 많습니까?"

"한 다섯 마리 정도인 것 같아요."

페라트의 입술이 굳게 맞물렸다.

어떻게 하면 좋을까?

가장 좋은 것은 누군가가 저 마물들을 조용히 처리해 버리는 것이었다.

이 수많은 사람들의 절반은 외국에서 온 귀빈들.

그런 사람들에게 페어라센의 국격은 물론이요, 카이트 황자의 인상을 더 이상 나쁘게 추락시키고 싶지 않았다. 이제 조금만 더 가면 2황자의 성이 보일 텐데, 코앞까지 와서 저 마물들 때문에 일을 그르친다면 너무 아깝지 않은가.

이런저런 고민을 하다 저를 가만히 바라보고 있는 윤수와 눈이 마주친 순간이었다.

"바서 님."

"네?"

"저희를…… 도와주시지 않겠습니까?"

"제가요?"

어리둥절한 윤수 앞에서 페라트는 고개를 한 번 크게 끄덕였다.

마물들이 성을 습격했던 날 밤, 윤수가 혼자서 그 사이를 돌파하듯 헤치고 지나갔던 일을 그는 잘 기억하고 있었다.

위태위태해 보이는 어설픈 몸짓임이 분명한데도, 그녀의 솜씨는 훌륭했다. 팔을 허공에 대고 휘둘렀을 뿐인데, 상당수의 마물들이 찍소리도 못 하고 잘려나갔으니 말이다.

게다가 그 이후에도 카이트 황자와 우열을 가릴 수 없을 정도로 막상막하였던 검술 대결을 몇 번이고 목격했으니, 페라트가 저도 모르게 이런 말을 꺼낸 것도 무리는 아니리라.

"그게……."

그러나 윤수는 쉽게 대답하지 못했다. 물론 페라트의 말뜻을 이해하지 못했기 때문은 아니었다.

"카이트 님이 입으신 부상도 부상이지만, 만약 그분이 직접 나서게 되면 적지 않은 소란이 일어나게 될 겁니다. 그러니 제발 도와주십시오."

진지한 얼굴을 보건대 농담은 분명히 아니었다.

'카이트 대신 내가?'

윤수는 입술을 곱씹으며 고민에 잠겼다. 그런 그녀의 옆얼굴을 바라보며 페라트가 조심스럽게 입술을 열었다.

"제가 우려하는 것은 다른 게 아닙니다. 공주의 안전을 최우선으로 하는 미틀러렌의 신하들이 마물의 출몰을 알게 되면 가만히 있지 않을 겁니다. 어쩌면 이대로 일정을 전부 취소하겠다고 할 수도 있어요. 그렇게 되면 꽃의 기사로서의 임무가 수포로 돌아가는 것은 물론, 페어라센의 국격 또한 땅에 떨어지겠죠."

페라트의 한숨 섞인 첨언에 윤수는 고개를 들어 카이트와 슈타티스트가 타고 있는 마차를 물끄러미 바라보았다.

그를 떠올리니 또다시 가슴 한구석에 알 수 없는 감정이 가득 피어올랐다. 퉁명스러움 속에 따듯함을 지닌, 그 누구보다 성실하고 진실된 남자가 말 그대로 재수가 없어서 악역이 되고 말았다. 그런 카이트를 뭐라도 좋으니 어떻게든 돕고 싶은 마음 또한 사실이었다.

"지금 바서 님께서 맡은 역할은 호위 병사 아니던가요. 그러므로 카이트 님 대신 나서는 것은 지극히 자연스러운 모양새입니다."

마치 자신의 마음을 읽기라도 한 것 같은 페라트의 말을 들으며 윤수는 가만히 입술을 물고 서서 얼마 전 그가 했던 행동을 떠올려 보았다.

"우리가 지난 시간 동안 들인 노력이 대체 무엇 때문인지, 당신이 조금이라도 생각하셨다면……!"

그녀는 당시 그런 폭언을 한 페라트를 원망하지 않았다. 오히려 원망스러운 건 그런 생각을 하게 만든 자기 자신이었다. 이곳에서 살아가고 있는 인물들 중 누구 하나 제 손으로 탄생시키지 않은 사람이 없었다. 그런 자들에게 믿음은커녕 오히려 끝없는 불신을 사고 말았다. 부끄러움과 자책감이 동시에 밀려왔다. 게다가 마물들 여러 마리를 한꺼번에 상대할 수 있는 사람은 이 중에서 저밖에 없었다.

"알겠어요."

윤수는 결연한 표정으로 고개를 끄덕였다.

그 사이에 벌써 마물들은 부쩍 거리를 좁혀 다가와 있었다.

사람들은 아직 눈치채지 못한 듯싶었지만 대신 말들이 연신 귀를 쫑긋대며 불안한 숨을 내뱉었다.

"제 부탁을 들어주시는 겁니까?"

"숲 속으로 유인해 내서 처리하면 아무도 눈치채지 못할 거예요."

"정말 감사합니다!"

그제야 미간의 주름을 편 페라트가 화색이 된 얼굴로 대답했다.

"정말, 정말 감사합니다."

스스럼없이 손을 덥석 잡고는 몇 번이고 이렇게 읊조리는 페라트를 향해 윤수는 쑥스러운 미소를 지어보였다.

그는 원래부터 모든 신경이 오로지 카이트를 위해서만 맞춰져 있는 남자였다. 인생이 녹록치 않은 주인 덕분에 때론 페라트의 어깨 위에도 버티기 무거운 짐이 놓일 때가 종종 있지만, 그는 단 한 번도 카이트를 등진 적이 없었다. 그걸 잘 알기에 페라트는 윤수가 이 세계에서 신용할 수 있는, 흔치 않은 인물 중 하나였다.

그리고 그런 그와 본인 사이에는 카이트를 마음 깊이 위하고 있다는 공통점도 있고 말이다.

"너무 늦지 않게 올게요."

그렇게 대답하는 윤수를 향해 페라트는 대답 대신 허리 굽혀 깊이 고개를 숙였다. 그러고는 뒤쪽 열을 지키고 있는 커다란 남자의 곁으로 지체 없이 다가갔다. 보라색 갑옷을 두른 그는 미틀러렌 기사단의 대장이었다.

"너무 아침 일찍 떠난 여정이라 피곤하시진 않습니까?"

"여어, 페라트 님."

남자는 페라트에게 가볍게 목례를 한 후 코웃음을 치며 말을 이었다.

"피곤하다니요. 뭘 이 정도 가지고 그러십니까. 우리 병사들은 평소에도 워낙 혹독한 훈련을 하는지라 체력만큼은 자신있답니다."

"역시. 모두들 무거운 갑옷을 입고도 말 위에서 몸가짐 하나 흐트러짐 없는 것이 과연 미틀러렌 기사단의 드높은 기상이 절로 느껴집니다. 워낙 검 솜씨로 유명하신 대장님께서 훈련시킨 기사단이니 오죽할까요."

페라트는 천연덕스러운 얼굴로 잘도 칭찬을 쏟아냈다. 그러자 남자의 어깨가 기분 좋은 듯 마구 들썩였다.

"하핫. 이것 참, 카이트 황자님 같은 천재 검사에 비하면 그저 우스운 수준일 뿐입니다. 제가 부끄러워지니 검 실력에 대한 이야기는 꺼내지 마시죠."

사내의 넉살에 주위의 병사들이 다 같이 소리 내어 웃었다. 어느새 모두의 시선이 그쪽을 향해 돌려졌다. 그것을 확인한 윤수는 지체 없이 말머리를 돌렸다.

"쉿, 어서 가자."

살짝 박차를 가하자 말이 그 즉시 속력을 냈다.

"어머?"

사람들 사이를 이리저리 헤치며 반대 방향으로 되돌아가는 윤수를 도리스가 의아한 눈길로 바라보았다. 하지만 그녀를 소리 높여 부르려던 도리스의 입은 누군가의 손에 의해 틀어 막혀 버리고 말았다. 어느 틈엔가 다가와 무섭게 굳은 표정으로 고개를 가로 저은 것은 페라트였다.

같은 시각, 카이트는 몰려드는 피로감을 억누르며 관자놀이께를 손가락으로 꾹꾹 눌렀다.

"카이트 님."

슈타티스트가 배시시 웃으며 또다시 노골적으로 몸을 꾸욱 붙여왔다. 한껏 끌어내린 드레스 밖으로 드러난 풍만한 가슴은 경박하고, 살랑거리는 머리카락에서 풍겨나오는 향기는 불쾌하기 짝이 없었다. 그에게 있어서 이런 공주의 행동은 사실 무례에 가까웠다. 그는 원래 누구에게도 함부로 곁을 준 적이 없는 남자였기 때문이다.

어렸을 때부터 형제는 있으나 마나한 존재였고, 그나마 친우라고 부를 만한 자는 페라트뿐이었기에, 카이트는 누군가가 자신의 공간 안에 필요 이상으로 가까이 다가오는 것을 매우 싫어했다.

특히 그것이 익숙지 않은 여성이라면 더더욱.

하물며 슈타티스트 공주라니. 마음이 편하면 그게 더 이상한 일일 것이다.

"어쩜, 늘 검술 훈련을 게을리 하지 않으신다더니 굉장히 단단하시네요. 특히 이 부근이..."

결국 인내심이 한계에 다다른 카이트는 공주가 더듬거리는 팔을 팍 소리가 날 정도로 거세게 잡아 뺐다.

물론 그녀는 꽃의 기사인 자신이 보좌해야 할 일국의 공주이지만, 허락도 없이 자신의 몸을 만지는 건 별개의 문제 아닌가. 남자고 여자고 간에 기분이 나쁜 건 나쁜 거다.

"남을 보고 감탄만 하시지 말고 공주님도 스스로 검술을 좀 더 연마하시는 게 어떻습니까."

마치 더러운 쓰레기 자루가 옆에 있는 양 멀찍이 떨어져 앉는 카이트의 태도에 슈타티스트의 얼굴이 보기 싫을 정도로 일그러졌다.

"제 곁에는 무슨 일이 있을 때를 대비해 늘 저를 지켜줄 자들이 매우 많지요. 게다가 어린아이도 아니고 이제 와서 무슨 검술 훈련인가요? 지금까지 참여한 검술 수업도 손에 꼽을 정도인데."

불만 가득한 목소리로 뜻밖의 이야기를 실토해 버린 공주에게 카이트는 그만 기가 차고 말았다.

"……손에 꼽을 정도라고요? 그렇다면 도른 기사단장의 수업에 한 번도 제대로 나가본 적이 없습니까?"

"별로 배우고 싶지 않아요."

"하지만 그녀의 검술은 굉장히 훌륭해서 배워두면 몹시 유용할 텐데요."

"물론 모르는 건 아니지만, 앞으로도 별로 나갈 일은 없을 것 같네요."

"왜 그렇습니까?"

"하기 싫으니까요."

그녀의 말에 카이트는 다시 한 번 또 한숨을 내쉬었다.

미틀러렌이 매해 페어라센의 기사단장인 도른에게 얼마나 많은 연봉을 지급하는지는 카이트도 너무나 잘 알고 있었다.

그 이유는 오로지 딱 하나였다.

여성으로서는 유일무이하게 매우 뛰어난 검술 실력을 가진 도른은, 그 대가만큼 일정 시간을 할애해 미틀러렌의 왕실에 검술을 가르치러 다녀오곤 했다.

그야말로 최고의 선생에게 받는, 매우 값비싼 수업.

그런데 그런 수업을 제대로 나가본 것이 손에 꼽을 정도라고?

황궁에서 쫓겨난 이후, 사실상 모든 지원이 끊긴 채 줄곧 궁핍한 생활을 견뎌내야 했던 그로서는 도저히 이해할 수 없었다.

사실 이야기가 나왔으니 말인데, 한 나라의 황자임에도 불구하고 그가 제대로 된 생활—즉 밥도 굶지 않고, 신하들의 봉급도 제때 지불할 수 있게 된 것도 불과 몇 년이 채 되지 않은 일이었다. 성년이 되고 나서야 비로소 그의 영토에서 유일하게 쓸모 있는 철광석의 매매권을 허락받았다. 물론 산적과 마물이 들끓는다는 북쪽 땅에 제 발로 걸어 들어오는 손님은 그리 많지 않았지만, 그래도 장사에 눈이 밝은 업자들이 꽤나 끊이지 않고 찾아왔다.

그렇기에 그는 가진 것 중 무엇 하나 소중하지 않은 것이 없었다. 척박한 땅도, 몇 안 되는 하인들도.

"황족이라 해도 언제든지 위급한 상황에 놓일 수 있습니다. 특히 유사시에는 나를 믿고 따르는 사람들을 보호해 주어야 할 의무도 있지 않습니까."

그는 미약하게 남은 인내심을 모조리 끌어모아 진심으로 충고해 주었다. 어쨌거나 공주 덕분에 꽃의 기사가 되어 통로가 있는 2황자의 성에 갈 수 있게 되었으니, 이건 성의 표시라 할 수 있으리라.

하지만 정작 공주의 입에서 튀어나온 건 비웃음 이었다.

"제게 황족의 의무에 대해 설교를 늘어놓으실 생각이라면 그만둬 주세요."

따기 좋은 위치에 있어도 누가 거들떠도 보지 않는 시든 과일 같은 주제에.

공주는 야멸찬 눈빛을 숨김없이 드러내며 말을 이었다.

"아래에 위치한 자리는 수도 없이 많지만, 높은 곳의 의자는 오로지 하나뿐이죠. 그러니 다수가 나를 위해 살아야 하는 게 당연해요. 그런 걸 누구도 희생이라 여기진 않아요."

그러면서 그녀는 기다란 속눈썹을 어여쁘게 깜박였다.

카이트는 더 이상 아무 말도 하지 않았다. 아니, 할 수 없었다. 단 한 번도 생각해 보지 못한 사고방식에 그는 살짝 충격마저 먹은 상태였다.

페어라센 황실이 그 냉정한 권력을 가차 없이 휘두르는 것은 오로지 범죄자에 국한된 이야기였다. 그 외에 황족들은 대부분의 국민들을 아끼고 사랑했다. 귀족이고 평민이고 가리지 않고 말이다. 1황자도 2황자도 자신들의 곁에 머무는 자들에게 늘 신중했으며, 심지어는 늙은 황제마저도 신하들에게는 퍽이나 자상했다. 그런 그들에게 멸시를 받았던 건 오로지 3황자뿐이었다. 일반 평민들은 그토록 귀애하면서 그들이 다시 태어나도 오르지 못할 황족의 후손은 되레 벌레만도 못한 취급을 당하다니. 예전에는 도무지 이해할 수 없었던 상황이었지만 지금은 달랐다. 그건 그가 어느 책의 악역이었기 때문이리라.

'이런 공주가 미틀러렌의 후계자라니. 그 나라의 미래도 암울하군.'

카이트는 여전히 자신을 마뜩잖은 듯 훑고 있는 공주의 시선을 차가운 눈빛 속에 얼리듯 가뒀다. 그리고는 이내 고개를 돌렸다. 그야말로 작은 마차 안에 온통 가시방석을 깔아 놓았다고 해도 과언이 아닐 정도로 그는 눈앞의 이 여자가 불편해지기 시작했다. 그런데 이런 공주와는 달리, 함께 있어도 싫기는커녕 오히려 시간이 너무 빠르게 흐른다고 느껴지는 여자가 분명 한 명 있었다.

생각해 보면 이상한 일이었다.

대체, 그녀는 왜 다를까?

그는 계속해서 끊임없이 머릿속의 생각을 이어나갔다.

'애초에 그녀를 만날 수 있었던 건 줄곧 꿈꿔오던 황제가 되리라는 소망을 버리지 않았기 때문이었지. 그런데 내가 황제가 되어 이루고 싶은 건 과연 뭐였지?'

절대 권력을 손에 쥐었기에 누릴 수 있는 복수라는 호사?

혹은 힘으로 빼어낸 억지 존경과 찬양?

아니다, 자신이 누리고 싶은 건 절대로 그런 게 아니었다.

그저 바라는 게 있다면 앞으로는 차별받고 싶지 않을 뿐이다. 가지고 있는 능력을 대등하게 펼치고 싶다. 정말 그것밖에는 없었다. 미틀러렌 따위와는 비교조차 할 수 없는 국격을 지니고 있는 페어라센에서. 그녀가 만들어 낸 이 아름다운 나라에서.

새삼스러울 것도 없는 사실을 떠올리자, 갑자기 마음 한구석에 울컥— 뜨거운 것이 차올랐다. 그와 동시에 얼마 전 윤수가 제게 해 준 말이 뇌리를 스쳤다.

"슈타티스트 공주는 내가 만든 게 아니야."

다소 뜬금없는 이야기라고 생각했던 그 말이 갑자기 머릿속에 가득 울렸다. 카이트의 동공이 저도 모르게 크게 확장되었다.

"하하. 그래서 그랬던 거군."

"뭐라고요?"

갑자기 밑도 끝도 없이 웃음을 터뜨리는 카이트의 모습에 슈타티스트가 의아하다는 듯 두 눈을 치켜떴지만, 그는 전혀 상관하지 않았다.

카이트는 이제야 알 수 있었다.

작가인 그녀가 만들어 낸 것들은 유형의 물질에만 국한된 것이 아니었다.

즉, 그녀는 그가 줄곧 옳다고 믿는 신념과 변해선 안 된다고 여기는 소중한 정의(正義)를 세운 존재이기도 했다.

그 손끝에서 탄생한 인물이 아니라는 슈타티스트 공주와 몇 마디 나눠보니, 더더욱 그녀가 만든 것과 그렇지 않은 것의 경계가 너무나 명확히 느껴졌다.

왜 여자를 보내기 아쉽다고 생각한 건지 이제야 알겠다.

그리고 그녀를 생각할 때마다 이상하게 심장을 뛰게 만들었던 이 감정이 대체 무엇인지도.

거기까지 생각하자 참을 수 없을 정도로 가슴이 벅차올랐다.

윤수의 얼굴을 당장 보지 않고서는 견딜 수 없었던 그는, 마차의 창문 곁으로 가깝게 다가가 고개를 내밀었다.

하지만 환희로 가득했던 그의 얼굴이 이내 싸늘하게 굳었다. 줄곧 옆을 지키던 단발머리가 어디로 갔는지 시야에서 사라져 있었다.

카이트는 매우 격양된 목소리로 마부를 향해 크게 외쳤다.

"말을 멈춰라!"

그러자 웅성거리는 신하들 사이를 헤치고 페라트가 마차 곁으로 다급히 달려왔다.

"황자님."

페라트의 얼굴에는 난처한 기색이 가득했다.

"왜, 왜 그러십니까?"

"어디 갔지?"

"네?"

"대체 무슨 일이 있었나?!"

황자의 일갈에 페라트의 등에서는 식은땀이 흘렀다. 그가 설마 행렬을 세우고 그녀를 찾을 줄은 꿈에도 몰랐다. 카이트 황자를 보좌한 지도 벌써 수많은 세월이 흘렀지만, 이런 적은 결단코 처음이었다.

아무 말도 하지 못한 채 우물쭈물거리는 페라트에게 날카로운 시선이 내리 꽂혔다가 곧 거두어졌다.

카이트는 윤수를 찾기 위해 고개를 이리저리 크게 둘러보았지만 그 어디에도 그녀의 모습은 보이지 않았다.

무언가 이상하다.

가슴 한쪽이 뻐근해져옴과 동시에 심장이 비정상적으로 빠르게 뛰었다.

물론 잠시 행렬에서 이탈할 만한 일이 있었을지도 모른다. 그녀는 자유를 박탈당한 죄인도 아니고, 아이는 더더욱 아니었으며 스스로를 지킬 만한 힘도 지니고 있다. 그러니 이런 모습은 그의 눈에도 한없이 낯설고 또한 우스꽝스러웠다. 그럼에도 불구하고 카이트는 괜히 안절부절못했다. 숨길 수 없는 초조함이 얼굴 가득 맴돌았다. 그녀가 제 곁에서 떠나는 게 싫었다. 원래 세계에 돌아가고 나면 두 번 다시 만날 수 없을 테니까. 생각이 거기까지 미친 카이트는 지체 없이 마차에서 훌쩍 내렸다.

"어, 화, 황자님?"

맨 앞에서 행렬의 길잡이를 책임지는 기수가 당황하여 외쳤다. 호위의 중심이 되는 꽃의 기사가, 호위 대상의 곁을 비우는 건 전례 없는 일이었다. 그것도 성을 떠나 다른 지역으로의 먼 이동 중이라면 더더욱.

"황자님!"

페라트는 더욱더 당황하여 카이트의 곁에 바싹 다가섰다. 크게 동요하는 그의 호흡. 어서 마차 안으로 들어 가주십사 하는 무언의 애걸복걸이었지만, 그는 아랑곳하지 않았다.

어두워진 안색으로 우물쭈물 거리는 페라트를 향해 쏘아지는 카이트의 눈빛이 순간 숨길 수 없이 사나워졌다.

“명령 불복종, 아니, 아니지, 주군의 의사도 묻지 않고 멋대로 일을 저질러 버렸으니 월권 행위 처벌을 내려야 하려나?”

황자는 입술에 서늘한 미소를 머금고 있었다. 호흡도 고요하니 퍽이나 잔잔한 어조였지만, 그 어느 때보다 낮은 음성이었다. 하지만 그것이 그가 극도로 화가 났다는 증거임을 누구보다 잘 알고 있는 페라트는 저도 모르게 어금니를 꽉 물었다. 가볍게 말아 쥐고 있는 손아귀에 땀이 차 올랐다.

“그녀는 어디에 있지?”

“사실은…… 마물 몇 마리가 나타났습니다. 그 수가 많지는 않아서 조용히 처리해 주실 수 있겠느냐는 부탁을 제가 멋대로 드렸습니다.”

페라트는 침을 꼴깍꼴깍 삼키며 그 어떤 변명의 말도 없이 사실만을 모두 고했다.

순간 카이트의 턱 언저리가 움찔 하는가 싶더니 순식간에 주위에 시퍼렇게 날 선 기운이 내려앉았다.

“죄송합니다. 미틀러렌 사절단이 여기서 발길을 멈추면 안 된다는 생각뿐이어서 그만…….”

겁에 잔뜩 질린 페라트의 안색이 몹시 창백했다. 그도 그럴 것이 이처럼 화가 난 황자는 지금껏 본 적이 없었다. 카이트는 그야말로 뼈가 으스러질 정도로 온 몸에 힘을 주었다. 그렇게 가까스로 화를 참았다.

그러고는 지체 없이 몸을 돌려 가장 가까운 곳에 있는 기병에게로 저벅저벅 다가갔다. 지금은 페라트에게 있는 대로 분노를 터뜨리는 것보다 더 중요한 일이 있었다.

“이봐, 거기.”

“…….”

“내 말 안 들리나?”

“네, 네?”

그제야 여자가 깜짝 놀라 대답했다.

보랏빛 천이 덧대어진 갑옷을 입고 말에 타고 있는 그녀는, 미틀러렌의 여기사였다.

“내려라.”

그녀에게 갑자기 그런 황당한 주문을 한 건 아무리 보아도 페어라센의 3황자 아인젠카이트였다. 하지만 그 말의 터무니없음을 따지기 이전에, 그녀는 제가 감히 황족을 위에서 아래로 내려다보고 있음을 깨달았다.

여자는 황급히 말에서 내려 무릎을 꿇었다.

“결례를 저질러 죄송합니다! 황자님.”

하지만 카이트는 일언반구도 없이 그대로 그녀의 말에 올라탔다.

“잠깐만 빌리지.”

“네? 어, 어디를 가시려고요……?”

“지금부터 나 대신 그대가 공주님을 호위하도록 해라. 모든 권한을 다 넘겨줄 테니. 물론 원한다면 마차에 앉아서 편안히 가도 좋아.”

부상을 입은 어깨에 무리가 갔는지, 카이트의 이마에는 고통을 참는 증거가 분명한 굵은 땀이 송송 솟아 있었다.

세심한 눈길로 땅을 살피자 선명하게 패어진 말발굽 자국이 눈에 들어왔다.

“이랏!”

그는 아무런 주저 없이 그 발자국을 따라 거칠게 말을 몰았다.

“어? 황자님!”

“카이트 님!!”

뒤에 덩그러니 남은 모든 사람들의 입에서 당황스러운 외침이 터져 나왔지만, 이미 그것이 들리지 않을 정도로 그는 멀리멀리 사라져 버렸다.

* * *

‘젠장! 이놈들. 혹시 날 가지고 놀려는 건가?!’

윤수의 마음속에서는 점점 짜증을 동반한 분노가 솟구쳐 올랐다.

대부분의 마물들은 깔끔하게 처리를 한 상태였다.

그런데 마지막 남은 세 마리가 묘한 행동을 개시했다.

그들은 금세라도 손에 잡힐 듯했지만, 결코 쉽사리 잡히지 않았다. 아니, 오히려 저를 약 올리려는 의도가 있는 것처럼 보였다. 펄럭거리는 소리와 함께 바로 눈앞에서 크게 사지를 펼쳤다가, 검을 휘두르면 또 '걸음아, 나 살려라' 하고 쏜살같이 도망갔다. 그리고 그 행동이 무엇을 의미하는지 윤수는 본능적으로 눈치챌 수 있었다.

"설마 날 유인하려는 거야? 대체 어디로?"

하핫.

저도 모르게 웃음이 터졌다. 감히 제 손에서 탄생하지도 못한 미물 주제에 얕은꾀를 부리는 모습이 우스워서 말이다.

그러던 찰나, 갑자기 크게 휘둥그레진 두 눈에 땅 위에 튀어나온 커다란 뿌리가 뒤늦게 보였다.

"이런!"

다급히 말고삐를 쥐어 챘지만, 이미 제가 어떻게 할 수 없었다. 윤수는 본능적으로 몸을 바짝 수그렸다.

"히이이잉!"

거침없이 내달리던 발이 질기고 단단한 무언가에 걸리자, 커다란 짐승은 허공을 향해 마구 몸부림치며 울부짖었다.

"으악!"

쿵!

그녀의 몸이 요란한 소리와 함께 땅에 뒹굴었다.

"아야! 아파, 이씨……."

눈물이 쏙 빠지도록 강렬한 통증이 꼬리뼈 끝에서부터 퍼져 올랐다. 아마 내일쯤이면 엄청나게 시퍼런 멍이 들어 있을 것이다.

"야, 인마. 갑자기 그렇게 몸을 치켜세우면 어떡하냐?"

그녀는 아직도 거친 숨을 푸르르 내뱉으며 헐떡이는 말을 향해 애꿎은 핀잔을 주었다. 하지만 이건 말의 잘못이 아니라 명백히 윤수의 실수였다. 그도 그럴 것이 지금까지 말을 몰아 본 것은 주로 북쪽 땅이기 때문이었다.

크게 솟아 있는 암석들만 잘 피하면 초심자라 해도 제법 쉽게 말을 탈 수 있는 곳이었다. 하지만 지금 자신이 서 있는 이곳은, 그 땅과는 지형이 전혀 달랐다.

좁은 길을 따라 빼곡히 늘어서 있는 것은 동글동글한 작은 덤불들과 커다란 밤나무들.

아마도 이것은 지금 그녀가 카이트의 땅을 빠져나와, 다른 누군가의 영토 안에 발을 들였다는 증거이리라.

윤수의 눈빛이 긴장감으로 차갑게 얼어붙었다.

"괜찮니?"

어딘가 다친 듯 한쪽 발을 계속 절룩거리는 말이 안쓰러워 자르르 윤기가 흐르는 갈기를 두어 번 쓸어준 후, 그녀는 조심스럽게 검을 빼어냈다.

"깩."

"깩깩."

마치 그런 윤수를 걱정하듯, 주위에 마물 몇 마리가 고개를 갸웃거리며 모여들었다.

"저리 꺼져!"

매우 이상한 현상이긴 하지만 확실히 놈들은 절 공격할 의사가 없었다. 그것을 확인한 윤수는 옆쪽의 커다란 나무에 말을 묶으며 불퉁하게 소리쳤다. 그녀는 눈앞에서 나풀대며 날아다니듯 뛰어다니는 마물들을 가볍게 무시한 채 주위를 살폈다.

경계심이 가득한 눈초리로 주위를 몇 차례나 살펴보았지만, 아무런 인기척도 느껴지질 않았다.

오로지 한가롭게 떠도는 마물들만이 눈에 들어올 뿐이었다.

"이게 다 저놈들 때문이야."

그녀는 화가 가득한 어투로 말을 잘근잘근 씹듯이 내뱉고는, 그쪽을 향해 지체 없이 달려들었다. 덕분에 깜짝 놀란 검은 물체들이 순식간에 사방으로 흩어졌다.

"거기 안 서?"

어쩌면 말을 타고 있는 것보다 더 낫다고 해도 부족함이 없을 만큼 그녀는 재빨랐다.

마물들은 온 사력을 다해 도망쳤다.

그에 따라 윤수도 나무뿌리를 뛰어넘고, 가지를 피해 구르듯 몸을 날렸으며, 뽀얗게 피어오르는 흙먼지 사이를 거침없이 헤쳤다.

그리고 이윽고.

"끽."

드디어 한 놈이 잡혔다.

녀석은 미처 긴 비명을 외칠 새도 없이 깔끔하게 최후를 맞았다.

"좋아, 이제 두 놈 남았다."

마물의 사체 위에 꽂혀있던 검을 빼어들고 윤수가 다시 재빠르게 달렸다. 그리고 그런 그녀를 바라보던 언덕 위의 한 남자가 마침내 결심이 선 듯 고개를 끄덕였다.

그는 여유롭게 목을 좌우로 까닥이고는 등에서 긴 창을 빼어냈다. 그러고는 거침없이 팔을 휘둘렀다.

쐐애액, 하는 소리와 함께 무언가가 바람을 갈랐다.

* * *

나머지 마물들의 뒤를 쫓는 윤수는 지금 마음이 몹시 급했다.

'빨리 쟤들을 처리하고 얼른 사절단에 합류해야 하는데!'

페라트와의 약속도 약속이지만 사실은 카이트와 함께 앉아있던 슈타티스트 공주가 눈앞에 더욱 아른거렸다.

덕분에 초초함은 더욱 배가 되었다.

아름다운 가슴이 돋보이는 화려한 드레스를 입고 화사하게 눈웃음을 치던 그녀의 모습은, 같은 여자가 봐도 가슴이 두근거릴 정도임을 분하지만 인정할 수밖에 없었다.

"흥!"

또 다시 넘실대는 질투가 마음 깊은 곳에서 격렬히 치솟았다. 그걸 눈치챈 순간, 얼굴에 확확한 열기가 차올랐다.

'내, 내가 대체 왜 이래?!'

윤수의 입에서 다급한 호흡이 흘러나왔다. 힘들어서가 아니라, 당황했기 때문이었다. 도망치는 마물의 발에서 날아온 흙 알갱이가 자꾸만 입 속으로 튀어 들어왔지만, 지금은 그런 걸 신경 쓸 때가 아니었다.

카이트는 여러모로 근사하고 괜찮은 남자였다. 그런 그를 악역으로 만들었다는 죄책감마저 들 정도이니, 별 듣지도 보지도 못한 이웃나라 공주가 집적거리는 꼴이 마음에 안 드는 게 당연한 것일지도 모른다.

"그래, 아마 그런 마음일 거야. 아무리 악역이라지만 카이트 역시 내가 소중히 만든 캐릭터라고!"

왜인지 이유는 잘 모르겠지만 둘이 마차 안에서 다정하게 붙어 있었던—윤수의 눈에는 그렇게 보였다—장면을 생각하자 또 다시 마음이 부글부글 끓어올랐다.

"너희들 내가 꼭 잡을 거야! 잡고 말 거야!"

그러니 지금 이런 화풀이를 할 대상으로는 저 앞에서 나 살려라 도망치고 있는 마물들이 딱이었다. 그렇게 한참을 쫓던 결과, 드디어 놈들의 힘이 빠지기 시작했다.

짧은 꼬리를 그대로 손으로 잡아챌 수 있을 정도로 거리가 가까워지자, 윤수는 재빨리 검을 높이 치켜들었다.

슈욱!

"에잇! ……어?"

"깩!"

눈앞의 마물이 비명을 내지르며 그대로 땅에 널브러졌다.

그녀의 검이 아니라, 뒤에서 날아온 길고 날카로운 무언가에 의해서.

윤수는 얼른 뛰던 발을 멈췄다.

"대체 뭐야?"

본능적으로 위험을 감지한 그녀는 물건이 날아온 방향을 향해 잽싸게 몸을 틀었다.

슈우욱!

또다시 허공을 날카롭게 가르는 소리가 곁을 아슬아슬하게 연달아 스쳐 지나갔다.

"깩."

마지막 남은 마물이 픽, 쓰러졌다.

그들의 급소를 정확히 찌른 그것은, 가늘고 긴 창이었다.

그리고 그 끝에는 황금빛 사자 문양이 새겨진 초록색의 작은 깃발이 나풀거리고 있었다.

* * *

"도련님! 도련니이임!"

홀 안을 가득 메운 것은 한 여인의 목소리였다.

그녀는 거대한 몸집만큼이나 매우 성량 좋은 목청을 지니고 있어서, 그 쩌렁쩌렁한 음성에 저 멀리에 있는 하인들까지 한 번씩 이쪽을 돌아볼 정도였다.

"이분이 어딜 가셨지."

하지만 주변에 사람이 적지 않은데도 불구하고, 여인의 곁으로 다가오려는 자는 거의 없었다.

한번 붙들리면, 한참 동안 놓아주지 않고 자기 할 말만을 하는 그녀의 성격을 모두가 잘 알고 있었기 때문이었다.

"베스! 너 도련님 어디 가셨는지 정말 몰라?"

그녀의 눈에 들어온 것은 몸매가 매우 날씬하고 얼굴도 예쁜 한 젊은 하녀였다.

"황자님이요? 저는 모르는데요."

"정말이겠지?!"

"저, 정말 몰라요. 우르텐 님!"

그럼에도 불구하고 의심을 거두지 못한 여인의 눈초리는 위에서부터 내려올 생각을 하지 않았다.

사실 간 큰 하녀 한 명이 감히 겁도 없이 이 성의 주인과 저지른 그 불미스러운 사건 이후로, 죄 없는 하녀들은 거의 매일같이 이 불편한 눈초리를 견뎌내야만 했다.

하지만 아무도 그녀에게 선불리 불평하지 못하는 건, 그 남자를 쥐락펴락할 수 있는 사람은 오로지 저 '유모 우르덴'뿐이라는 걸 잘 알기 때문이었다.

"흐음. 평소에는 주위의 걱정을 살 정도로 아침잠이 많은 분이 이렇게 일찍부터 대체 어딜 가신 걸까."

여인은 계속해서 혼잣말을 중얼거렸다. 하지만 그런 순간에도 그녀의 흑갈색 눈동자는 의자와 테이블이 착착 날라지고 있는 홀의 이곳저곳을 주의 깊게 살피느라 매우 바쁜 듯 보였다. 에른테페스트의 축일 준비가 한창인 성에는, 족히 백 명은 넘는 하인들이 그야말로 일개미 군단처럼 바삐 움직이고 있었다.

"어머, 여기 의자 다리가 흔들거리네? 빨리 아무나 얼른 가서 새 의자를 들고 와 줘. 다들 정신 똑바로 차리라고!"

하지만 무언가 부실한 점이 생기면 이처럼 우르덴의 질타가 어김없이 쏟아졌다.

물론 이 커다란 성에는 베테랑이라고 지칭할 수 있는 베슐리서들이 열 명도 넘게 근무하고 있었지만, 근속연수로만 따지면 이 우르덴을 따라갈 자가 없었다. 게다가 그녀는 스스로도 '현역에서 멀어지는 날이 곧 관에 들어갈 날'이라고 늘 입버릇처럼 말하고 다녔으니, 그가 부재중일 때 사실상 대리 명령을 내릴 수 있는 것은 오로지 그녀뿐이었다.

"아, 참. 우르덴 님. 그러고 보니 아까 문지기가 그러는데, 황자님께서는 새벽같이 말을 타고 나가셨다고 하던데요."

새 의자를 들고 온 자는 올해 갓 성에 들어온 신입 베슐리서였다.

"말을? 도련님이? 대체 왜?"

"글쎄요. 잘은 모르지만 꼭 마중 나가지 않으면 안 될 분이 있다고 하셨답니다."

"마중?"

여인의 주름진 두 눈이 화등잔만 하게 커졌다.

* * *

윤수는 쓰러진 마물 가까이로 다가가, 몸에 꽂혀 있는 창을 상세히 살폈다.

페어라센 황가를 상징하는 금빛 사자와 3명의 황자들에게 부여된 각기 다른 색깔, 그중 초록색을 쓰는 자는…….

거기까지 생각했을 때 계속해서 움찔거리던 눈가가 확연히 굳어졌다. 이것은 그 남자가 제 주위에, 그것도 아주 가까이에 있다는 증거이리라.

"으음."

입에서는 저도 모르게 곤혹스러운 신음이 흘러나왔다.

물론 언젠가는 만나게 되리라고 생각은 했지만, 그때가 적어도 지금은 아니었다. 게다가 일행과 떨어져서 홀로 있는 저를 들켜봐야 좋을 것 없을 것이다.

윤수는 재빠르게 몸을 휙 돌렸다.

지금 할 수 있는 최상의 선택은 가능한 한 빨리 그들의 시야에서 사라져서, 사절단에 다시 합류하는 것밖에는 없으리라.

다급한 마음만큼 그 어느 때보다 발이 빠르게 움직였다.

"헉, 허억."

하지만 그렇다고 해서 지치지 않는 것은 아니었다.

마물들과 한참 동안 난데없는 추격전을 한 터라 체력은 이미 바닥 나 있었다.

"앗!"

그러다가 결국, 풀로 뒤덮여 있는 탓에 뚝 떨어지는 작은 절벽과도 같은 급경사를 미처 보지 못하고 데굴데굴 구르고 말았다.

"아, 윽!"

가속도가 따라붙어 미친 듯이 언덕을 구르는 몸이 멈춘 것은, 저 아래 나 있는 커다란 고목 덕분이었다.

"쿨럭!"

안 그래도 아직 엉덩이 쪽이 얼얼한데, 이번에는 명치를 세게 부딪치는 바람에 기침이 콜록 터졌다.

"아이고오."

입 에서는 절로 신음이 흘러나왔다. 하지만 지금 누워서 쉴 틈 같은 건 없었다.

"빨리 여기서 벗어나야 해."

윤수는 이마에서 주르륵 흘러내리는 땀을 닦을 새도 없이 곧

바로 몸을 일으켰다.

"히이잉!"

하지만 설상가상이란 말은 아마 이럴 때 쓰는 것이리라.

허둥지둥거리는 그녀의 뒤에서 여러 필의 말이 내는 힘찬 울음소리가 들려왔다. 마치 포식자에게 몰이를 당하고 있는 작은 짐승처럼 고개가 반사적으로 돌아갔다.

저 멀리서 엄청난 흙먼지를 일으키며 다가오는 것은 족히 스무 명은 넘어 보이는 건장한 사내들이었다. 그들은 그녀가 있는 곳을 향해 무시무시한 기세로 말을 몰았다.

"어서 가자! 이랴!"

무리를 독려하는 것이 분명한 누군가의 목소리가 윤수의 귀에까지 쩌렁쩌렁 울려 들려왔다.

"뭐, 뭐야? 저놈들은."

그녀는 저도 모르게 뒷걸음질을 쳤다.

그러던 어느 순간, 일행이 타고 있는 말의 안장 옆으로 커다란 천 하나가 보란 듯이 바람에 펄럭였다.

금빛의 사자 문양이 수놓아진, 아름다운 초록색 벨베틴.

조금 전 마물들을 향해 날아들었던 창끝에 달린 장식과 똑같은 거였다.

윤수는 저도 모르게 입술을 잘근 씹었다.

점점 가까이 다가오고 있는 이 기마단은 몹시 화려했고, 움직임 하나하나가 매우 절도 있는 것이 특징이었다.

처음 보는 것임이 분명한데도, 어쩐지 매우 눈에 익은 행동. 그 이유는 바로, 저 기마단의 모습을 수십 번도 넘게 상상하고 또 상상하며 장면을 써내려간 것이 윤수 본인이기 때문이다.

'저건 틀림없이 그녀석의 일행이야.'

마음속에 이루 말할 수 없는 당혹스러움이 차올랐다.

그녀는 본능적으로 한 발, 한 발 뒤로 물러섰다.

그렇게 잠시 숨을 고르며 다시 달아날 채비를 마친 후, 몸을 급하게 돌릴 때였다.

"으악!"

무언가 단단한 것에, 이마를 꽤나 세게 부딪혔다. 다리에 그만 힘이 빠진 나머지 그녀는 그 자리에서 풀썩 주저앉고 말았다.

"으……."

눈앞에 별이 무수히 번쩍거렸다. 하지만 무릎을 일으켜 세우기 전, 누군가가 자신을 안아 올렸다.

"휴우, 간신히 따라잡았군. 발 한번 엄청 빠른 아가씨야."

낯선 남자가 혀를 작게 차면서 중얼거렸다. 하지만 윤수는 본인의 몸이 공중에 붕 떠 있다는 걸 깨닫고 난 다음에야 그의 목소리를 좀 더 명확히 인식할 수 있었다.

"괜찮아?"

제 무릎 뒤쪽과 등에 손을 받친 뒤 부드럽게 안아 올린 사내가 다정히 물었다. 햇살에 반짝이는 옅은 갈색의 머리, 게다가 그는 매우 상큼하고 건강한 미소를 지니고 있었다. 허리춤의 검이 스르륵 빠져 내려갔는지 바닥에 무언가가 챙그랑거리는 소리를 내며 떨어졌다. 윤수는 손을 뻗어 절 받치고 있는 그의 어깨를 단단히 쥐었다.

그대로 힘을 줘 그 반동으로 그의 품 안에서 벗어날 생각이었다. 하지만 그는 그녀를 내려놓기는커녕 오히려 팔에 더욱 힘을 주었다.

"이러다 떨어질라. 해치지 않을 테니 가만히 있어, 응? 보아하니 마물에 쫓기다 언덕에서 구른 것 같은데, 어딘가 크게 다친 곳이 있을지도 모른다고."

그러고는 놀랄 만큼 다정다감한 목소리로 말을 이었다.

"이것 참, 대담하리만치 말괄량이인 아가씨네. 마치 내 전부인과도 같군. 옛 추억이 생각나."

그렇게 말하는 그의 입술 끝에서 잔잔한 미소가 번졌다.

그 말에 윤수의 버둥거림이 멈췄다.

제가 몇날 며칠이나 밤을 새어가며 공들였던 수많은 이야기를 딱 잘라 옛 추억이라고 단정 지어 말하는 남자에게 저도 모르게 화가 치밀었다.

무언가 할 말이 더 있는 듯 씰룩거리는 남자의 턱 밑에는 어디서 다쳤는지 손가락 한 마디만 한 길이의 작은 흉터가 나 있었다. 제가 아는 한 그의 얼굴에는 그런 흉터가 생길 만한 일이 없었다.

오호라, 그러니까 저건 아마도 카이트한테 두들겨 맞았을 때

생긴 상처였나 보군.

그걸 확인한 윤수는 저도 모르게 주먹을 말아 쥐었다.

* * *

아까부터 요란한 말발굽 소리가 저를 따라오고 있다는 걸 눈치채고 있었지만 카이트는 결코 뒤를 돌아보지 않았다.

"카이트 님!"

어느새 페라트가 곁으로 바짝 다가왔다.

"부디 제 독단적인 행동을 용서해 주십시오! 바서 님은 제가 꼭 찾아서 무사히 모시고 돌아가겠습니다. 계속 이렇게 말을 타시다간 정말 큰일 납니다! 지금도 안색이 엄청 좋지 않으신데……!"

페라트의 말대로였다. 미간에 잔뜩 지어진 주름을 풀지 못하고 있는 카이트는, 창백한 얼굴로 땀을 비 오듯 쏟아내고 있었다.

지금 여기까지 말을 타고 온 것은 아예 부상이 더 심해지라고 제를 지내는 것과 마찬가지였다. 하지만 그는 그런 페라트의 염려 따윈 전혀 듣고 있지 않는 것처럼 보였다.

"이랴!"

카이트는 더욱 큰 소리로 말에 박차를 가했다.

저 앞서 나 있는 발자국을 따라가는 그의 조급한 마음에 통증

같은 건 조금도 끼어들 틈이 없었다.

다만 그녀를 어서 만나야겠다는 마음뿐이었다.

게다가 무사한 것을 제 눈으로 확인하고 싶은 바람. 그리고 아주 약간의 조바심조차 견딜 수 없게 만드는 애달픔.

왜일까?

그 이유를 지금에 와서야 겨우 깨달았다.

그는, 그녀가 좋았다.

그 감정이 지금 카이트가 지닌 전부였다.

* * *

"그가 하녀와 바람을 피운 것은 그 한 번이 아니었거든."

그녀의 귓가를 강타한 건 그 언젠가 제게 그렇게 귀띔해 준 카이트의 목소리였다.

뭐? 옛날 추억?

그래서 그런 추억을 선사해 준 여자 주인공, 아니 네 부인을 두고 바람을 피운 거냐?!

또다시 분노가 치밀어 올랐다. 역시 지금 당장 이 배은망덕한 놈을 한 대 때려주지 않고서는 못 배기겠다고 생각한 그때였다.

"황자님."

아까 본 기병들이 어느새 뒤에 열을 맞춰 서 있었다.

사내들은 푸르르, 콧김을 내뿜는 말에서 내려 황급히 무릎을 꿇었다.

"이제야 왔군."

"늦어서 죄송합니다. 저, 그런데 그분은 누구신지요?"

"아아, 수십 마리 마물에 쫓기다가 그만 높은 낭떠러지에서 떨어진 가련한 아가씨야."

뭐?

윤수의 콧잔등에 작은 주름이 지어졌다.

수십 마리 마물은 너무 심한 과장이었다. 게다가 떨어진 곳은 높은 낭떠러지가 아니라, 꽤나 급경사가 심한 언덕일 뿐이고. 또 쫓긴 게 아니라 자신이 쫓아갔던 거였다.

게다가 감히 어디다 대고 가련한 아가씨 운운 하는 거야? 내가 아니었음 주인공도 못 되었을 이 건방진 놈 같으니!

"아, 그렇습니까."

하지만 그가 낯선 여자를 품에 안고 있음에도 불구하고, 병사들은 그저 태연자약했다. 그 모습으로 보건대 남자의 이런 태도가 그들에게는 무척이나 익숙한 것인 듯싶었다.

"자, 이제는 안전하니 안심하거라. 나와 함께 내 성으로 가자꾸나."

그는 또다시 다정하게 속삭였다. 상황이 이쯤 되니 윤수도 더 이상 가만히 있을 수만은 없었다.

"잠깐, 나는……!"

자신의 신분을 밝히게 되더라도 우선은 이 무리를 벗어나는 게 맞다고 판단한 그녀가 입술을 열 때였다.

"하지만 그 여성은 3황자님의 병사인 것 같은데, 괜찮을까요?"

기병대의 맨 앞줄에서 줄곧 일행을 진두지휘하던 사내가 염려스러운 목소리로 물었다.

"뭐?"

그 말에 윤수를 안고 있던 그가 스르륵 고개를 숙였다.

그러고는 뒤늦게 그녀의 목에 매어진 붉은 실크 매듭을 확인하고 놀란 얼굴로 두 눈을 깜박이던 찰나.

"내려놔."

순식간에 주위의 모든 걸 부숴버릴 수도 있을 듯한 무거운 목소리가 들려왔다. 남자의 얼굴이 딱딱하게 굳어져 가는 게 윤수에게도 고스란히 보였다.

"이게 대체 얼마만이야? 너는 오랜만에 만난 형에게 인사도 안 해 주는 거냐?"

"어서 내려놓으라고."

웃음기 가득한 목소리로 계속해서 능글대고 있는 남자와는 달리, 카이트의 말투에는 아무런 변화가 없었다.

다만 모두가 저절로 팔을 문지를 정도로 차가운 표정을 하고 있을 뿐이었다.

"정말 매정한 동생이구나. 형님, 하면서 달려와 뜨거운 포옹을 해 주는 것까지는 바라지 않았지만 적어도 살가운 인사 정도는……."

"여전히 그 입은 시끄럽기 그지없군. 말로 해선 안 되겠어."

말에서 내린 카이트가 누구도 말릴 새 없이 칼을 뽑아 들었다. 그리고 그 모습에 가장 크게 놀란 건 윤수였다.

"여전히 건방진 자식이라는 것도 변함없군."

그는 그렇게 말하면서도 결국 윤수를 안고 있던 팔을 살포시 아래로 내렸다.

발이 땅에 닿자마자 그녀는 잽싸게 몸을 피했다.

그리고 카이트 옆에 섰을 때야 비로소, 남자의 외양이 두 눈에 똑똑히 들어왔다.

그의 키는 카이트보다 조금 작았지만 대신 날렵한 허리와 승마로 다져진 탄탄한 하체가 돋보이는 근사한 풍채를 지니고 있었다. 게다가 물결치는 부드러운 갈색의 곱슬머리와 우유처럼 새하얀 피부, 아래로 살짝 처진 두 눈은 보기만 해도 달콤한 느낌을 선사할 정도로 매력적이다.

카이트를 향해 저지른 치졸한 짓이라든지, 여자 주인공을 두고 바람을 피운 사실만 아니었다면 매우 높은 호감을 샀을지도 모른다.

그 정도로 매력적인 이 남자가 바로 2황자 바인.

자신이 쓴 두 번째 시리즈의 주인공이자, 이 나라 대부분의 군력을 좌지우지할 수 있는 힘을 지닌 자였다.

"네가 올해 꽃의 기사라지? 그런데 대체 미틀러렌의 공주님은 어디다가 팽개치고 온 거냐? 여성을 오솔길의 돌처럼 홀로 두다니 기본도 안 되어 있구나. 너 같은 황자가 꽃의 기사 역할을 맡은 걸 보면 페어라센의 국운도 이제 다 쇠해가는 게 틀림없어."

2황자는 여전히 사람 좋은 미소를 띠고 있었지만, 그 입에서 무차별적으로 쏟아진 건 마치 칼날을 문 듯 날카로운 폭언이었다.

"누구보다도 도덕성을 지녀야 할 황족으로서의 체통은 다 내다 버린 채 하녀들을 탐하다 부인에게 이혼당한 누구처럼 되느니, 차라리 여자를 길가의 돌처럼 대하는 편이 훨씬 더 낫지 않을까?"

적대감을 숨기지 않고 드러낸 것은 카이트도 마찬가지였다.

"뭐? 페어라센의 골칫덩이, 황제에게까지 버림받은 문제아 주제에 감히 지금 내게 뭐라고 지껄이는 거냐!"

카이트의 비아냥거림이 심히 불쾌했는지 바인이 거칠게 소리치며 검을 뽑아 들었다.

"이런. 나 때문에 생긴 턱 밑의 상처가 결국 흉으로 남고 말았군. 그때 약이라도 들려 보낼 것을 그랬습니다."

하지만 곧 달려들어도 이상하지 않을 것만 같은 바인의 모습에 카이트는 되레 여유로운 미소를 지었다.

"형, 님."

그뿐만 아니라 일부러 조롱하는 것이 분명한 어투로 그를 자극하자 결국 바인의 화가 폭발한 듯싶었다.

"오늘에야말로 네놈의 관을 짜놓고 말겠다!"

"어어."

윤수의 입에서 당황스러운 신음이 흘러나왔다.

곤혹스러운 것은 바인의 뒤에 선 기병대 병사들도 마찬가지인 것 같았다. 하지만 감히 황족간의 대결에 끼어들 수 없어 안절부절못하고 있을 뿐인 그들과는 달리, 윤수는 즉각 이 두 사람을 말릴 태세를 취했다.

'이 녀석들이, 진짜!'

물론 깊은 우애로 가득 찬 사이좋은 모습을 기대한 건 아니었다. 그러나 막상 서로 못 잡아먹어 안달 난 듯 으르렁대는 모습을 보니 속상한 마음에 미간이 절로 찌푸려졌다. 게다가 이미 그녀의 임무는 2황자의 성에 입성하는 것 자체가 목적이 아니었다. 윤수는 이제 그 누구보다도 본인이 카이트를 지켜주고 싶었다.

지척에 도열해 있는 것은 죄다 바인의 병사들. 수적으로만 봤을 때는 너무나 열세했지만, 카이트와 자신이 힘을 합친다면 저 정도의 기병들 쯤은 가볍게 상대해 줄 수 있으리라.

"앗, 내 검."

그러나 그녀의 허리춤에 만져지는 것은 가벼운 검집뿐이었다. 저 멀리 2황자의 발치께에 길고 반짝이는 것이 얌전히 놓여 있는 게 눈에 띄었다.

아까 그가 저를 안아 올렸을 때 떨어진 것이 틀림없었다.

"가만 안 두겠어."

"어디 할 수 있으면 해 보시지."

"이 건방진 자식!"

아, 이를 어쩌지?

일촉즉발의 긴박한 순간.

그녀의 눈에 마침맞게 제법 두껍고 긴 나뭇가지 하나가 떨어져 있는 게 보였다.

목검 정도는 아니었지만, 펜싱 검 정도로는 쓸 수 있을 법한 굵기였다.

"오늘은 꼭 네게 그동안의 치욕을 갚아주마!"

윤수는 그것을 지체 없이 주워들자 마자 바인이 기다렸다는 듯 날쌔게 달려들었다.

"카이트 님!"

"당장 멈춰라!"

숨이 넘어 갈듯 헐떡거리고 있는 페라트의 고성과 함께 누군가의 근엄한 목소리가 들려왔다.

"두 황자님은 즉시 다툼을 멈추시고, 어서 원래의 자리로 돌아가시기 바랍니다!"

커다란 말 위에 올라앉은 남자의 뒤쪽으로는 마치 죄인처럼 고개를 숙인 페라트가 있었다.

"2황자님, 인사를 여쭙습니다."

황급히 말에서 내린 페라트는 땅에 무릎을 꿇은 것도 모자라, 거의 바닥에 이마가 닿을 정도로 몸을 굽혔다.

"그래, 오랜만이군. 페라트. 내가 너는 늘 안쓰럽게 생각하고 있다. 저 악마 같은 놈을 주인으로 모시고 있는 삶은 살아도 사는 게 아닐 거야."

"닥쳐라!"

고개를 절레절레 흔들며 한숨을 내쉬는 바인을 향해 카이트가 욕설을 날렸다. 그러자 말에 앉은 남자가 그를 다시 한 번 엄중히 꾸짖었다.

"3황자 아인젠카이트 님은 당장 그 검을 거두시오! 바인 님도 마찬가지요. 황명입니다!"

그 말에 카이트는 노골적으로 혀를 차며 불만스럽다는 듯 자신의 검을 철컥 소리가 나도록 허리춤에 꽂아 넣었다. 쭈뼛쭈뼛 눈치를 보며 그 동작을 똑같이 따라한 건 바인도 마찬가지였다.

황명이라니, 그럼 저자는 운켄트니스의 최측근이라는 소리야?

내 소설에 그런 사람은 없었는데. 대체 누구지?

눈치로 페라트를 따라 그 옆에서 함께 무릎을 꿇은 윤수의 눈동자가 어지러이 흔들렸다.

"제2 친위대장님! 심려를 끼쳐 죄송합니다. 허락해 주신다면 카이트 황자님과 함께 꽃의 기사 일행에 합류하고자 합니다. 그러니 부디 자비를……!"

페라트는 여전히 땅에 무릎을 꿇은 채 한 손을 뻗어 제 앞에 서 있는 카이트의 발목을 잡고 가만히 흔들었다.

그런 그의 행동에 카이트 역시 나지막한 한숨과 함께 고개를 아래로 까닥 숙였다.

"저 남자는 제2 친위대장을 맡고 있는 자인데, 아마도 1황자 아인젠 오튼께서 보내신 특사일 겁니다. 그의 허리춤에 길게 묶은 검은색 띠가 보이시지요?"

제게 소곤거리며 귀띔해 주는 페라트의 말에 윤수의 두 눈이 즉시 남자의 허리로 향했다. 검은색 가죽으로 만든 넓은 띠에는 카이트와 바인의 것과 마찬가지로 역시 사자가 수놓아져 있었다.

황자들은 저마다의 색깔로 자신들의 세력을 구분했다.

2황자와 3황자가 각각 초록과 붉은색을 쓰고 있는 것처럼, 이 나라의 가장 유력한 차기 황제 후보인 1황자의 색은 먹빛에 가까운 검은색이었다.

하지만 아무리 그래도 황명이라니.

윤수의 마음이 묘하게 떨려 왔다.

1황자 오튼은 황궁에서의 기거를 허락받을 만큼 운켄트니스 황제의 가장 가까운 측근이자, 차기 황제 후보로서 백성들의 전폭적인 지지를 받고 있는 황자였다. 그의 이야기를 완결시킨 이후 벌써 상당히 많은 시간이 흘러있었다. 그랬기에 그는 벌써 이처럼 마음대로 두 황자들을 쥐락펴락할 수 있을 정도로 성장한 것일지도 모른다.

첫 번째 시리즈를 위해 탄생한 이 주인공은 대체 또 어떤 괴물 같은 남자가 된 거야.

윤수는 저도 모르게 긴장으로 빳빳하게 굳은 눈가를 가만히 문질렀다.

1황자는 그녀가 그야말로 혼신의 힘을 다한 캐릭터였다.

그의 성격을 비롯해 그를 둘러싼 설정에 이르기까지 얼마나 많은 고민을 했었는가?

게다가 그 시리즈는 바서라는 필명을 내걸고 쓴 자신의 첫 작품이니 애정이 없다면 거짓말일 것이다. 하지만 지금은 결단코 카이트 외에는 아무하고도 협력할 생각이 없었다.

이건 그를 황제로 만들어 주어야지만 집에 갈 수 있다는 지극히 단순한 이유 때문만은 아니었다.

처음에는 작은 죄책감으로 시작했던 감정.

그 싹이 어느새 묘목처럼 자라나 있었다.

슈타티스트 공주와 함께 있는 모습을 보며 심기가 불편했던 것도 틀림없이 새로 생겨난 이 감정 때문이리라.

그 순간 윤수는 입술 안쪽을 잘근 깨물며 일부러 생각을 멈췄다.

카이트와 자신은 그저 소설 속의 캐릭터와 그 책을 쓴 작가일 뿐. 특별한 사이가 될 일도 없고, 될 수도 없으리라.

그녀는 그렇게 가슴속에 애써 스스로 못을 박았다.

이런 생각들로 인해 잠시 한눈을 판 사이, 정수리 위에서 또다시 묵직한 바위와 같은 목소리가 쏟아졌다.

"그런데 너는 누구지? 페어라센의 보병 옷을 입고 있군."

그 말에 깜짝 놀라 고개를 드니, 친위대장이라는 자가 어느새 형형한 눈빛으로 저를 쏘아보고 있었다.

"아, 그녀는……."

"보시다시피 병사입니다."

자신을 대신해 입을 열려고 하는 페라트의 옷소매를 황급히 잡으며 윤수가 태연한 음성으로 대답했다.

"병사? 네가 우리 페어라센의 병사라고? 어깨의 브로치가 하나인 걸 보니 신참인 모양인데 최근 보직을 결정받은 신참 중 너 같은 얼굴은 없었다."

평생을 무관으로 살아왔다는 증거를 보이기라도 하듯, 남자의 두 눈이 날카롭다 못해 시퍼렇게 빛났다.

예기치 못하게 흘러가는 상황에 페라트의 안색이 파랗게 변했다.

황제의 성을 지키는 무적의 군대, 그중에서도 제2 친위대장직을 역임하고 있는 자는 한 마디로 대단한 기사였다. 그만큼 아무나 맡을 수 없는 중책이었기에 까딱하면 죄다 줄줄이 의심을 사기 딱 알맞은 상황이었다.

하지만 윤수는 거리낌 없이 자신 만만하게 말을 이었다.

"저는 사관학교에서 정식 가르침을 받은 병사가 아닌, 용병단에 소속된 의용 병사입니다."

"흐음, 용병이라?"

"예."

주저 없이 대답하는 그녀의 머릿속엔, 황자 시리즈를 쓰기 위해 만들었던 각종 설정들이 마치 책처럼 파라락 펼쳐졌다.

페어라센 황가의 호위대엔 여러 군단이 구성되어 있다.

보병 근위단이나 기병 연대, 그리고 외부에서 발탁했거나 스스로 자원한 인재들로 구성된 용병 부대 역시 공식 기사단들과 마찬가지로 호위대의 한 주축을 이루고 있었다.

특히 용병은, 정통 기사단 출신으로 이루어진 호위 인력들에게는 꽤나 자극적인 세력이었다. 외부에서 차출된 용병들은, 같은 학교 졸업생이나 동일한 기사단 출신들이 썩어가는 고인 물처럼 되지 않도록 기사들을 끊임없이 견제했다.

이는 두 번째 시리즈의 여주인공이었던 기사단장 도른이 숱한 반대를 무릅쓰고 처음으로 도입한 혁신적인 제도였다. 그리고 그런 그녀 역시 당연히 윤수의 손끝에서 탄생한 인물이고.

그렇기 때문에 하나의 커다란 연대를 책임지는 대장조차도 이 용병 병력에 대해서는 까막눈이라 해도 좋을 정도로 아무것도 몰랐다. 따라서 줄곧 저를 주시하고 있는 친위대장과 2황자 바인을 납득시킬 수 있는 방법은 이것밖에 없다는 것을 윤수는 누구보다 잘 알고 있었다.

"저는 도적의 손에 가족을 잃고 난 후 줄곧 북쪽을 떠돌다가 우연치 않게 카이트 황자님을 만났고, 곧 용병이 되었습니다."

"그렇군. 젊은 나이에 벌써부터 그리 고생 많은 삶을 살았구나. 그런 네 의지에 위로와 용기를 보낸다."

"감사합니다, 대장님."

그런 두 사람의 대화를 듣고 있던 카이트와 페라트는 놀란 기색을 숨기기 위해 나름 애를 써야 했다.

페라트는 물론이고, 카이트 역시 도른의 손을 거쳐 새롭게 정비된 기사단의 체제에 대해 저 정도로 정확히는 알지 못했다. 하지만 그런 자신들과는 달리 눈 하나 깜빡 안 하고 술술 거짓말을 해 대는 윤수를 바라보며 카이트는 헛웃음이 터지려는 입을 막았다.

"카이트 황자님."

그런데 갑자기 윤수가 그의 이름을 불렀다.

"말해라."

저도 모르게 다정스럽게 휘어지려는 눈가를 황급히 다잡으며 카이트는 부러 딱딱한 표정으로 대답했다. 정말 자신의 병사를 대하듯 근엄한 태도였다.

"허락해 주신다면 저쪽에 떨어진 제 검을 가져오고 싶은데요."

그녀가 가리킨 곳은 2황자가 서 있는 곳 근처의 땅이었다.

다른 것들보다 유독 얇고 가볍게 보이는 그 검은 그가 윤수를 위해 특별히 만들어 준 거였다.

그건 페어라센의 일반 기사들이 들고 다니는 것과는 비교도 안 되는 상등품이었는데, 그 정도는 되어야 그녀의 실력을 버텨낼 수 있기 때문이었다.

그는 고개를 끄덕였다.

"아아, 그래."

카이트의 허락이 떨어지자 2황자 근처로 그녀는 바삐 종종걸음을 놓았다. 그사이에 또 바인과 카이트는 서로 날카로운 눈빛을 주고받으며 신경전을 펼쳤지만 윤수는 아랑곳 않고 땅에 떨어진 검을 주웠다.

그런 그녀를 가만히 바라보고 있던 바인이 물었다.

"네 이름이 뭐지?"

"아, 저는 바서라고 합니다."

"그래. 고생 끝에 기껏 용병이 되었는데 하필이면 저런 미친놈을 위해 일해야 한다니, 참으로 가엽구나. 게다가 북쪽 땅에서의 삶이 얼마나 척박한지는 말하지 않아도 잘 알지. 이봐, 아가씨. 그럴 바에는 차라리 우리 기사단에 들어오는 게 어떤가? 어차피 축일 기간 동안에는 내내 나의 성에서 머물러야 할 테니, 진지하게 생각해 보아라."

제 곁으로 다가온 윤수를 향해 바인이 다정스러운 목소리로 말을 건넸다.

'미친놈이라니! 지금 누가 누굴 욕하는 거야?!'

그녀는 부글거리는 마음을 숨긴 채 일부러 허리를 깊이 숙이며 깍듯하게 화답했다.

"생각해 주셔서 감사합니다. 2황자님."

그러고는 검을 허리춤에 가만히 찔러 넣다가, 갑자기 무슨 생각이 들었는지 그 자리에 굳은 듯이 서서 꼼짝하지 않았다.

잠깐만.

내가 이 녀석을 이처럼 가까이 마주할 수 있는 순간이 앞으로도 또 있을까? 그것도 이렇게 무방비한 상태로?

그 짧은 시간 동안 그녀는 치밀한 계산을 마쳤다.

어디까지나 실수인 것처럼 보여야 하므로 너무 가까이 다가가면 곤란할 터다. 하지만 지금은 아주 약간 거리가 멀었다.

윤수는 아무도 몰래 한 발자국 정도를 스르륵 앞으로 이동했다. 그리고 허리띠에 매달린 검집을 최대한 아래로 몰래 잡아 뺀 뒤, 갑자기 휙 하고 바람 소리가 나도록 몸을 크게 돌렸다.

빠악!

동시에 어디에선가 꽤나 커다란 타격음이 경쾌하게 울려 퍼졌다.

"으헉!"

그 순간 바인이 무릎을 풀썩 꿇으며 비명을 내질렀다.

그의 정강이를 가격한 것은 검이 들어 있어 꽤나 묵직해진 검집. 그것이 그녀를 따라 길게 회전하며 바로 옆에 서 있던 2황자의 단단한 정강이에 정통으로 부딪혔다. 아마 눈물이 쏙 빠지도록 아플 것이다.

그의 비명을 들으며 그녀는 마음속으로 외쳤다.

'이건 감히 내 여주 눈에 피눈물 나게 만든 죄!'

"화, 황자님?"

한쪽 무릎을 꿇고 바닥에 주저앉은 바인을 향해 당황한 기병대 병사들이 몰려들었다.

"이를 어째! 죄송합니다. 바인 황자님!"

윤수는 허둥지둥거리는 척하면서 모두의 시선을 피해 다시 한 번 2황자의 다리를 다시 한 번 냅다 차버렸다.

"악!"

'그리고 이건 감히 내 최애 캐릭터인 카이트를 미친놈이라고 욕한 죄다!'

안 그래도 뼈가 얼얼할 정도로 강렬한 통증이 잔존해 있는 곳을 또 한 번 가격당하자, 2황자의 얼굴이 시뻘겋게 변했다.

"바인 님, 괜찮으십니까?"

우르르 몰려든 커다란 덩치의 사내들 사이에서 윤수는 죽을 죄를 지었다는 듯 연신 허리를 굽혔다.

"죄송합니다, 고귀하고 고귀하신 황자님의 다리가 거기에 계신지 미처 몰라 뵈었습니다. 부디 용서해 주시어요."

마음에도 없는 사과를 영혼 없이 읊으며 주위의 눈치를 보던 윤수는 이내 뒤로 발을 슬슬 물렸다. 그를 둘러싼 무리 밖으로 몸이 완전히 빠져나오자마자 그녀는 어리둥절한 표정을 하고 있는 카이트 곁으로 냅다 뛰어왔다.

"가자, 얼른 가자!"

"대체 무엇을 한 거지?"

"뭘?"

"2황자가 왜 땅바닥에 주저앉아서 저러고 있는 거냐고."

"그런 건 나중에 이야기하고 일단 얼른 가자니까?"

윤수는 멍청한 얼굴로 서서 제게 반문하는 카이트의 소매를 잡아끌었다.

그런 그녀의 입에서 킥킥거리는 웃음소리가 새어 나왔다.

Chapter 9
굳게 닫혀있던 문이 열리고

"힘드시면 제가 교대해 드릴까요?"

"제가 힘들 게 뭐가 있겠어요. 힘든 건 한꺼번에 두 사람을 태운 이 녀석이죠."

앞서가던 페라트가 슬금슬금 눈치를 보며 슬쩍 그렇게 물었다. 그러나 윤수는 고개를 저으며 자신과 카이트가 올라 있는 말의 등을 토닥였다.

윤수에게서 모든 자초지종을 들은 그들은 우선 그녀가 타고 온 말이 묶여 있는 나무 아래로 향했다.

'말이 다친 것 같다고? 어디 보자…… 그렇군, 발목을 다쳤어. 이 녀석은 사람을 보내 다시 성으로 데려갈 테니, 네가 대신 날 좀 태우고 가.'

그렇게 말하며 윤수의 손에 자신의 말고삐를 쥐여준 것은 카이트였다.

'왜 네 말을 내가?'라고 물으려던 그녀는 그의 얼굴을 보고 입술을 다물었다. 창백한 안색과 더불어 카이트의 이마에는 또다시 식은땀이 배어나고 있었다.

페라트가 다급히 자신이 지니고 있던 진통제를 먹이긴 했으나 그건 어디까지나 임시 조치에 불과했다.

'무리해서 말을 타니까 그렇지.'

그런 그에게 마치 무안을 주듯 퉁명스럽게 말했지만, 그녀는 제가 할 수 있는 한 아주 조심스럽게 말을 몰았다.

물론 멋대로 행동해서 미안하다는 말도 덧붙였다. 페라트와 카이트 사이가 눈에 띄게 냉랭해진 것을 눈치챘기 때문이었다.

말의 걸음이 조금이라도 빨라질라치면 뒤에 앉아 있는 카이트의 입에서 어김없이 얕은 신음이 새어 나왔다.

아주 약간의 흔들림조차도 그는 견딜 수 없이 고통스러운 것 같았다. 덕분에 윤수의 미간에도 걱정이 가득 담긴 주름이 그어졌다.

하지만 앞서 가던 페라트는 섣불리 곁에 다가오지도 못한 채 그저 초조하게 가다 서다 가다 서다를 반복했다.

카이트의 화가 아직 가라앉지 않았다는 걸 잘 알고 있는 페라트는 아까부터 줄곧 그의 눈치만 보고 있었다.

그런 그를 보다 못한 카이트가 나지막이 명령했다.

"페라트. 넌 먼저 사절단의 곁으로 돌아가라."

"네, 네? 저 혼자 말입니까?"

"그래. 우리는 뒤에서 천천히 따라갈 테니 발이 묶여 있는 일행을 어서 출발시켜라."

"으음. 그, 그래도 될까요, 카이트 님?"

카이트는 대답 대신 뒤에서 고개를 끄덕였다.

멋대로 행동한 것에 대해 깎여나간 신뢰를 다시 채우려는 듯 페라트는 아무런 일언반구도 없이 말고삐를 단단히 틀어쥐며 외쳤다.

"그럼 죄송하지만 먼저 가 보겠습니다!"

벌써 저만치 달려 나가고 있는 말발굽 소리가 점점 귀에서 멀어지더니 점처럼 작아지던 뒷모습도 이내 시야에서 사라졌다.

"조용하네."

페라트를 먼저 보내고 둘이서만 남게 되자, 윤수는 주변을 휘휘 둘러보며 나지막이 중얼거렸다.

작은 새들이 길가에 나 있는 커다란 밤나무 가지에 앉아 노래하듯 지저귀고 있었다. 불어오는 산들바람에 손바닥만 한 나뭇잎들이 이리저리 움직일 때면, 아무도 없는 오솔길을 따라 쏟아져 내리는 햇살을 막아 낸 그림자들이 마치 커다란 물고기 떼처럼 땅 위로 모였다 다시 흩어졌다.

절 쫓아다니던 마물들도 그새 다 어디로 사라졌는지 주위에는 개미 새끼 한 마리 보이질 않았다.

빨리 달리고 싶어도 달릴 수가 없으니 마치 고즈넉한 오솔길을 산보하듯 여유로운 발걸음이었다. 길 위에 규칙적으로 또각또각 하는 듣기 좋은 말발굽 소리가 울려 퍼졌다.

마치 잔잔한 리듬 같은 그 소리에, 한참 동안 귀를 기울이던 윤수의 머릿속에 갑자기 무언가가 퍼뜩 떠올랐다.

그녀는 고개를 돌려 뒤에 앉아 점잖게 자신의 허리 부근을 잡고 있던 그를 향해 입을 열었다.

"황자. 있잖아, 부탁이 하나 있는데."

"부탁?"

"그, 저기…… 페라트 씨한테 너무 화내지 마. 결국 그 제안을 수락한 건 나니까."

조심스럽게 꺼낸 이야기건만 그에게서는 아무런 대답도 들려오지 않았다. 윤수는 불안하게 요동치는 마음을 꼭꼭 다잡으려 노력하며 한풀 꺾인 목소리로 재차 말을 이었다.

"마물 몇 마리 정도는 나 혼자서 처리해도 괜찮을 거라고 생각했어. 널 돕고 싶은 마음에 그만…… 멋대로 행동해서 미안."

"위험했어."

그제야 한층 누그러진 음성이 들려왔다.

"마물은 무리로 움직이는 놈들이야. 날 돕고 싶다면 다시는 이런 걱정 시키지 마."

그렇게 말하며 카이트는 더욱 힘을 주어 그녀의 허리를 단단히 안았다. 타박하는 것 같은 목소리에 어쩐지 떨리는 열기가 스며있었다. 윤수의 심장 고동이 더욱 거세지기 시작했다.

"미, 미안. 2황자도 그런 식으로 대면해서 곤란했지?"

"그건 상관없어. 성으로 가면 어차피 만났을 테니. 게다가 언제 어디서 마주쳐도 재수 없는 녀석이니까."

마치 으르렁거리는 짐승처럼 카이트가 거칠게 어깨를 들썩였다. 멋대로 윤수를 안아 든 바인의 모습을 떠올리자 또다시 화가 들끓었다. 도른의 이름을 들먹거리며 자신에게 터무니 없는 시비를 걸었을 때보다 훨씬 더.

그녀의 뒤에 앉아있던 카이트는 마음 놓고 짜증스럽게 미간을 구겼다.

"그런데 말이야. 나 궁금한 게 하나 있어."

하지만 그 심정을 아는지 모르는지 윤수는 상기된 태도로 연신 재잘거렸다.

"말해."

아직 기분이 풀어지지 않은 카이트가 무뚝뚝하게 대답했다.

"혹시 2황자가 도른하고 이혼한 이후에 특별히 만나는 여자는 따로 없어? 아까 느낀 건데 바인은 확실히 여자한테 만큼은 굉장히 자상하고 친절하더라."

지금 윤수의 머릿속은 어떻게 하면 2황자를 손쉽게 공략할 수 있을까에 대한 생각뿐이었다.

1황자나 2황자가 제아무리 주인공들이었다지만 모든 것이 완벽한 캐릭터는 아니었다. 작가인 자신만이 알고 있는 그들의 습관이라든지 행동방식 같은 것이 분명히 존재했다. 그러므로 드러나지 않은 성격 같은 것을 기본 토대로 해서 새로운 정보를 모으다 보면 분명히 모두의 약점을 파악할 수 있을 거라 윤수는 굳게 믿고 있었다.

2황자에게 새롭게 드러난 정보는 바로 여자였다. 그가 그토록 여자에 약한 캐릭터라면 분명 그 점을 이용할 수 있을 것이다.

"내 말 듣고 있어? 응?"

"……."

하지만 아무리 재잘거려도 카이트는 묵묵부답이었다.

그 뒤로도 한참을 기다려 보았지만 그는 줄곧 아무런 말이 없었다. 윤수의 고개가 또다시 슬쩍 뒤로 향했다.

"그새 잠이라도 든 거야?"

그러자 커다란 손이 쓰윽 다가와 그녀의 양 볼을 꾸욱 잡고서는 얼굴을 앞으로 휙 돌리게 만들었다.

"안 자."

"아, 그래."

그럼 기척이라도 좀 내지.

무안해진 윤수는 괜히 코끝을 긁적였다.

하지만 그 이후에도 카이트의 침묵은 계속되었다. 어딘가 불편한 데라도 있는 걸까?

"혹시 다친 데가 많이 아파서 그래?"

"……조금 피곤한 것뿐이다."

"내 뒤에서 눈 좀 붙여도 되는데."

"그러다 말 위에서 굴러떨어지라고? 안 그래도 온몸이 쑤셔서 괴로운데, 아예 날 병상의 환자로 만들려는 건가?"

쌀쌀맞은 목소리로 제게 응수하는 카이트의 태도가 어쩐지 조금 삐딱했다.

윤수는 혹시 자신이 그를 화나게 한 일이 있는가 하고 잠시 생각해 보다, 이내 고개를 살며시 가로저었다.

아마 그는 몸이 아파서 짜증이 난 것일지도 몰랐다.

그녀의 미간이 걱정으로 살짝 일그러졌다.

아프면 아프다고 솔직히 말하는 게 차라리 손이 덜 갈 텐데.

다행인 것은 오늘 내로 2황자의 성에 도착할 수 있다는 점이었다. 그곳은 페어라센의 그 어느 지역보다도 많은 기사들이 몰려드는 곳이니, 분명히 더 좋은 의사나 약이 있을 것이다. 만약 바인이 그걸 순순히 내놓지 않는다면 몰래 훔쳐서 쓰는 한이 있더라도 기필코 그의 부상을 빨리 낫게 하리라는 생각을 할 때였다.

"그래서 그게 네 소감인 거로군."

"응?"

여전히 냉랭한 음성으로 카이트가 뜬금없는 말을 해 왔다.

"소감이라니, 무슨 소감?"

"2황자 바인을 만난 건 처음 아닌가? 그런데 그렇게 친절하고, 자상한 남자여서 퍽이나 좋았겠어."

왜인지 카이트는 몹시 비아냥거리고 있었다.

이 남자가 대체 왜 이러지?

윤수는 그의 알 수 없는 태도에 고개를 갸웃거리며 다소 품위 없게 건들거리던 갈색머리 청년을 다시 한 번 머릿속에 떠올렸다. 황족으로서 지녀야 하는 교양은 조금 부족할지 몰라도, 대신 사교성이 뛰어나고 유달리 타인과의 친화력이 좋은—물론 철천지원수인 누구 한 명을 제외하고—그 청년 말이다.

그것이 그녀가 써 준 그의 기본 성격이었다.

"게다가 나와는 달리 그는…… 너의 주인공이었지."

카이트는 풀 죽은 목소리로 중얼거렸다. 그런 그에게 윤수가 시큰둥하게 대답했다.

"인상이고 뭐고 할 것도 없어. 바인은 내가 상상한 것과 똑같은, 아니 이미 알고 있던 그대로더라."

"알고 있었다니?"

"주인공이니까 일러스트가 여러 장이었거든. 어쩜 그렇게 똑같이 생겼을 수가."

"일러스트?"

"뭐, 일종의 초상화 같은 거야."

2황자를 이리 갑작스럽게 맞닥뜨린 건 물론 예상 밖의 일이긴 했지만 윤수는 사실 바인이 수많은 군중 속에 몸을 은폐했다 해도 그를 즉시 알아볼 수 있었을 것이다.

그리고 이건 1황자도 마찬가지였다.

최고의 인기를 구가했던 로맨스 판타지 시리즈답게 두 황자의 얼굴은 매우 유명한 그림 작가의 손에서 탄생했다. 게다가 2황자는 1황자에 비해 글 사이사이 삽화도 여러 장 추가되었고 말이다.

그래, 내가 그 정도로 신경 써 준 주인공이었는데!

"젠장, 이 나쁜 녀석. 좀 더 세게 차줄걸!"

또다시 이를 바득 가는 윤수의 뒤에서 카이트가 믿을 수 없다는 듯 물었다.

"세게 차다니?"

아차. 그러고 보니 이것도 멋대로 행동한 것 중 하나였다. 또다시 카이트의 심기를 불편하게 할까봐 윤수는 더듬더듬 입술을 열었다.

"아, 아니. 그게…… 이대로 얌전히 돌아서기에는 분이 안 풀려서 그만."

"뭐? 너…… 설마 2황자를 발로 찬 건가? 그럼 그가 아까 갑자기 바닥에 주저앉은 것도……."

"흠, 사실 그 전에 이걸로 먼저 한 대 때렸어."

그녀는 손가락으로 자신의 허리춤에 달려 있는 검집의 뭉툭한 끝 부분을 가리켰다. 그러고는 쑥스러운 듯 코끝을 마구 문지르며 말을 이었다.

"저는 바람 피워서 이혼까지 당한 주제에 오히려 널 보고 큰소리치잖아! 적반하장도 유분수지, 지금 누가 누굴 나무라는 거야? 나쁜 녀석, 바로 주인공 자리를 빼앗아 버리고 싶을 정도라고."

아직도 분이 풀리지 않은 듯 윤수의 음성이 높이 올라갔다. 그것을 가만히 듣고만 있던 카이트가 갑자기 뒤에서 큰 소리로 웃음을 터뜨렸다.

"하하, 나쁜 녀석이라. 그렇군."

그는 계속해서 웃음을 멈추지 못했다. 하지만 윤수는 여전히 눈을 치켜뜬 채 2황자를 성토하느라 여념이 없어 보였다.

"다른 건 몰라도 남주는 절대로 그래서는 안 되는 거야. 그래서 말인데, 내가 쓴 내용 외에 대체 그 녀석이 무슨 짓을 하고 다녔는지 알아야겠어! 도른 말고도 또 누굴 만났지?! 바람 피운 상대가 혹시 하녀 말고 또 있는 거 아니야?"

"글쎄, 너무 많아서 어쩌면 일일이 따지는 게 무의미할지도 모르지."

그렇게 말하는 카이트의 입술 끝에는 여전히 함박웃음이 걸려 있었다.

"진지하게 들어 줘. 난 지금 장난하는 게 아니니까. 이건 내 나름대로의 전략을 짜기 위해 알아 둬야 할 정말 중요한 정보…… 앗."

불평하듯 투덜거리던 윤수의 말문이 갑자기 뚝 막혔다.

그저 옆구리에 살짝 얹어져 있었을 뿐인 그의 손이 앞쪽으로 뻗어 나온다 싶더니, 말고삐를 잡고 있던 자신의 손을 아프도록 쥐었기 때문이었다.

"왜……?"

어안이 벙벙해진 윤수의 고개가 뒤로 향한 순간이었다.

카이트는 그 손을 놓지 않은 채 윤수의 허리를 강하게 안았다. 도저히 참을 수가 없었다. 서로의 팔을 단단히 포갠 채 품 안으로 끌어들이자 그녀는 당황했는지 버둥거리며 마구 말을 더듬었다.

"어, 자, 잠깐! 야아. 위험하게 왜, 왜 이래."

만약 이곳의 주인공들을 만난다면 그녀의 반응은 어떨까?

그건 카이트가 줄곧 남몰래 신경 쓰던 것 중 하나였다. 책의 작가이니 1황자나 2황자를 마주쳤을 때의 소회가 남다르리란 것은 충분히 예상 가능한 일이었다.

그 생각을 수시로 떠올린 것은 언젠가 그 순간이 닥쳤을 때 익숙해지기 위해서였다. 제가 아닌 다른 사람에게 지어보이는 환한 표정과 반가운 웃음 같은 것에.

하지만 그럴 때마다 밀려드는 서운함은 어쩔 수가 없었다.

그런데 그녀가 오늘 보여준 반응은 놀랍도록 달랐다. 씩씩거리는 작은 어깨, 악역인 자신의 편을 들어주느라 발갛게 상기된 볼.

무엇 하나 심장에 제대로 박히지 않은 게 없다.

카이트는 안간힘을 다해 윤수의 드러난 목덜미에 입을 맞추고 싶은 충동을 참아냈다. 대신 드넓은 어깨와 가슴으로 그녀의 등을 드러나지 않게 안았다.

카이트는 말안장 뒤쪽에 앉아서 가는 것은 상당히 여러모로 이점이 있다는 걸 난생 처음 깨달았다. 얼굴이 보이지 않는 것은 불만이지만, 대신 이토록 기분 좋은 웃음을 마음껏 지을 수 있지 않나. 그렇게 생각하며 그녀의 뒤에서 가만히 고개를 떨구었다. 심장이 무거워 견딜 수 없어서.

옆구리 근처에서 서로 얽힌 채로 꼼지락대는 손가락의 느낌이 마치 봄바람처럼 간지럽다. 윤수의 귀 밑이 삽시간에 붉게 피어올랐다. 가만히 얕은 한숨을 내쉬는데 따듯한 체온을 지닌 무언가가 제 어깨 위로 툭 기대어졌다.

그것이 그의 이마임을 알아차린 그녀의 작고 둥근 심장이, 마치 개화하기 직전의 커다란 꽃처럼 빼근하게 떨려 왔다.

"왜, 왜 그래? 몸이 막, 많이 아파……?"

마치 나쁜 짓을 하다 들킨 아이처럼 그녀는 아무도 없는 주변을 두리번거리면서 마구 말을 더듬었다.

"피곤해서 그래. 조금만 쉬게 해 줘."

기분 좋은 듯 나른한 음성이 등 뒤에서 묵직하게 울려 퍼졌다.

어디선가 불어온 상쾌한 바람이 그들의 주위를 감쌌다.

길에 자르륵 뿌려진 햇살이 움직이는 나뭇잎의 그림자들을 따라 커다란 바다를 유영하는 아름다운 동물의 비늘처럼 눈앞에 부서졌다. 그것을 멍하니 바라보던 카이트가 그녀의 등 뒤에서 또 한 차례 나지막이 속삭였다.

"아까 먹은 진통제의 효과가 이제야 나타나는가 보군."

"왜?"

"지금은 왠지 통증이 싹 사라진 것 같은 기분이라서."

"……잘됐네."

하지만 그녀가 할 수 있는 거라곤 고작 고개를 끄덕이며 이렇게 화답하는 게 전부였다.

그리고 더 이상 제게서 달아나려 하지 않는 그녀의 작은 손을, 카이트는 몹시 기쁜 듯이 다시 한 번 꽉 잡았다.

* * *

"……아무튼 일이 그렇게 되어 버렸으니, 이제는 곁을 지키는 부인도 없이 매일 홀로 외롭게 잠을 청하시는 도련님을 아침마다 깨워야 하는 내 심정이 어떻겠어? 나는 어쩜 이리도 복이 없는지. 늘그막에 이런 마음고생을 할 줄 누가 알았겠느냔 말이야. 너도 그렇게 생각하지?"

"네, 네."

계속해서 소맷부리로 눈물을 찍어내고 있는 나이 든 여인의 곁에서, 청년 하나가 거의 혼이 나간 채로 멍하니 고개를 끄덕였다. 언젠간 저도 다른 선배 베슐리서들처럼 이 화려한 성에서 절대 없어선 안 될 훌륭한 집사가 되리라는 야무진 꿈을 꾼 것이 불과 보름 전의 일인데, 벌써부터 이런 시련을 겪게 될 줄은 상상도 하지 못했다.

하지만 이 여인의 수다를 견디는 것이야말로 모든 시종들이 가장 기피하는 일임을 이 젊은 신입 하인은 아직 모르고 있었다.

"말이 나와서 말인데, 도련님이 좀 착한 분이셔? 몸이 약하셨던 황후님을 대신해 그분을 20년간 대신 키워 온 내가 다른 건 다 몰라도 우리 황자님의 인품은 보증해요."

"네, 네네."

"오늘 일만 해도 그래. 감히 형을 그렇게 두들겨 팬 동생인데도 대체 뭐가 예쁘다고 마중을 나가셨을까? 사람이 너무 착해도 바보 취급을 받는 것인데……!"

벌써 몇 번째 되풀이되는 이야기인지 모르겠다.

하지만 그때마다 여인은 입에 거품을 물었다.

그야말로 고문과도 같은 괴로운 시간이었다. 그 때문에 이 젊은이는 심각하게 고민하지 않을 수 없었다.

주인께서 '올해 꽃의 기사는 본인이 손수 마중을 나가지 않으면 안 된다'고 했다는 그 말을 여인에게 손수 전한 것이 과연 이런 벌을 받을 정도로 큰 죄인가 하고 말이다.

"자네, 지금 내 이야기 듣고 있나?!"

그새 남자가 제 말에 별로 귀를 기울이지 않고 있다는 걸 눈치챈 그녀가 빽 하고 소리쳤다.

"그, 그럼요! 우르덴 님."

화들짝 놀라는 그 모습에 만족했는지, 여인은 또다시 바짝 몸을 낮춰 은밀하게 입을 열었다.

"사실 말이 나와서 말인데, 너도 잘 알지? 그 망할 붉은 머리 녀석!"

"아, 올해 꽃의 기사가 되셨다는 그분이요?"

"꽃의 기사라니 정말 가당치도 않아. 온 나라의 사람들에게 그리 손가락질 당했으면 부끄러운 줄 알아야지! 아니, 사실 꽃의 기사건 뭐건 간에 어떻게 지가 감히 이 성에 기어들어올 생각을 해? 벼룩도 낯짝이 있는 건데 말야. 뻔뻔한 철면피 같으니라고!"

물론 신하 된 자가 다른 황족을 함부로 욕하는 것은 큰 중죄에 해당했다. 하지만 기본이라고 할 수 있는 그 법칙에서마저 카이트는 언제나 예외였다. 그걸 증명이라도 해 주듯 신입 하인 역시 주저 없이 그의 험담에 동참했다.

"그러게 말입니다. 우르덴 님. 사실 다른 선배 베슐리서들 중에도 분통을 터뜨리는 분들이 적지 않더라고요. 우르덴 님도 잘 아시겠지만, 얼마 전 일어난 지진에 그자가 자취를 감췄다는 소식이 떠돌자 은근히 환호한 사람들이 얼마나 많았습니까? 워낙 난폭한 데다가, 늘 문제만 일삼았으니 그런 취급을 당해도 싸지요! 우리 페어라센을 위해서라도 그런 황자는 없는 게 나아요."

무례를 저지른 죄로 벌을 받아도 이상하지 않은 폭언. 하지만 주변에는 그 누구 하나 놀라거나, 이 청년을 나무라는 자가 아무도 없었다.

페어라센 사람들은 그 정도로 카이트를 싫어했다.

특히나 2황자의 성에서 일하는 가신들이라면, 더더욱 카이트를 원수 보듯이 했다.

그 이유는 말할 필요도 없이 3황자의 성에 쳐들어갔던 자신들의 주인님이 엉망이 된 몰골로 마차에 실려 왔던 그날의 기억이 아직 너무나도 선명했기 때문이다.

안 그래도 미움받는 작자가 저지른 일이다.

그러니 그 사건의 발생 원인이나, 잘잘못이 과연 누구에게 있는지는 별로 따질 필요 없다고 모두 생각했다.

"우르덴 님!"

여인의 수다에서 쉽사리 벗어나지 못하고 있었던 청년에게 드디어 구원자가 나타났다.

문지기가 전한 전갈을 듣고 허겁지겁 유모를 찾은 것은 응접실을 담당하고 있는 베슐리서였다.

"바인 황자님께서 돌아오셨습니다."

"어머, 도련님이 오셨다고?"

여인의 눈에 갑자기 빛이 돌았다. 그녀는 마치 먼 전장에서 돌아온 아들을 맞이하는 어머니처럼 반갑게 뛰어나갔다.

* * *

'어쩌다 또 이렇게 다치신 거여요, 황자님! 자꾸 이 유모 눈에 눈물 나게 하실 겁니까?'

멍든 정강이에 약을 발라 주며 세상이 무너진 것 같은 표정으로 계속해서 눈물을 훔쳐내는 유모가 떠오르자 바인은 다시 한 번 짜증스럽게 턱을 문질렀다. 그녀는 저를 대신해서 죽으라면 기꺼이 죽어 줄 정도로 괜찮은 여자이지만, 아직도 저를 아이 취급한다는 게 조금 문제였다.

게다가 이혼을 한 이후부터는 얼마나 쓸데없는 걱정을 부러 사서 하는지 모른다. 그건 확실히 너무나 피곤했다. 이 세계 황자가 된 것을 조금 후회할 정도로 말이다.

게다가 오늘은 워낙 이른 새벽부터 말을 타고 달려 나갔던 탓에 잠이 조금 부족했다. 하지만 그는 여전히 응접실에서 누군가를 초조하게 기다리는 중이었다. 딱히 갈 곳도 없는 발끝을 이리저리 서성이는데 한쪽 벽에 설치한 커다란 거울 안에 떠억 서 있는 자신의 모습이 보였다.

예전의 얼굴과 닮은 구석이라고는 조금도 없는, 매우 매력적인 외모. 두 가지의 삶 중 어느 쪽이 더 마음에 드는지 묻는다면 그것은 대답할 필요도 없이 지금의 삶이었다. 그의 입가에 어느새 흐뭇한 미소가 지어졌다.

두 번째로 얻은 인생은 몹시 만족스러웠다.

그는 가만히 두 눈을 감았다.

그러자 이제는 거의 잊어 희미해진 옛 기억들이 떠올랐다.

매일매일 파김치가 되어 어두컴컴한 집에 들어가면 그저 쓰러져 자기 바빴던 나날들. 그때는 왜 이렇게 힘들게 살아야 하는

지도 모른 채 하루하루를 아등바등 견뎌내는 데 급급했다. 잠들어 있는 때를 빼고 대부분의 시간을 주말도 없이 회사를 위해 바쳤지만, 자신을 위해 돌아오는 건 아무것도 없었다. 게다가 서울 한복판에 겨우 마련한 그 공간은 좁은 주제에 또 얼마나 비쌌는지.

"그때 그 집의 크기가 이 방 정도였나? 아니야, 훨씬 더 작았던 거 같네."

미간을 찡그린 채 차원이동 전의 기억을 곱씹던 바인이 저도 모르게 혼잣말을 중얼거렸다.

그래, 그때와는 달리 지금은 뭐든 가질 수 있는 끝내주는 나날들의 연속이다. 그러니 이 정도의 구속과 간섭 같은 것은 기꺼이 감수해야지.

그런 생각을 하며 아직도 가끔은 낯선 제 모습을 그렇게 한참 동안 들여다보고 있는데, 문밖에서 누군가가 자신을 불렀다.

"바인 님."

"들어와."

허락이 떨어지자마자 마치 나무로 만든 인형처럼 몹시 딱딱한 걸음걸이로 저벅저벅 걸어 들어온 것은 부기사단장 슐루크였다.

"부르셨습니까."

그는 바인을 향해 허리를 굽히며 주머니에 있는 시계를 꺼내 보였다. 그러고는 이런 인사말을 덧붙였다.

"좋은 시간 보내고 계셨는지요."

몹시 절도 있는 동작과, 예의 바른 목소리였지만 그걸 바라보는 바인의 눈초리는 정작 못마땅한 듯 가늘어졌다.

본디 그가 부기사단장에게 받을 수 있는 인사 방식은 총 두 가지였다.

하나는 방금 전에 몸소 보여 준— 허리를 굽히며 페어라센에서는 무척이나 귀한 물건인 시계를 꺼내어드는 인사법이고, 나머지 하나는 허리춤에 찬 검을 몸과 일직선이 되도록 빼어 든 채 바인이 되었다고 할 때까지 그대로 대기하는 인사법이었다. 전자는 그를 황족으로 우대하는 의미가 크고, 후자는 그를 병력의 총책임자— 즉 기사 대 기사로서의 예의와 존경을 표하는 뜻을 내포하고 있었다.

하지만 이 부단장은 저를 향해 단 한 번도 칼을 빼어든 적이 없었다. 그 이유는 바로 자신을 황족으로서 인정해도, 기사단의 상관으로서는 절대로 인정하지 않는다는 뜻임을 바인도 잘 알고 있었다.

그는 티 나게 미간을 구겼다.

쳇, 도른의 충실한 강아지 같으니.

부기사단장은 이미 백발이 성성한 초로의 사내였지만, 충성심만큼은 누구에게도 뒤지지 않는 무관 중의 무관이었다. 그런 그가 가장 존경하고 따르는 사람이 바로 이제는 처녀적의 성(姓)으로 돌아간 에어리베 도른. 자신의 전 부인이자, 지금은 잠시 기사단장 자리를 비워놓고 백작가의 평범한 여식 흉내를 잘도 지속하고 있는 여자였다.

"아아, 슐르크 남작, 잘 지냈나?"

그렇다면 저도 이 남자를 부기사단장이 아닌 한낱 귀족 나부랭이로 대하면 그만이었다. 따라서 바인은 부러 '남작'이라는 호칭을 써서 그를 불렀다. 한쪽 입술 끝을 심술궂게 들어 올린 채.

그러자 슐르크 부기사단장의 하얀 눈썹이 꿈틀댔다.

사실 도른은 그의 딸과 몇 살 차이 나지 않을 정도로 어렸지만, 슐르크는 그녀를 진심으로 존경하고 또한 아꼈다.

그랬던 분이, 괜히 시집은 가서 결국 젊은 나이에 이혼녀 딱지를 달다니!

마치 친딸이 그런 수모를 당한 것처럼 슐르크의 가슴속에도 울분이 차올랐다. 하지만 도른이 스스로 임시 휴가를 자청해 자리를 비운 이상, 기사단의 총책임자는 누가 뭐라 해도 눈앞의 이 바인 황자였다.

물론 슐루크도 그러한 사실을 모르는 것은 아니었다.

하지만 그가 바인 황자를 자신의 상관으로 인정하지 않는 이유는 이런 개인적인 감정 때문만이 아니었다.

2황자 바인은 마상 무예 실력이 출중할지 몰라도 사실 검에는 그렇게 뛰어난 재능이 없었다.

다 늙어빠진 저와 겨룬다 해도 아마 그가 이길 일은 없을 거라고 감히 말할 수 있을 정도로 말이다.

무릇 기사단의 올바른 정신은 몇 번이고 뜨겁게 달궈져야 하는 시련을 이기고 결국에는 맑게 태어나는 한 자루의 검에서 시작되는 법. 그러니 검을 제대로 다루지 못하는 자를 어찌 자신의 상관으로 모실 수 있겠는가?

슐루크는 계속해서 자신을 쏘아보고 있는 바인에게서 슬쩍 시선을 돌리며 물었다.

"그런데 무슨 일로 저를 다 보자고 하셨습니까?"

아아, 그제야 자신의 용건이 떠오른 바인이 눈가의 힘을 풀며 부드럽게 웃었다.

"다름이 아니라 남작에게 부탁할 일이 있어서 말이야."

"제게 부탁을요? 혹시 올해 에른테페스트 행사에 관한 거라면 부디 염려 놓으시지요. 축일 내내 경호 임무를 맡을 기사들은 이미 안팎으로 모든 준비를 빠짐없이 다 끝내놓은 상태이니까요."

슐루크가 그렇게 말을 마치자마자, 문밖에서 까르르 하고 여자들의 웃음소리가 들려왔다. 덕분에 매우 보수적인 그의 눈썹이 또다시 불쾌하게 일그러졌다.

복도를 경망스럽게 뛰어다니며 장난을 치고 있는 것은 젊고, 아름다운 하녀들이었다. 모든 기사들의 집결지라는 이 성에 떠도는 것이 정작 여인들의 향긋한 분내라니!

통한에 찬 나머지 그는 아예 가슴을 칠 지경이었다.

기사도의 정신이라고는 눈곱만치도 찾아볼 수 없는 이 남자보다는 오히려 폭군이라고 소문난 3황자인 아인젠카이트 쪽이 차라리 기사단장에 훨씬 더 어울릴지도 몰랐다. 하지만 슐루크가 그런 생각을 하는 것을 아는지 모르는지, 바인은 여전히 입술에 웃음을 머금은 채 말을 이었다.

"아아, 뭐 경호 임무 같은 건 나까지 신경 쓰지 않아도 자네가 알아서 잘해 주겠지. 내가 알고 싶은 건 그런 게 아니라……."

"그럼 뭡니까? 어서 분부 내려주시지요."

대체 이 황자가 뭘 주문하려고 이러나 싶어 슐루크의 고개가 가만히 옆으로 기울어질 때였다.

"내게 명단을 하나 찾아서 가져다줬으면 하는데."

"명단이요? 대체 무슨 명단을 말씀하시는 건지……."

"작년부터 올해까지 용병으로 등록된 자들의 명단을 좀 보고 싶군."

2황자 바인의 입에서 나온 것은 그야말로 뜬금없는 것이었다.

슐루크의 두 눈이 믿을 수 없다는 듯 여러 번 깜박였다.

"음? 용병 등록 명단을요? 그건 갑자기 왜 찾으십니까?"

"마음에 쏙 드는 여자가 있어서 말이야."

"으음? 여자라니요?"

이 노기사의 입에서 경악에 가까운 신음이 터져 나왔다.

그런 그를 향해 전혀 어울리지 않는 윙크를 날리며 바인이 천진난만하게 반문했다.

"나도 언제까지나 홀로 외롭게 지낼 수는 없지 않은가?"

*　*　*

"몸은 정말 괜찮아…… 아니, 괜찮으세요, 황자님?"

제 옆에서 잘도 말을 몰고 있는 카이트에게 윤수가 그렇게 물었다.

"음, 괜찮으니까 걱정하지 않아도 돼. 약도 먹었고, 또 의원의 조치도 잘 받았으니까."

그 말은 정말인 것 같았다. 그의 안색은 아까보다 훨씬 생기 있어 보였고, 이제는 더 이상 식은땀도 흘리지 않았다. 그래서 그녀는 고개를 가만히 끄덕이면서 시선을 슬그머니 마차 쪽으로 돌렸다. 그 안에 앉아서 퉁퉁 부은 얼굴을 한 채 삐쭉 입술을 내민 슈타티스트의 옆얼굴을 훔쳐보며 윤수가 재차 말문을 열었다.

"저대로 괜찮을까? 공주 말이야."

"공주가? 왜?"

"화가 단단히 난 것 같은데……."

"그래?"

마치 상관없는 남의 일인 양 천진하게 되묻는 그를 향해 윤수가 걱정스레 반문했다.

"그래도 기분을 좀 풀어 줘야 하지 않겠어?"

"그건 페라트가 알아서 잘한 모양이더군. 적어도 2황자의 성까지는 무사히 갈 수 있도록 비위를 맞춰줬다고 들었다."

"그래? 다른 사람도 아니고 공주의 비위를? 와, 쉽지 않았을 텐데."

"글쎄 뭐, 알아서 잘했겠지. 지은 죄가 있으니까."

싸늘해진 말투를 눈치챈 윤수는 즉각 입을 합, 하고 다물었다. 그런 그녀에게 카이트가 갑자기 엉뚱한 이야기를 꺼냈다.

"공주는 주위 사람들이 자신을 위해 희생하는 게 당연하다고 말하더군. 본인은 감히 쳐다볼 수도 없는 높은 곳의 의자를 차지한 사람이라면서 말이야."

"아, 그랬어?"

그러고 보니 성에 도착한 첫날, 슈타티스트가 주위 가신들에게 함부로 손찌검을 하던 장면이 떠올랐다.

윤수는 그러한 사실을 아직 카이트에게 말하지 않고 있었다. 물론 비밀로 할 생각은 없었지만, 마치 고자질이라도 하듯 일부러 쪼르르 달려가 공주에 대해 이러쿵저러쿵하는 것도 어쩐지 내키지 않았기 때문이었다.

"그런 그녀를 죽어도 이해하기 싫고, 이해할 수도 없는 남자는 어떻지?"

조용히 앉아서 잠시 입술을 오물거리고 있는 윤수에게 그가 갑자기 뜬금없는 질문을 해 왔다.

"네게 그런 남자는 별로인가?"

카이트의 말을 제대로 파악하지 못한 윤수가 갸웃이 몸을 기울였다.

"응? 무슨 소리야?"

짧은 단발머리가 찰랑거렸다. 이런 작은 움직임에도 심장이 크게 뒤흔들린다.

"악역 아인젠카이트가 슈타티스트 공주와 만나는 완결은 어때?"

이건 또 무슨 농담인가 싶어 웃음을 터뜨리려는데, 절 향해 똑바로 시선을 고정시키고 있는 카이트의 붉은 눈동자가 들어왔다.

농담의 기운이라고는 조금도 없는 진지한 눈빛.

그 덕에 윤수의 심장이 또다시 팔딱거리기 시작했다.

"공주는 네가 만든 인물이 아니라고 했지?"

"그래."

"그럼 대답해 봐. 그녀는 네 생각이 전혀 반영되지 않은 여자다. 그런 공주와 내가 친밀한 사이가 되어도 전혀 관계 없나?"

"……나는……."

"어서."

카이트는 가차 없이 몰아붙였다.

그는 제게서 도대체 무슨 대답을 원하는 걸까?

윤수는 죄 지은 사람처럼 카이트의 시선을 피해 슬그머니 고개를 떨어뜨렸다. 1분 1초가 침묵을 싣고 느리게 흘러갔다. 거세게 뛰는 맥박이 그의 귀에 들리진 않을까 고민하는 사이, 어느새 몰래 양 볼이 붉게 물들고 말았다.

카이트는 정말이지 종잡을 수가 없는 남자였다. 처음부터 악역인 듯 악역 아닌 모습으로 헷갈리게 하더니, 이제는 멋대로 심장을 쥐락펴락한다.

윤수는 결국 아무런 대답도 하지 못했다. 그 대신 선택한 게 결국 자리를 슬쩍 회피하는 방법이었다. 참 꼴사나운 모습이 아닐 수 없다고 생각했지만, 지금은 별다른 도리가 없었다.

"드디어 성의 첨탑이 보이네. 좀 더 가까이서 봐야겠어."

윤수는 그렇게 말하며 도망가듯 재빨리 박차를 가했다.

"어머, 갑자기 그렇게 빨리 달리시면 위험해요!"

저 앞에서 미틀러렌의 여기사와 수다를 떨고 있다가 그만 깜짝 놀란 나머지 윤수에게 핀잔을 주는 도리스의 목소리가 들려왔다.

"그래. 도망칠 수 있을 때 도망치는 것도 좋겠지."

그런 그녀의 뒷모습을 가만히 쳐다보던 카이트가 조용히 읊조렸다.

자신의 솔직한 감정을 깨달아 버린 그는 이제 아무것도 거칠 것이 없었다. 설령 그녀가 당장 내일 이곳을 떠나 자신의 세계로 돌아간다 해도 말이다.

'그런 건 나의 마음을 전하는 데 아무런 상관도 없는 일 아닌가.'

마치 그 생각에 동의를 표하듯 카이트의 심장이 달음박질하는 맹수의 발처럼 거세게 뛰었다.

*　　*　　*

"우와아."

최대한 자제하려고 노력해 보았지만, 윤수의 입에서는 멈출 수 없는 감탄사가 계속해서 터져 나왔다.

방금 전 초록빛의 에포이 넝쿨로 빼곡히 뒤덮인 2황자의 커다란 성문을 통과했다.

그 후 눈앞에 펼쳐진 광경은 그녀가 소설 속에서 여러 번 묘사했던 부분이었다. 그러나 머릿속으로 상상만 했던 것을 실제로 목도하는 건 역시 매우 경이로운 일이 아닐 수 없었다.

타다만 고목처럼 홀로 외롭게 서 있던 카이트의 성과는 달리 2황자의 성은 가운데에 세워진 건물만 해도 세 채가 넘었다. 그리고 뒤쪽으로 가면 적어도 두어 개 정도의 별채가 더 있을 것이고. 하지만 무엇보다 놀라운 건 웬만한 축구장을 몇 개나 합쳐 놓은 것처럼 커다란 터 위에 네모반듯하게 줄 지어 세워 놓은 막사들의 위용 넘치는 모습이었다.

그것은 소설 속에도 등장하지 않았던 것으로 아마 축제를 위해 새롭게 설치된 시설이 틀림없었다.

그들의 행렬이 성문의 안쪽으로 완전히 들어서자 맨 앞의 기수가 큰 소리로 외쳤다.

"아우프젠!"

그러자 연병장 구석구석에서 짐을 나르던 하인들과 나무를 다듬던 정원사들이 일제히 무릎을 꿇었다.

그뿐만 아니라 막사 앞에 삼삼오오 모여 있던 기사들은 물론이고, 안에서 환담을 나누던 자들까지 모두 밖으로 나와 검을 하늘 높이 치켜들었다.

“와아. 멋있다.”

윤수의 입에서 또다시 탄성이 터졌다. 그 정도로 장관이었다. 하지만 더욱 놀라운 광경은 그 뒤에 펼쳐졌다.

“꽃의 기사와 미틀러렌의 사절단을 환영합니다.”

중앙의 성으로 향하는 길 끝에 다다르자 미리 마중을 나와 있던 것은 페어라센의 제1 기병 중대였다.

길 양쪽으로 수십 필의 말이 늘어서 있었고 그 위에 탄 것은 초록빛 망토를 휘감은 장대한 기병들이었다.

그들은 손에 들고 있던 은빛 창을 높이 치켜들어 각자 반대편에 서 있는 동료들과 그 끝을 맞부딪혔다.

그러자 순식간에 아름다운 은색의 지붕이 행렬의 머리 위에 생겨났다. 그 아래를 통과하는 그의 붉은색 머리카락이 바람에 우아하게 흩날렸다. 행렬의 총책임자로서 어느새 저 앞에서 말을 타고 가고 있는 카이트의 뒷모습이 햇살 아래 홀로 고고히 빛나는 것 같은 착각이 들었다.

‘이제 진짜 집으로 돌아가는 거구나.’

윤수는 그런 생각과 함께 저도 모르게 입에 올라온 쓴 물을 가만히 삼켰다.

*　*　*

말에서 내려 성안으로 들어서자 수십 명의 신하들이 무릎을 꿇은 채 그들을 맞이했다.

그중 유난히 사나운 눈초리를 하고 있는 한 여인을 향해 카이트가 능글맞은 웃음을 지으며 인사를 건넸다.

"오랜만입니다, 유모."

어라? 저 뚱뚱한 여인은……?!

그녀를 알아본 것은 윤수도 마찬가지였다.

유모 우르덴.

페어라센의 2황자로 다시 태어난 주인공이 눈을 떴을 때, 곁에서 '깨어나셨군요, 도련님!' 하며 울음을 터뜨린 인물. 이러한 캐릭터는 빙의나 차원 이동물에 반드시 꼭 등장하곤 하는 단골 조연이었다.

새로운 몸과 새로운 환경을 얻은 주인공의 곁에서 그들의 과거나, 주위 상황들을 알려 주는 감초와도 같은 역할을 맡기기에는 제격이기 때문이다. 하지만 그러한 반가움도 잠시. 윤수는 우르덴을 향해 인상을 찡그렸다. 카이트에게 유독 쌀쌀맞은 그녀의 태도 때문이었다.

"이게 몇 년 만입니까? 그대를 마지막으로 본 것이 거의 5년

전의 일이라고 기억합니다만."

"네. 그렇습니다. 꽤나 자주 뵙는군요."

물론 카이트의 저 살가운 태도도 진심은 아닐 테지만, 대놓고 적의를 표하는 우르덴의 모습에 윤수는 그만 기분이 팍 상하고 말았다.

동시에 명치 부근이 긴장으로 바짝 조여들었다.

그래, 이곳은 말하자면 적진의 한가운데. 이제부터가 정말 정신을 똑바로 차려야 할 때다. 그녀는 주먹을 꽉 쥐고 서서 두 눈으로 재빠르게 성의 구석구석을 조용히 훑기 시작했다. 그리고 그런 윤수를 가만히 관찰하고 있는 자는 고급스러운 연미복을 차려 입은 채 그들을 맞이한 이 성의 주인이었다.

카이트와 바인의 두 번째 충돌은 모두가 전혀 예상하지 못한 곳에서 일어났다.

지금 그들은 축일 기간 동안 사절단이 머무를 장소를 두고 서로 각을 세우고 있었다. 아니, 정확히 말하면 사절단이 아니라 카이트의 측근이 짐을 풀게 될 장소 때문이었다.

"네가 꽃의 기사면 꽃의 기사지, 건방지게 어디서 이래라 저래라 하는 거냐? 그리고 여긴 내 성이다!"

"건방져? 이봐. 착각하지 마라. 둘 중 누군가가 먼저 황제가 되지 않는 이상 너와 나는 영원히 똑같은 신분이다. 게다가 이런 커다란 성을 차지한 주인의 씀씀이가 일개 하녀보다 쩨쩨한 것도 사실 아닌가?"

"뭐?! 쩨쩨해? 그리고 너라니, 최소한 형이라고는 불러라! 신분은 같을지언정, 서열은 다르다는 걸 너야말로 잊지 말아야지? 이 무엄한 녀석!"

"아, 그러지. 형, 님."

"이런, 몹쓸 자식!"

제아무리 형제들 간의 다툼이라지만, 참으로 유치한 광경이 아닐 수 없었다.

덕분에 아까부터 유모 우르덴의 얼굴이 붉으락푸르락하게 변했고, 페라트는 티 나게 안절부절못하고 있었다.

이 사달은 모두 바인의 치사하리만치 쪼잔한 복수에서 시작되었다.

꽃의 기사단 일행은 미틀러렌의 사절단과 더불어 축제를 위해 찾아온 가장 귀한 손님 중 하나였다. 따라서 카이트 황자와 슈타티스트 공주는 그 지위에 걸맞게 성에서 가장 좋은 방을 차지할 수 있었지만, 그 아래 신하들은 그렇지 못했다.

특히 페라트와 카이트의 호위병으로 분장한 윤수가 대놓고 차별을 받았다.

사실 누가 봐도 속이 뻔히 보이는 꼼수였다.

제아무리 하인의 신분이라고는 하나, 페라트는 황족인 카이트를 제외하면 행렬의 제2 우두머리라고 해도 무방했다. 그렇기에 보통은 아주 화려하지는 않아도 제법 격식을 갖춘 널찍한 독

방을 배정받는 것이 관례. 그러나 그의 숙소는 중앙 성에서 가장 멀리 떨어진 별채의 한편이었다. 그곳은 매우 낡아서 기껏해야 마부나 정원사가 교대 근무를 하며 눈을 붙이는 장소에 불과했는데 그 사실이 카이트의 화를 불러왔다. 하지만 그보다 더 큰 분노가 폭발한 것은 윤수의 거취 때문이었다.

밖에 세워진 수많은 막사.

그것은 크기에 따라 개인 막사와 단체 막사로 나뉘었다.

따라서 카이트 일행은 그녀에게 개인 막사를 지급할 것을 요청했으나 바인은 그것을 가볍게 묵살했다.

물론 개인 막사는 보통 상급기사에게 주어지는 혜택이긴 했지만, 이 상급기사의 범주가 과연 어디까지인가를 생각해 보면 충분히 생길 수 있는 논란이었다.

비록 일개 보병의 차림을 하고 있긴 하지만 그녀는 3황자의 유일한 호위 병사, 그러니 축일을 위한 행렬에서 꽤나 중요하다면 중요한 위치였다. 그리고 그런 그녀를 황족인 카이트가 '상급기사'라고 명명하면 누구도 그것에 토를 달 수 없었다. 아니, 설령 상급기사가 아니어도 황자의 측근이라면 기꺼이 가장 고급스러운 막사에 짐을 풀게 하는 것이 맞았다. 하지만 바인은 막무가내였다.

"내 성에 들어온 이상, 네 녀석 따위를 위한 호위 병사는 필요치 않다! 그러니 페어라센의 기사단 규칙에 따라 그녀는 단체 막사에서 생활해야 한다. 그게 싫으면 내 성에서 썩 나가거라!"

이곳이 자신의 영역이라서 그런 걸까? 바인은 유달리 큰소리를 쳤다. 덕분에 카이트의 인내심 역시 바닥을 드러내고 말았다.

"정말 어처구니가 없군. 미리 경고하는데 자꾸 이러면 나도 못 참아."

카이트는 여차하면 모두의 앞에서 증명해 줄 생각이었다. 성질 더럽기로는 이 나라에서 결코 저를 따라갈 자가 없다는 걸 말이다.

따라서 그는 지체 없이 검을 뽑아 들었다.

"도, 도련님!"

우르덴이 겁먹은 목소리로 외쳤다. 핏기가 가신 얼굴을 한 건 2황자의 주변에 서 있던 다른 병사들도 마찬가지였다.

그들은 카이트의 실력을 모르지 않았다.

물론 일촉즉발의 순간이 온다면 기꺼이 자신들의 주인인 바인을 위해 몸을 던질 테지만, 그럼에도 불구하고 이길 승산이 없다는 것 역시 잘 알고 있었다.

"저기, 카이트…… 님."

페라트조차 감히 입을 열지 못하고 있는 상황에서 그를 부를 사람은 딱 한 명뿐이었다.

"제가 2황자님의 말씀대로 하겠습니다."

마음 같아서는 소맷부리라도 잡아 흔들면서 말리고 싶었지만 보는 눈이 너무 많았다. 그녀는 카이트의 뒤에 바짝 다가가 그에게만 들릴 수 있도록 조용히 속삭였다.

"……웬만하면 문제 만들지 말자구."

그러자 그가 큰 소리로 소리쳤다.

"부당한 처사에 억지로 굴복할 필요 없다!"

이것은 부하를 대하는 상관으로서의 대답이었다.

그러고서는 곧바로 몸을 돌려 윤수가 제게 그러했듯 나지막이 대꾸했다.

"단체 막사에서 지내는 게 어떤 건지 알기나 해? 상상 이상으로 힘들 수도 있어."

그들이 그렇게 속닥이고 있는 새 바인의 주위에도 많은 자들이 모여들었다.

"바인 황자님, 솔직히 이 건은 카이트 황자님의 말씀이 맞습니다."

"이러다가 올해의 에른테페스트가 엉망이 되면 어떡하죠? 게다가 바인 님의 평판도 함께 떨어질까 두렵습니다."

그들은 자칫 축제의 시작을 피로 물들이게 될까 봐 매우 근심어린 표정을 하고 있었다. 따라서 바인도 그만 머쓱해지고 말았다. 아무도 자기 편을 들어주지 않는다는 걸 깨달은 그는 조용히 헛기침을 하며 입을 열었다.

"좋아. 그럼 페라트만큼은 황족의 최측근이라는 점을 인정하지. 그들을 위해 준비된 거처 중 가장 좋은 곳을 주겠다. 하지만 저 여자의 단독 행동은 허락하지 않겠다! 그건 누가 뭐라 해도 철회할 수 없어."

바인이 이렇게까지 고집을 부리는 데에는 사실 이유가 있었다. 그의 눈에 깃들어 있는 것은 두려움이었다.

카이트에게 처절하게 당한 전력이 있는 만큼 그는 그의 곁을 지키는 호위 기사에게도 겁을 집어 먹은 게 틀림없었다. 그녀가 비록 작고 아담한 여자라 해도 말이다.

'하긴. 생각하면 이 세계에서 제일 무서운 분이긴 하지. 그걸 본능적으로 알아차리다니, 바인 황자님도 상당히 똑똑하신걸.'

그걸 눈치챈 페라트는 남몰래 고개를 끄덕였다.

"그럼 제가 어디로 가면 되겠습니까?"

여전히 검을 거두지 않고 있는 카이트를 한발 제치고 나서서 윤수가 물었다.

일행과 떨어지는 것은 처음 있는 일이라 조금 떨리긴 했지만, 그래도 그녀는 결코 무섭거나 두렵지 않았다.

어떤 상황에 놓이든 모든 설정은 제 손으로 만들어 낸 것이기에 더더욱 그러했다. 임기응변만 제대로 갖추면 들킬 일은 없을 것이다.

'흐음. 단체 막사 생활을 하는 기사단이라. 가만있어 보자…… 분명 2황자 시리즈에서 종종 등장했던 설정이었는데, 내가 이걸 쓸 때 뭘 참고했더라?'

그녀는 기억력이 매우 좋은 편에 속했다. 머릿속으로 찬찬히 되짚어 본 지 수 초도 지나지 않아 뇌리 속에 무언가가 파바박 떠올랐다.

잠깐만, 단체 막사 생활?

그녀가 기억하기론 그 설정을 위해 참고한 것은 오로지 딱 하나밖에 없었다.

아뿔싸.

윤수의 얼굴이 갑자기 새하얗게 질려갔다.

물론 아무도 이해할 수 없을 테지만, 그녀에겐 그럴 만한 이유가 있었다.

*　*　*

마치 '도살장에 끌려가는 소' 같았다.

너무나도 식상한 표현이긴 하지만 지금, 그녀의 무거운 발걸음은 정말이지 딱 그랬다.

'내가 왜 그걸 봤을까!'

그녀는 자신이 애청자였다는 사실도 잊은 채 애꿎은 TV 프로그램을 속으로 마구 욕했다.

그것은 한 방송국에서 기획한 예능 프로그램이었다.

가수나 개그맨, 탤런트 등 출연진도 매우 다양했다.

하지만 한 가지 공통점이 있다면, 촬영 기간 동안 눈물을 펑펑 쏟고야 마는 출연자가 꼭 한 명 이상씩은 나온다는 거였다. 자신이 '그곳'에 가야 한다는 소식에 남자 출연진들은 모두 매우 난감한 기색을 내비쳤다. 특히 예전에 이미 그 생활을 경험한 바

있는 남자들은, 이것이 예능 프로그램이라는 것도 잊은 채 매우 격렬히 저항했다.

마치 지옥에라도 끌려가는 것처럼 말이다.

물론 걱정 반 두려움 반으로 딱딱하게 굳은 얼굴을 한 것은 여자 출연자들도 마찬가지. 윤수는 그런 사람들을 보며 마구 배를 잡고 웃었던 자신을 떠올렸다.

단체 생활에 잘 적응하지 못하거나 훈련을 제대로 수행해 내지 못해 쩔쩔매던 출연자를 향해 못마땅하다는 듯 욕을 하던 모습도 기억해 냈다.

'그러지 말걸!'

하지만 아무리 후회해 봤자 이미 엎질러진 물.

본인이 설마 이것을 경험할 거라고 그 누가 상상할 수 있었을까?

"자, 네가 머물 곳은 바로 여기다."

기병대 대장이 그녀를 안내한 곳은 연병장 한구석에 세워진 커다란 막사였다.

입구에 드리워진 빳빳하고 두꺼운 하얀색 천을 걷고 들어가자 숨이 막힐 듯한 열기가 얼굴에 훅 끼쳤다.

"여긴 제3 보병 중대 소속의 막사다. 이곳 병력의 절반은 여자들인데, 그중 전원 여기사로 구성된 곳이 바로 이 글륀 분대이지."

무뚝뚝한 목소리로 간단한 설명을 해 주는 남자의 뒤로, 누군가가 벌떡 몸을 일으켰다.

"오셨습니까! 대장님!"

마치 악쓰듯 고함을 내지른 것은 갈색머리를 단정하게 틀어 올린 한 젊은 여자였다.

"음? 마침 이곳에 또 다른 신입이 와있나 보군."

"그렇습니다! 저는 에어스테 계급의 살리나즈 미쉘입니다!"

그녀는 검을 빼내어 그 끝이 하늘을 향하도록 쥔 뒤, 팔을 옆구리에 단단히 붙였다. 마치 나무토막처럼 뻣뻣하긴 했지만 매우 절도 있는 동작이었다.

윤수는 그것을 하나도 빠짐없이 머릿속에 죄다 담았다.

자신 역시 저 인사법을 숙지하지 않으면 안 되리라.

지금은 그녀도 눈앞의 여자와 마찬가지로 에어스테 계급 신세이니까.

"음, 그래. 그럼 축일 기간 동안 맡은 바 임무를 잘 수행해 내길 바란다. 신입이라고 해서 실수는 용납할 수 없어, 알겠나?!"

"네! 알겠습니다!"

하지만 여전히 바락바락 소리 지르듯 대답하는 갈색머리 여자와는 달리 윤수는 그저 입을 벙긋거리는 데 그치고 말았다. 대답에 계속해서 고막이 나가라 크게 소리쳐야 하는 것이 아직은 어색하기 때문이었다.

커다란 당혹감에 사로잡힌 그녀는 두 눈을 질끈 감았다.

'빨리 익숙해져야 해. 저렇게 못하면 분명 찍혀서 괴롭힘 당할

거야!'

하지만 그렇게 다짐하는 윤수의 속마음을 알아주기라도 한 듯 남자는 다행히 별다른 지적을 하지 않았다.

"그럼, 쉬도록."

그는 가벼운 손짓과 함께 그 말만을 남기고는 입구의 천을 걷고 나가 버렸다. 막사 안에는 또다시 어색한 기운과 함께 적막이 감돌았다.

"곧 선배들이 오실 겁니다."

윤수는 제게 그렇게 귀띔해 주는 미쉘이라는 여자의 곁에 슬쩍 엉덩이를 붙이고 앉았다. 그러고는 그녀를 흘끔흘끔 쳐다보며 똑같은 포즈를 취했다.

허리를 빳빳하게 세우고 시선은 정면을 향했다.

두 팔은 쭉 펴서 가볍게 주먹을 쥔 채 양 무릎 위에 올려놓았다. 매우 단순한 동작인데도 불구하고 시간이 흐르자 차츰 허리가 아파왔다.

'언제까지 이러고 있어야 하는 거지? 너무 지루하고 힘든데.'

누렇게 바랜 천장 꼭대기를 하염없이 바라보던 그녀는 결국 두 눈을 질끈 감았다. 그러고는 소리 없이 울부짖었다.

군대라니!

책 속에 들어온 것도 모자라 이제는 여기서 병영 체험까지 하게 되다니!

속으로 몇 번이고 절규하던 그녀는 결국 고개를 돌려 막사 안을 가만히 살피기 시작했다.

가장 먼저 눈에 띄는 것은 한눈에 봐도 너무나 딱딱해 보이는 2층 침대였다. 그것이 좌우에 각각 3개씩 놓인 것으로 보아 이 막사를 함께 사용하는 인원은 총 12명인 것 같았다. 그리고 미쉘이라는 신입과 자신이 앉아 있는 막사 정 가운데에 놓인 이 붉은색 평상.

마치 사각의 링처럼 생긴 이것의 용도가 과연 무엇인지 그녀는 아직 알지 못했다.

"……그러다 선배들이 들어오면 혼납니다. 얼굴은 항상 정면을 향해 있어야 합니다."

계속해서 휘휘 고개를 휘두르는 윤수가 불안했는지 미쉘이 나지막이 충고해 주었다.

윤수는 하는 수 없이 다시 앞쪽을 향해 시선을 고정시켰다. 그 순간 입구에서 시끌벅적한 인기척이 들린다 싶더니 한 무리의 여자들이 막사 안으로 와르르 들어왔다.

"어머, 신입들이네?"

"이런 축일에 전출 온 건 흔치 않은 일인데, 어쩐 일로 두 명씩이나?"

마치 뜯어보듯 자신을 살피는 여자들의 시선을 받아 내고 있던 윤수의 목 뒤에서는 땀 한 줄기가 조용히 흘러내렸다.

긴장한 것은 옆의 미쉘도 마찬가지인 듯 보였다.

확실히 이럴 때 혼자가 아닌 둘이라는 것은 말하지 않아도 서로에게 큰 위로가 되었다.

윤수는 고개를 줄곧 정면에 고정시킨 채 얼른 머릿속을 정리했다.

'가만있어 보자…… 이 이후의 설정이 어떻게 되었더라? 그래. 저기 달린 사자 문양 브로치의 개수가 곧 이들의 계급이라고 썼었지. 이병부터 병장까지니까 총 네 개로 나뉘는 계급일 거야.'

그녀는 곁눈질로 재빠르게 여자들의 어깨를 살폈다.

브로치 하나가 에어스테, 두 개와 세 개는 각각 츠바이테와 드리테, 그리고 마지막 네 개째가 최고참인 피어테 계급이리라.

그러므로 이 막사 안에 에어스테는 오로지 윤수 본인과 미쉘, 두 명뿐이었고, 나머지는 대부분이 츠바이테, 그리고 드리테가 3명, 피어테는 고작 한 명이 전부였다.

저를 제외한 모든 구성원이 제발 좋은 사람들이기를 빌며 윤수는 저도 모르게 입술을 꽉 물었다.

"자기 소개."

누군가가 그렇게 말하자 기다렸다는 듯 바락 대는 고함이 터져 나왔다.

"네! 저는 2황자 바인 님의 소속! 살리나즈! 미쉘입니다! 에른테페스트 축일 기간 동안 글린 분대로의 전입을 명받았습니다!"

미쉘은 숨도 안 쉬고 속사포처럼 말문을 열었다.

그 속도가 어찌나 빠른지 윤수는 대체 그녀가 무슨 소리를 한 건지도 제대로 알아듣지 못할 정도였다.

"저는 3황자 카이트 님, 소속의 어, 음…… 바, 바서라고 합니다. 에른테페스트 축일 기간 동안 글륀 분대로의 전입을 명…… 받았습니다."

하지만 지금은 그저 최선을 다해 옆의 미쉘을 따라 할 뿐 다른 방도가 없었다.

아, 이 신입이 없었으면 정말 어떻게 했을지.

저도 모르게 차오르는 동지 의식에 이 낯선 아가씨의 어깨를 마구 안아주고 싶은 충동을 애써 누를 때였다.

"뭐? 네가 3황자님 소속이라고?!"

휘둥그레 떠진 눈에서 쏘아진 시선들이 그녀의 얼굴 위로 날아왔다. 평소 같으면 그런 어설픈 자기소개가 어디 있느냐며 크게 꾸지람을 받았을 지도 모른다. 하지만 다행인지 불행인지, 그녀들은 오로지 윤수가 밝힌 소개에만 관심을 둘 뿐이었다.

"진짜야?"

"진짜인 것 같습니다. 목에 두른 띠 색깔을 보십시오."

"이 신입이? 정말?"

여자들은 일제히 윤수의 곁으로 우르르 몰려들었다.

순식간에 주위를 포위당하자, 몹시 불안해진 그녀의 두 눈이 마구 흔들렸다.

"허…… 겉보기에는 그냥 보잘것없는 평범한 계집애인데?"

"믿을 수가 없습니다!"

윤수는 저를 쳐다보는 그녀들의 눈초리가 어느새 사납게 변한 것을 눈치챌 수 있었다.

마치 질투로 이글대는 것 같은 시선. 도대체 왜들 이러지?

"어……."

당황한 나머지 그녀는 저도 모르게 입을 빠끔거렸다.

"그러고 보니 검이 다릅니다! 일반 보급품이 아닌 게 확실합니다!"

누군가가 용케도 그녀의 허리춤에 매달려 있는 검을 본 모양이었다.

"뭐? 신참 주제에 사제 검을 들고 들어왔어? 너, 잠깐 일어서!"

윤수를 향해 앙칼진 목소리로 외친 건 이곳의 최고참 계급인 피어테 산드린이었다. 그리고 바로 그때, 누군가가 막사의 천을 들추고 안으로 성큼 걸어 들어왔다.

"화, 화, 화, 황자님!"

어찌나 놀랐는지 마구 말을 더듬는 누군가의 목소리가 허공을 갈랐다.

"히익!"

동시에 모두 그곳을 쳐다본 그녀들의 입에서 비명과도 같은 신음이 터졌다.

막사의 입구 부분은 그의 키에 비해 너무 낮았다. 가운데로 걸어 들어오자 남자는 비로소 허리를 펼 수가 있었다.

윤수를 둘러싼 채 가운데에 모여 있던 여자들이 마치 개미 떼가 흩어지듯 좌우로 갈라졌다.

"인사!"

산드린이 소리치자 모두 일사불란하게 칼을 꺼내어 옆구리에 붙였다.

"됐어."

그가 고개를 살짝 저으며 바로 하라는 손짓을 보냈지만 일행은 요지부동이었다. 그리고 이 상황에 도무지 적응이 되지 않는 것은 그녀도 마찬가지였다.

"불편한 건 없나?"

제게 그렇게 묻는 카이트를 향해 윤수는 기겁하여 고개를 붕붕 가로저었다. 그러자 그 모습이 썩 마음에 들었는지 그가 소리 내어 웃었다.

"씩씩하군."

사실 불편하다면 그가 갑자기 이렇게 등장한 게 제일 불편한 일이었다. 하지만 그걸 아는지 모르는지 카이트는 계속해서 그녀의 안위를 챙기는 것에 여념이 없어 보였다.

"그대들은 2황자 소속이지? 흠, 죄다 검을 쓰는 자들인가?"

"그렇습니다!"

그러고 보니 윤수를 제외한 모두의 목에 초록색 띠가 둘러져 있었다. 그래서 자신에게 그렇게 적대적인 태도를 취한 건가 싶어 그녀가 고개를 갸웃거릴 때였다.

"알겠지만 이 여자는 유일한 나의 병사다."

여전히 딱딱하게 굳어 있는 윤수의 어깨를 가볍게 두드리며 그가 입을 열었다.

"어차피 축일 기간 동안만의 전입이라 이 축제가 끝나면 두 번 다시 볼 일 없겠지만……."

거기까지 말하고 카이트가 또다시 가볍게 웃었다. 하지만 어쩐지 분위기는 더더욱 얼어붙어만 갔다.

"내 전속이라는 게 어떤 의미인지는, 굳이 설명하지 않아도 다들 잘 알겠지."

그러자 마치 약속이나 한 것 처럼 모두가 숨을 죽였다.

윤수는 이 드세 보이던 여자들을 단 한 순간에 제압해 버린 그의 위엄에 감탄을 금치 못했다.

속으로 혀를 내두르고 있는데 카이트가 허리를 굽혀 나지막이 귓속말을 속삭였다.

"나 이외에도 도리스와 페라트가 항상 주위에 있을 거다. 그러니까 너무 걱정하지 마."

대체 무슨 이야기를 저리 소곤소곤 하는지 아무도 알지 못했다. 하지만 저 신참을 향할 때면 유독 부드럽게 풀어지는 눈가 하며, 부러 찾아와 사기를 북돋아주는 다정함까지. 저리 살가운 행동을 하는 남자가 정말 페어라센의 3황자 아인젠카이트인가?

침이 흘러도 이상하지 않을 정도로 모두의 입이 쩌억 벌어졌다.

그것을 눈치챈 윤수가 카이트에게 애절한 눈빛을 보냈다.

'지금 안 그래도 나 완전 주목받고 있단 말이야. 설마 찍히게

하려고 작정한 건 아니지?'

하지만 그녀가 그러거나 말거나 카이트는 그 뒤로도 미간을 찡그린 채 한참 동안 내부를 둘러보았다. 막사의 열악한 환경이 마음에 들지 않는지 가볍게 혀를 차면서.

그러다 결국은 떨어지지 않는 발걸음을 억지로 움직여 밖으로 나가려는 찰나, 그의 등 뒤에서 누군가가 조심스럽게 입을 떼었다.

"저, 황자님. 저는 드리테 계급의 베르크 니콜이라고 합니다. 다름이 아니라 질문이 하나 있습니다."

"뭔가?"

용감하게 말문을 연 것은 유독 큰 키가 돋보이는 여자였다.

"제시하시는 자격을 만족시킨 기사단원은, 계약 기간에 따라 특정 황족의 소속이 될 수 있는 것으로 알고 있습니다. 그런데 카이트 님께서는 왜 정식으로 소속 시험을 열어 주시지 않는 겁니까? 무언가 특별한 이유라도 있으십니까?"

무척이나 열망 어린 목소리. 그런 그녀의 검 손잡이는 다른 자들의 것에 비해 유독 뭉툭하게 닳아 있었다.

"이유? 그거야 간단하지. 내게는 소속 병사 같은 건 필요치 않기 때문이다."

그의 말에 모두의 눈빛이 아쉬움으로 물들었다.

그런 여자들을 하나씩 찬찬히 뜯어보던 윤수는 그제야 그녀들이 자신을 질투했던 이유를 눈치챌 수 있었다.

글린 분대의 일원들은 아마도 매우 오랜 기간 동안, 누구보다도 열심히 검을 쥐었던 것임에 틀림없었다.

왜냐하면 모두의 손에는 죄다 굳은살이 박혀 있었고 옆구리에 찬 검에는 흠집이 가득했기 때문이었다.

"하지만 여기 이 여자는 유일하게 소속된 병사라고…… 방금 전에 분명히 말씀하시지 않으셨습니까."

항의하듯 반문하는 여자를 향해 카이트는 마치 굉장히 우스운 농담을 들은 것처럼 피식, 하고 웃어 보였다.

"물론 그녀는 나도 예상하지 못했던 특별한 경우이긴 하지."

그는 다시 한 번 윤수의 어깨를 가볍게 두드리며 말을 이었다.

"지금은 그저 이 여자를 일개 병사 따위와 동일시하면 곤란하다는 것만 알아 두기 바란다."

"특별한 경우라고……?"

그가 막사를 나가자마자 윤수를 향해 좌중의 시선이 마치 따가운 화살처럼 날아들었다.

"이봐, 신입. 네 이름이 바서라고 했나?"

방금 전 카이트에게 입단 시험에 대해 질문했던 여자가 낮은 목소리로 물었다.

"네, 그런데요…… 아니, 그렇습니다."

"일어나."

윤수는 순순히 여자의 명령에 따랐다.

어깨를 펴고 바로 서자 거침없는 시선들이 팔과 허리, 허벅지 등을 훑고 지나갔다.

윤수는 저도 모르게 입술을 깨물었다.

일부러 찾아와서 저를 살뜰하게 살펴주고 간 카이트의 배려는 참 고마웠지만 이 상황이 과연 좋은 것인지는 도통 알 수가 없었다.

"사제 검까지 지닌 계집애가 몸 단련한 꼬락서니 봐라. 미안하지만 난 절대로 인정할 수가 없는걸. 그런 의미에서 산드린님, 괜찮겠습니까?"

대체 무얼 하려는지 그녀는 저보다 고참인 여자를 향해 그렇게 허락을 구했다. 그러자 브로치 4개를 자랑스럽게 매달고 있는 산드린이 가볍게 고개를 끄덕였다.

"좋아, 니콜. 허락해 주지. 도대체 뭐가 얼마나 특별한 계집애인지 나 역시 궁금하거든."

산드린이 그렇게 말하자 모두는 기다렸다는 듯 환호하며 박수를 쳤다. 그 와중에 두려운 얼굴을 한 건 같은 신입인 미셸밖에 없었다.

"신참, 검 들고 이리로 올라와."

니콜은 어느새 가운데에 있는 붉은 평상 위로 올라가 마치 나무처럼 꼿꼿한 자세로 서 있었다.

떡 벌어진 각진 어깨와 검을 들고 있는 팔에 우락부락 붙은 근육은 보기만 해도 위압감이 넘쳐흘렀다.

그제야 윤수도 그 평상의 쓰임새를 비로소 알 수 있었다.

'이걸 어떻게 해야 하나.'

시키는 대로 검을 뽑아 들고 평상 위로 올라갔지만 윤수는 몹시 난감하기 짝이 없었다. 하지만 눈앞에 서 있는 니콜이라는 여자는 시종일관 험상궂은 표정을 풀지 않았다.

"제대로 해."

"네?"

게다가 그녀는 무언가 매우 못마땅한 듯 윤수를 향해 미간을 찡그리며 재차 주문했다.

"검 똑바로 잡으라고."

"아, 네네."

이렇게 하란 말인가?

윤수는 고개를 갸웃하더니 검 손잡이를 쥔 손아귀에 다시 한 번 힘을 꽉 주었다. 그러자 서로 얽히듯 포개어진 손가락 사이로 촉촉한 땀이 배어 나왔다.

"허…… 저건 대체 뭐 하는 짓이야?"

그런 그녀를 바라보던 산드린이 저도 모르게 혀를 찼다.

그 정도로 윤수의 자세는 엉망진창이었다.

그걸 바라보던 미쉘도 혹시 제가 알고 있는 게 잘못되었나 싶어 훈련소에서 만났던 검술 교관의 가르침을 하나하나 상기시켜 보았다.

"먼저 검을 눈앞에 뽑아 들고 오른손을 펴 손잡이를 감싸듯이 쥐어라. 왼손을 그 아래, 한 마디 정도의 틈을 벌린 채 잡아라."

"네, 교관님!"

"이 오른손은 절대로 흔들려서는 안 되는 축, 말하자면 모든 에너지의 중심이다. 처음으로 검을 부딪쳤을 때 나오는 이 힘! 경험이 많은 검사들은 이것만으로도 상대의 실력을 가늠할 수 있을 정도지. 명심해라."

"네, 명심하겠습니다!"

"민첩성과 화려한 기술을 담당하는 건 왼손. 겉보기에는 그저 손잡이를 가볍게 받쳐 준 것처럼 보이지만, 왼손은 검날의 방향을 정하는 중요한 역할을 한다."

"네!"

"좌우, 혹은 위아래로 몸을 피하거나 어깨를 크게 회전시키는 동작을 하면서도 상대의 급소를 정확히 찌를 수 있는 날카로움은 모두 이 왼손에서 나오는 것이다."

"네, 잘 알겠습니다!"

그래. 잘못 알았을 리가 없었다. 얼마나 귀가 닳도록 들었는지 이제 이렇게 외워버리지 않았는가. 이건 기사단에 입단한 자라면 누구나 숙지해야 하는 기본 상식일 터.

그런데 기도하는 소녀처럼 양손을 살포시 포갠 채로 검을 쥐다니, 저런 방법은 듣지도 보지도 못한 거였다.

미셸을 비롯한 모두는 마치 약속이라도 한 것처럼 눈을 마구 비볐다. 하지만 천진난만한 자세로 검을 쥐고 있는 윤수의 모습은 여전했다.

'왜들 그러지?'

그녀들의 황당한 눈초리를 눈치챈 것은 윤수도 마찬가지였다. 하지만 아무리 생각해도 영문을 알 수가 없었다.

그도 그럴 것이 기사단에서 검을 쥐는 방법 따위를 누가 그녀에게 알려 주었겠는가? 물론 조금 더 세심한 선생—가령 페라트라든지—을 만났더라면 기본기부터 차근차근 배울 수 있었을지 모르겠지만, 카이트는 그렇게 하나하나 신경 써주는 섬세한 성격의 남자는 되지 못했다.

게다가 그녀는 이미 기본을 가르쳐 주는 것이 아무런 의미가 없는 실력을 보유한 뒤였기 때문에, 카이트가 주력한 건 대부분 실전에서 써먹을 수 있는 방법들이었다.

"뭐 이런 게 다 있어?"

그런 윤수를 가장 황당한 눈으로 바라보던 니콜은 혼잣말을 중얼거리다가 이내 뿌득 소리가 날 정도로 어금니를 물었다.

'이따위 계집애가 3황자의 유일한 소속 병사라니. 아버지가 아시면 대체 뭐라고 하실까.'

니콜의 아버지는 페어라센의 남쪽 지방에 어마어마한 토지를 소유하고 있는 후작으로서 본디 대대로 무가(武家) 출신의 귀족이었다. 그리고 그런 가문에서 자란 그녀는 아직 젊은 나이에 기사단장 자리에 오른 도른을 아버지 다음으로 존경했다. 기사단장 역할을 훌륭히 수행해 낸 도른이 사실은 남장을 한 여자였음이 온 나라에 알려진 것은 그리 오래된 일이 아니었다.

하지만 그 이후 기사단의 평판은 땅에 떨어지기는커녕, 오히려 그 인기가 하늘 높은 줄 모르고 치솟았다.

특히 앞다투어 입단을 자원한 것은 전국에서 몰려든 여검사들로서 모두 도른이 해낸 그 놀라운 업적에 열광하다 못해 그녀를 가슴 깊이 존경하는 여자들이었다.

덕분에 페어라센의 병력에서 여성이 차지하는 비율이 전례 없이 대폭 상승하게 되었다.

그런 그녀들을 비웃는 남자 기사들도 처음에는 분명히 존재했다. '계절에 따라 드레스나 신발 따위를 유행시키던 여자들이 이제는 기사단 입단을 하나의 유행처럼 여기고 있다'면서 말이다.

물론 개중에는 그런 여자도 없지 않았다.

하지만 힘들고 고된 훈련으로 일과가 빼곡히 채워져 있는 기사단 생활은, 그런 철없는 아가씨들이 해낼 만한 성질의 것이 아니었다. 따라서 떨어져 나갈 사람은 알아서 떨어져 나갔고 결국 모든 훈련을 버텨 낸 사람들만이 남았다.

지금 정식으로 계급장을 달고 있는 여자들은 모두 가슴속 깊이 그런 자긍심을 지니고 있었다.

때로는 남자들도 탈락하는 힘든 입단 시험을 모두 통과해 냈다는 긍지 말이다. 귀족 가문 출신의 여검사들이 이런 힘든 생활을 버틸 수 있는 것도 다 그런 마음가짐 덕분이었다.

게다가 도른의 남편이 된 2황자 바인은 모든 병력에게 파격적이라고 해도 좋을 정도로 높은 연봉을 지급했고, 그것은 그녀와 이혼을 한 뒤에도 변함이 없었다. 하지만 기사단의 일원이 되어 받는 혜택은 그뿐만이 아니었다.

마치 높은 하늘의 별처럼 멀리서 바라만 봐야 했던 예전과는 달리, 그녀들은 이제 정말 가까운 곳에서 도른의 일거수일투족을 좇을 수 있는 특권을 누릴 수 있게 되었다.

특히 도른의 열성 팬을 자처하는 자들은 그녀가 오늘 뭘 먹었고, 어디를 갔으며, 무슨 일을 했는지 등을 공유하며 마치 소녀처럼 좋아하기도 했다.

따라서 그런 여검사들 사이에서 그의 이름이 심심치 않게 나온 건 어쩌면 당연한 일일지도 몰랐다.

'저 도른 기사단장님도 번번이 패했다는 3황자 아인젠카이트. 그야말로 검술의 귀재!'

니콜은 조금 전 막사에 모습을 드러낸 카이트를 떠올리며 저도 모르게 침을 꿀꺽 삼켰다.

오늘처럼 가까이에서 그를 본 것은 그녀로서도 처음 있는 일이었다. 물론 그의 별명이 난폭한 미치광이라는 것을 모르는 자는 아무도 없었지만 카이트를 바라보는 기사단원들의 시선은 그를 무턱대고 싫어하는 일반 백성의 그것과는 조금 달랐다.

왜냐하면 카이트는 이미 줄곧 검을 연마해 왔던 자라면 모두가 꿈꾸는 높은 경지에 다다른 인물이기 때문이었다.

남성 단원들은 주로 자신을 과시하기 위해 그를 이용했다.

특히 남녀평등이란 관념에 별로 익숙지 않은 보수적인 자들은 도른이 여자이기 때문에 그를 꺾지 못하는 것이며, 자신들은 다를 거라고 공공연히 말하고 다녔다.

물론 어디까지나 직접적으로 맞부딪혀 보기 전의 이야기지만 말이다.

그리고 여성 단원들은 그보다는 좀 더 경외심 어린 마음을 지니고 있었다. 아니, 사실 그녀들은 카이트를 동경하는 쪽에 더욱 가까웠다. 그건 지금 여전히 눈에 힘을 풀지 않은 채 줄곧 윤수를 노려보고 있는 니콜은 물론이고, 글륀 부대에 소속된 자라면 모두가 마찬가지였다. 그것 역시도 도른에게 받은 영향이 크게 작용한 결과이리라.

자신들의 무한한 애정과 존경을 한 몸에 받는 그녀가 최고의 검사라 기꺼이 지칭해 마지않는 실력자가 바로 저 3황자였으니까. 이처럼 기사단 내에서 그 누구도 이길 수 없다는 도른을 몇 번이고 무릎 꿇게 만든 것도 놀라운데, 단 한 명의 병사도 없이 오로지 혼자서 노르덴 숲의 산적들을 거침없이 소탕해 버렸다는 유명한 일화는 그를 그야말로 귀신과도 같은 남자로 만들기 충분했다.

게다가 한낮의 따사로운 햇살은 물론이고 새벽의 고요한 달빛 아래에서마저 빛나는 카이트의 근사한 외모는, 여검사들의 심장 박동을 더욱 빨리 뛰게 만드는 데 한몫하는 일등 공신이 아니던가. 따라서 그녀들은 어느새인가부터 비밀스러운 꿈을 꾸게 되었다.

언젠가는 3황자 소속의 군력으로서 일할 날이 오지 않을까, 하는 꿈 말이다. 물론 소속 병사 따위 만들지 않는 것으로 정평이 난 그이지만, 그래도 만약 3황자 밑에서 경력을 쌓을 수만 있다면 차기 기사단장 후보 자리에 슬쩍 이름을 얹어보는 것도 가능하리라.

특히 니콜은 틈만 나면 혼자 머릿속으로 상상하곤 했다.

카이트를 상징하는 빨간색 띠를 목에 두른 채, 기사단원들 사이를 으스대듯 활보하는 자신의 모습을 말이다.

그런데 그토록 소망했던 색깔을 목에 두른 게 하필이면 저따위 계집애라고?

어깨는 밟으면 부서질 듯 보였고, 양팔은 가늘기만 하다.

니콜의 입속에서 무언가가 뿌득 갈리는 소리가 들렸다.

물론 신참인 에어스테 계급 중에는 간혹 가다 아슬아슬하게 턱걸이 성적으로 겨우 입단에 성공한 자들이 있었다. 하지만 제아무리 열등생이었다 해도 저렇게 검도 제대로 쥐지 못한다는 건 정말 아무런 전례가 없는 일이었다.

"하필이면 내 눈에 띈 것을 운이 없었다고 생각해라!!"

더 이상 참을 수 없었던 니콜은 그렇게 소리치며 달려들었다.

유난스러울 정도로 다혈질인 그녀는 아래 계급 병사들이 누구보다도 무서워하는 존재였다. 평소 상스러운 욕설을 입에 달고 사는 것은 기본이요, 조금만 기분이 좋지 않아도 자신보다 밑인 에어스테와 츠바이테에게 가혹한 행동을 곧잘 가했다.

막사 안에 있는 평상은 원래가 그런 용도였다.

말하자면 일종의 합법적인 체벌장인 그곳을 모두는 '붉은 기사의 감옥'이라 불렀는데, 이 위에서 일어나는 일은 대부분 비밀에 부치는 것이 불문율이었다.

그 대신 선공은 반드시 약한 쪽에서 먼저 해야 한다는 규칙이 있었다.

물론 있으나 마나한 규칙이긴 하지만 말이다.

하지만 이성을 버린 니콜은 윤수가 저보다 낮은 계급이라는 것을 그만 잊고 말았다.

"앗! 네가 먼저 공격하면 안 돼!"

덕분에 산드린의 입에서는 당혹스러운 신음이 터져 나왔다.

이러다 만약 3황자의 병사라는 저 단발머리 여자가 크게 다치기라도 한다면 저 역시 곤란한 상황에 놓이게 될 터다. 사실 공격 방식에 대한 규칙을 정해 놓은 것은, 나중에 빠져나갈 구멍이 필요하기 때문이었다. 비록 혈투가 벌어진다 하더라도, 신참이 먼저 고참에게 대들었다는 증거만 있으면 그만이니까.

누가 선공을 했느냐는 그만큼 중요한 문제였다.

평소 알아서 공포 분위기를 조성해 주는 니콜은 산드린에게 있어 매우 편리한 부하 중 한 명이었기에, 그녀는 니콜이 징벌을 받는 것을 원치 않았다.

"당장 멈춰!"

하지만 산드린이 그렇게 외친 순간.

"우와!"

저도 모르게 감탄사를 내지른 것은 윤수와 같은 처지인 신입 — 아까부터 숨조차 제대로 쉬지 못하고 있었던 미쉘이었다.

사실 그건 '움직였다'거나, '피했다'라고 말하기에도 애매한 동작이었다. 왜냐하면 그저 평상 위에 가만히 서 있다가 상체를 한 뼘 정도 뒤로 슬쩍 튼 것이 고작이었으니까. 그 정도로 미세한 몸짓. 하지만 그것이 날쌘 니콜의 공격보다 배는 더 빨랐다.

미쉘은 믿기지 않는 듯 연신 두 눈을 비볐다.

"허? 이 계집애 봐라."

우연이겠지?

혼잣말을 중얼거리던 니콜은 눈물이 찔끔 나오도록 입술을 아프게 깨물었다. 그렇게라도 하지 않으면 귀밑이 화끈거리는 것이 너무나 생생하게 느껴져 견딜 수가 없었다.

"니콜! 멈추라고 했어. 너, 내 말이 말 같지 않아?"

검을 곧추세운 그녀가 다시 공격 자세를 취하자, 산드린이 다시 한 번 발을 탕 구르며 호통을 쳤다. 그 말에 겨우 정신이 돌아왔는지 니콜은 바르르 떨리고 있는 팔을 간신히 내렸다.

"좋아. 신참, 네가 먼저 공격해."

하지만 윤수는 산드린의 그런 배려 아닌 배려가 달갑지 않았다.

진짜 이걸 어떻게 해야 하지?

그녀는 정말로 깊은 고민에 빠지고 말았다.

걸어온 싸움이 무서워서가 아니라 2황자의 성에 들어온 지 이제 겨우 반나절도 채 지나지 않았는데 이래도 되나 하는 생각 때문이었다.

'게다가 이 여자는 느려도 너무 느린데.'

그것도 거북이처럼.

물론 저를 향해 마구 달려드는 니콜의 몸짓은 제법 거칠었고 가차 없이 휘두르는 검날도 제 딴에는 날카로웠다.

하지만 윤수의 눈에는 이 모든 게 그저 천천히 흘러가는 슬로우 모션 영상과 다를 바 없었다.

방금 전에도 사실 자칫하면 하품이 나올 뻔하지 않았는가.

그러니 그런 상대를 앞에 두고 전의가 타오를 리도 만무하다.

"그럼 그 녀석은 진짜 얼마나 굉장한 실력자라는 소리야?"

윤수는 저도 모르게 나지막이 중얼거렸다.

그동안은 비교 대상이 없어 몰랐는데 이쯤 되니 저와 번번이 호각을 다투는 카이트의 능력이 그녀의 마음속에 새삼 부각되던 찰나였다.

"이년이, 진짜!"

저를 앞에 두고 감히 딴생각을 하고 있는 윤수를 눈치챈 니콜이 굴욕감을 참지 못해 빽 하고 소리를 질렀다.

"뭐해! 어서 덤벼!"

윤수는 하는 수 없이 팔짱을 끼고 줄곧 자신에게서 시선을 떼지 않고 있는 산드린에게 간절한 목소리로 청했다.

"음, 저기, 그냥 이분이 먼저 공격하게 해 주시면 안 될까요."

"뭐, 뭐라고?"

모두의 입이 쩍 벌어진 가운데, 홀로 얼굴이 터질 듯 벌겋게 익은 것은 니콜이었다. 윤수는 그저 난처해서 한 말이었겠지만, 그것이 되레 큰 화근이 되었다.

니콜의 계급은 비록 브로치 세 개짜리의 드리테였지만, 검술 실력만큼은 대대 안에서도 손에 꼽을 정도로 특출 났다. 그 언젠가 그녀의 훈련 모습을 지켜본 기사단장 도른이 칭찬을 아끼지 않았을 정도로 말이다.

덕분에 니콜은 더욱더 의기양양한 난폭자가 되었다.

저만 보면 어깨를 움츠리는 부하들의 등을 이유 없이 검집으로 가격하며 장난을 쳐도 아무도 제지하는 사람이 없었다.

그런데 감히 저 계집애가.

그녀는 눈앞이 하얗게 변할 정도로 분노하고 말았다.

먼저 검을 겨누면 규칙 위반으로 커다란 벌을 받게 될 것을 알았지만 자존심이 무너진 마당에 그런 것은 더 이상 신경 쓸 여력이 없었다.

"건방진 년!"

검을 단단히 쥔 니콜의 손이 거침없이 앞을 향해 뻗어나갔다.

"잠깐, 니콜!"

이대로라면 돌이킬 수 없는 사고가 벌어지고 말 것을 예견한 산드린이 큰 소리로 외쳤다.

젠장, 니콜 저 계집애가 기어코 사고를 치는구나.

그녀의 목 뒤를 타고 땀이 주르륵 흘러내렸다.

요즘 들어 젊은 층 사이에 기사단의 위상이 높아진 건 맞는 이야기지만 사실 페어라센의 부모들은 귀족이고 평민이고 할 것 없이 자식들의 입단을 대부분 그다지 환영하지 않았다. 왜냐하면 이곳에서는 늘 심심치 않게 인명 사고가 발생했기 때문이다. 물론 황국 내에서도 가장 폐쇄적인 곳에 속하는 집단답게 진실은 대부분 은폐되었고 관련자들의 처벌은 흐지부지 끝나기 일쑤였다.

허나 만약 이러다 저 신참이 다치기라도 하면 최고참인 자신에게도 분명 꽤나 머리 아플 일이 생기고 말 터다.

"그만둬! 명령이다!"

산드린은 다급한 나머지 자신의 허리춤에서 장검 두 자루를 뽑아 들었다. 검을 두 개씩 소유할 수 있는 것도 전부 다 그녀가 책임자이기 때문에 가능한 일이었다.

그녀는 단숨에 평상 위로 뛰어올라갔다.

"악!"

쿠웅!

둔탁한 것이 바닥을 나뒹구는 소리와 함께, 누군가의 입에서 날카로운 비명이 튀어나왔다.

"꺄아악!"

조용한 막사 안이 순식간에 아수라장이 되었다.

애초부터 검을 쓸 생각 같은 건 조금도 없었다.

만에 하나 자신의 진짜 실력이 들통 날 경우, 그 소문은 가장 먼저 2황자 바인의 귀에 들어갈 것이 뻔했기 때문이다. 그러한 이유로 윤수는 제게 곧장 날아오는 검을 아까처럼 슬쩍 피했다. 순간 니콜의 눈이 반짝였다.

'또다! 교활한 계집애, 그런 요행에 내가 두 번이나 당할 줄 알고?!'

니콜은 기다렸다는 듯 그녀가 몸을 돌린 쪽을 향해 팔을 회전시켰다. 동시에 검날의 방향이 빠르게 바뀌었다.

이 일격이라면 치명상까지는 아니더라도 팔꿈치 위쪽으로의 중경상 정도는 분명 입고도 남았다.

"어?"

그런데 참으로 이상한 일이 일어났다.

'왜 내 검이 바보처럼 허공을 휘젓고만 있는 거지?'

눈앞의 상대가 설마 하늘로 솟은 건가 하는 의문마저 들 때였다.

"그만둬! 명령이다!"

그렇게 외치며 평상 위로 뛰어올라오는 산드린이 눈에 들어왔다. 그리고 그 순간 제 오른쪽 위로 갑작스러운 무게가 실렸다.

"악!"

균형이 무너지며 니콜이 짧게 비명을 질렀다.

그녀의 몸 위로 산드린이 포개어지듯 쓰러졌고 두 사람은 사이좋게 평상 바닥을 굴렀다.

"꺄아악!"

사실 윤수는 처음부터 아까와 똑같이 몸을 피한 것이 아니었다. 다만 아까처럼 보이도록 흉내를 내다가 재빠르게 상체를 젖혔을 뿐이다. 그러자 유연한 허리가 뒤로 휘었다.

이마에서 한 뼘 정도 위, 날카로운 검날이 아슬아슬하게 지나갔다. 천천히, 매우 느리게 회전하는 그것을 구경하듯 바라보다 그대로 한 손을 뒤로 해 바닥을 지탱했다. 더 이상 상체가 무너지지 않도록 단단히 받친 채 다리를 왼쪽으로 길게 뻗었다. 그러자 뛰어 올라오던 산드린의 양 발이 기다렸다는 듯 턱 걸려들었다.

쿠웅!

육중한 진동이 평상 아래에서 느껴졌다.

그 후 웃차, 소리를 내며 몸을 일으키자 마치 연인처럼 부둥켜안고 버둥거리는 두 여자가 보였다. 자신은 검을 맞부딪히기는커녕 그저 잠시 누웠다 일어난 것뿐이었다.

아주 약간의 수고도 들일 필요 없는 방법.

물론 이 모든 건 죄다 카이트에게 배운 것들이었다.

"물론 처음부터 멋지게 검을 휘두르며 상대를 해 주고 싶을 때도 있지. 그렇지만 합이 길어지면 질수록 결국 지옥을 보게 될 거야."

카이트는 늘 수많은 적들을 상대하던 악역이었다.

때문에 처음부터 최대한 힘을 아껴야 한다는 것이 그의 평소 지론이었다.

"괘, 괜찮으십니까?"

평상 위를 미끄러지듯 날아서 떨어진 충격이 제법 거셌는지, 그녀들은 아직도 바닥을 헤집고 있었다.

"산드린 님, 니콜 님!"

이윽고 모든 단원들이 몰려들었다. 꽤나 깨끗해 보이던 바닥이었는데 어느새 뿌연 먼지가 풀썩 피어올랐다.

쓰러져 있는 고참을 부축해 주면서도 그녀들은 평상 위에 서 있는 윤수를 흘끗흘끗 곁눈질했다.

대체 뭘 어떻게 한 거지?

"망할!"

산드린에 깔려 바닥에 모로 누워 있던 니콜이 상체를 곧추세우며 바락바락 악을 썼다.

하지만 산드린은 충격이 컸는지 후들거리는 두 무릎에 손을 짚고는 고개를 아래로 계속 떨구고만 있었다.

"이제 그만해요."

니콜의 쇄골 근처에 차가운 금속이 닿았다. 산드린의 검이었다. 어느새 그것을 주워 든 윤수가 차가운 시선으로 니콜을 내려다보았다

"이, 이 미친 계집이? 어서 치워! 지금 어디서 하극상인가!"

"욕도 좀 작작하고."

검 끝이 더더욱 날카롭게 파고들었다. 공포심을 심어주기에 적당한 통증이 목 아래 피부에 가해졌다.

"크……읏!"

니콜은 이러지도 저러지도 못하고 그저 주먹을 쥔 채로 팔을 바르르 떨었다. 하지만 윤수는 여전히 그녀의 쇄골 근처를 깊숙이 누른 채 그저 요지부동이었다.

이제 뭘 해야 하지?

이 뒤에 무슨 행동을 취해야 좋을지 윤수는 도통 알 수가 없었다.

그래, 모를 때는 역시 현지인(?)에게 물어보는 게 최고지!

그렇게 생각한 윤수는 주위를 돌아보며 물었다.

"이제 또 뭘 하면 되나요?"

정말이지 모두의 귀를 의심하게 만드는 천진난만한 목소리가 아닐 수 없었다.

"이 여자가, 카이트 님의 유일한 호위 병사……."

이제야 정신이 돌아온 산드린은 저도 모르게 혼잣말을 중얼거리며 조용히 호흡을 가다듬었다.

그녀는 역시 최고참답게 가장 사태 파악이 빨랐다.

"좋아, 이번 건은 신참의 승리다! 그리고 다들 규칙은 알겠지? 붉은 기사의 감옥 위에서 있었던 일은 일절 외부 발설을 금한다는 것 말이야!"

그녀는 자신의 제복에 묻은 흙을 탁탁 털고 나서는 주위를 향해 큰소리로 외쳤다. 그러자 니콜이 거칠게 항의했다.

"산드린 님, 다시 하게 해 주십시오!"

"안 돼."

"하지만 엄밀히 말하면 저 계집애는 저와 검을 단 한 번도 맞대지 않았잖습니까? 그저 본인의 검을 들고만 있었을 뿐입니다. 그러니 이건 인정할 수 없습니다! 만약 처음부터 검으로만 승부할 수 있다면……!"

줄곧 고집을 부리는 모습으로 보아 니콜은 정말로 분한 것 같았다. 그래서 산드린은 끝내 거센 호통을 쳐야만 했다.

"무조건 상명하복이다, 니콜! 만약 내 명령에 불복한다면 네게 어떤 제재가 가해질지 잊은 건 아니겠지?!"

덕분에 그 후의 일은 더 이상 말할 것도 없었다.

울분을 참지 못한 니콜이 밖으로 나가버리는 것을 마지막으로 상황은 깔끔히 정리되었다.

"수고 많았다. 이제부터 너희들이 할 일을 알려 줄 테니 날 따라와."

그렇게 말하며 윤수와 미쉘의 앞에 선 것은 찰랑거리는 생머리를 가지런히 묶은 또 다른 드리테 계급이었다.

둘은 그녀에 의해 내몰리듯 밖으로 나갔다.

그들이 사라지자마자 막사 안의 분위기는 마치 아무 일도 없었다는 듯 여느 때와 똑같았다.

다만 모두의 시선은 아직도 살짝 흔들리고 있는 막사의 입구 쪽을 향해 박혀 있었다.

"후우."

그러다가 누군가가 낮은 한숨을 토해 냈을 때, 일동은 비로소 서로를 쳐다보았다.

죄다 두려움이 가득한 눈빛이었다.

* * *

"괜찮아, 이제 네가 할 일은 없어. 그러니 여기서 대기하도록."

기껏 밖으로 나왔다 싶었는데 그녀는 오로지 미쉘만을 데리고 함께 어디론가 사라져 버렸다.

왜 나는 데려가지 않는 거지?

니콜이 검을 뽑아 들고 달려들 때는 막상 아무렇지도 않더니, 막사 뒤쪽의 공터에 홀로 남겨지자 갑자기 불안감이 엄습했다. 하지만 얼마 되지 않아 그녀의 뒤에서 인기척이 들려왔다.

"바서 님."

"아!"

이 뜻밖의 등장인물을 향해 윤수는 활짝 휘어진 눈으로 반갑게 웃었다. 곁에 다가온 것은 어느새 검은색 제복으로 옷을 갈아입은 페라트였다.

"어머."

그는 각종 눈부신 휘장과 함께 커다란 금으로 세공된 사자 문양의 장식을 어깨에 달고 있었다.

페라트도 기사 훈장을 받은 자가 틀림없었다.

윤수는 그제야 그것을 알아차린 게 조금 민망한 나머지, 진심을 담아 그를 칭찬했다.

"너무 멋지네요. 잘 어울려요."

"오랜만에 입은 거라서 그런지 영 어색하군요."

윤수의 칭찬이 쑥스러웠는지, 페라트는 관자놀이를 긁적이며 씨익 웃어 보였다. 그러고는 그녀를 향해 흰 장갑을 낀 손을 정중하게 내밀며 말했다.

"잠시 저와 산책이나 하시겠습니까?"

"산책이요?"

뜬금없는 제안에 그저 머뭇거리기만 하던 그녀의 발걸음을 앞으로 나아가게 만든 건 냉정하리만치 차분한 그의 대답 덕분이었다.

"이제는 이런 여유로운 시간도 얼마 남지 않았을 테니까요."

하지만 여전히 부드러운 음색을 지니고 있는 목소리였다.

아무 말 없이 그가 이끄는 대로 따라가자 아기자기하게 꾸며져 있는 작은 정원이 나왔다. 아직 많은 꽃이 피지는 않았지만, 작은 조각품이나 분수 같은 것들이 여기저기 놓여 있어 꽤나 거닐 만한 곳이었다.

“제가 무리한 부탁을 드려 죄송했습니다.”

긴 침묵 끝에 튀어나온 건 사과였다.

페라트는 진심 어린 목소리로 ‘바서 님께 사과드릴 일만 반복하는 것 같아 정말이지 면목이 없군요’ 하고 덧붙였다. 윤수는 고개를 붕붕 저으며 재빨리 회답했다.

“페라트 씨 탓이라고만은 할 수 없는걸요! 저도 동의한 일이니 그런 생각 마세요.”

“하지만 저 때문에 카이트 님께 역정을 사게 만들어 드려서…….”

역정? 역정이라니?

카이트가 제게 역정을 냈던가?

갑자기 목이 바싹 말라왔다. 역정을 내긴 커녕 그는 말 위에서 갑자기 자신을 끌어안았었는데……. 거기까지 생각이 미치자 윤수는 손을 모아 그대로 마른세수를 하듯 얼굴을 문질렀다. 하지만 그래봤자 이미 목까지 죄다 새빨갛게 변한 뒤였다.

“그런데 카이트는 어디에 있어요?”

그녀는 아무도 없는 주변을 괜히 휘휘 둘러보면서 관심 없는 척 물었다.

"황자님이요? 지금쯤이면 아마 슈타티스트 공주님과 다과를 즐기고 계실 겁니다."

"다과? 아, 차라도 마시는 모양이네요."

"네. 이번에는 부디 공주님의 기분이 상하는 일이 없어야 할 터인데. 신신당부를 드리고 나오긴 했습니다만 그래도 불안하던 참입니다."

"흐음."

윤수는 고개를 끄덕이며 지금쯤 오만 인상을 쓰고 앉아 있을 카이트를 떠올렸다.

"후후."

그러자 놀랍게도 가벼운 웃음이 입술을 비집고 나왔다.

"드디어 이곳까지 함께 와 주셨군요. 참으로 머나먼 여정이었습니다."

한동안 말없이 걷던 페라트가 무슨 생각을 했는지 갑자기 입을 열었다.

"그러네요."

"정말 많은 일들이 있었지요?"

그 말을 듣자마자, 지금까지 있었던 모든 추억들이 마치 낙숫물처럼 퐁퐁 떨어져 내려 그녀의 가슴을 적셨다.

"하지만 아직 지하로 내려갈 방법을 찾아내지 못했잖아요."

저도 모르게 마치 무언가를 항의하는 것 같은 퉁명스러운 어투가 튀어나왔다. 그런 본인의 태도에 스스로도 놀라지 않은 건 아니지만, 지금은 벌써 모든 것을 정리하는 듯한 페라트의 태도가 그저 마냥 서운하게만 느껴졌다.

윤수는 계속해서 발끝만 쳐다본 채 걸었다.

'내가 살던 한솔 빌라로 돌아가도 이 모든 것은 평생 잊지 못할 기억이 되겠지.'

제아무리 오랜 세월이 흐른다 해도.

"아무래도 전 다시 돌아가는 편이 좋지 않을까요?"

윤수는 얼른 머릿속의 생각을 중단한 채 물었다. 눈물이 왈칵 쏟아질 것만 같아서였다.

"어딜 말입니까?"

"배정받은 막사로요. 이건 말없이 근무지를 이탈한 것과 마찬가지인데……."

잘은 모르지만 그러면 큰일이 나는 거 아닌가 싶었다.

하지만 걱정스러운 목소리로 입을 연 저와는 달리 페라트는 그저 큰 소리로 한바탕 웃을 뿐이었다.

"가끔 보면 바서 님은 참 재미있는 분입니다. 이러다가 정말 책 속 세계의 인물로 변하면 어쩌시려고요?"

단지 시늉만 해도 아무도 뭐라고 할 사람이 없건만 그녀는 매 순간 주어지는 역할에 누구보다 열심이었다.

페라트는 그런 윤수가 이제 신기하게까지 느껴졌다.

"이곳을 창조하신 분인데 우리들과 똑같이 되는 것은 곤란하지 않겠습니까?"

그 말에 윤수의 눈썹이 아래로 축 처졌다.

물론 농담이라는 걸 모르는 건 아니었다. 하지만 이미 속에서 울컥하고 피어오른 무언가가 기어코 눈 밑에 몽글몽글 맺혔다. 그래도 결코 서운하다고는 말할 수 없었다.

아무리 많은 시간을 보내고 많은 추억을 쌓아도, 자신은 결코 모두와 '함께'는 될 수 없는 책 밖의 이방인.

게다가 내가 뭘 잘한 게 있어야 말이지.

윤수는 작은 한숨을 내쉬며 죄인처럼 고개를 숙였다.

생각해 보면 페라트도 많은 고생을 했었다.

카이트의 곁을 꾸준히 지키며 '악역의 조언자' 역할을 해 주느라 말이다.

'그러니 누구도 나를 진정한 동료나 친구로는 생각해 주지 않는 건 당연해.'

그녀의 기분은 어느새 우울함의 끝을 향해 달려가고 있었다. 처음에는 그저 제 손으로 탄생시켰다는 이유 하나만으로 모두를 자신과 다른 존재로 받아들이는 것에 아무런 거리낌이 없었다.

그때의 교만함을 이제 와 벌 받는 걸지도 모른다.

"그러고 보니, '붉은 기사의 감옥'에서 한바탕하셨다죠?"

땅을 파고들어가듯 아래로 꺼지는 그녀의 마음을 눈치챘는지, 페라트가 슬쩍 말을 돌렸다.

“붉은 기사의 감옥이요?”

“막사 안의 결투장을 지칭하는 일종의 은어입니다. 듣기로는 드리테 계급 한 명을 단단히 손봐주셨다고요.”

“네? 아니, 뭐 그 정도로까지 거창한 건 아니었는데…….”

도대체 그는 어떻게 이 모든 걸 다 알고 있는 걸까?

심지어 그녀의 바지에는 아직도 그때의 소란으로 피어오른 먼지가 잔뜩 묻어 있는 채인데 말이다.

“우리 황자님은 물론 좋은 분이시긴 하지만, 대신 섬세한 면이 좀 떨어지는 것이 흠이긴 하죠. 카이트 님도 참, 갑자기 막사에 들이닥치듯 하는 것은 좋지 않다고 그만큼 말씀드렸는데. 덕분에 갑자기 주목을 받게 되어 많이 놀라셨지요?”

이쯤 되면 바로 곁에서 전부 지켜본 것이 아닌가 하는 의심이 들 정도다.

‘아…….’

순간 윤수는 저를 놔둔 채 미쉘만을 데리고 사라진 병사 한 명을 떠올렸다. 페라트는 윤수가 설정해 준 것 이상으로 몇 배는 더 용의주도한 남자였다.

“설마 제가 단체 막사로 가게 되었을 때부터 이미…… 그곳에 특별한 인력을 심어 둔 건가요?”

게다가 그는 남모르게 손을 쓰는 일에 특히 능했다.

“저는 원래 뒤에 선 그림자 같은 역할에 몹시 익숙한 사람입니다. 비록 카이트 님처럼 당당히 나설 수는 없지만, 당신이 위험한 상황에 처하도록 절대로 그냥 놔두지는 않으니 부디 안심하십시오."

살짝 고개를 끄덕이며 이렇게 대답한 그는 나지막이 웃으며 말을 덧붙였다.

"물론 정말 위험했던 건 겁도 없이 덤빈 그 여검사지만 말입니다. 그래도 참 잘 처신하셨습니다. 그런데 이야기를 듣자 하니 바서 님께서는 행동도 그렇고 말투 또한 나날이 카이트 님처럼 되어가더군요."

페라트의 지적에 윤수의 양 볼이 불그스레 달아올랐다.

늘 함께 붙어 다니다 보니 어느새 서로 닮게 된 걸까.

"……."

윤수는 한동안 아무런 말이 없었다.

그 침묵을 어떻게 받아들였는지 알 길은 없지만 페라트는 의미심장한 목소리로 계속해서 이야기를 이어 나갔다.

"얼마 안 있어 곧 전야제 행사가 시작될 겁니다. 그때 열리는 성대한 무도회는 에른테페스트 축제의 가장 화려한 꽃이라고 볼 수 있지요."

"그럼 무도회가 열리고 나면……."

"축제 기간도 곧 끝나죠. 그러니 그때가 되기 전까지 바서 님은 무슨 수를 써서든 2황자님의 지하 카브로 가야 합니다."

"아."

윤수는 얕은 신음을 뱉어 내며 입술을 꽉 물었다.

"즉 이런 고생스러운 위장을 계속해야 할 날도 얼마 남지 않았다는 소리입니다."

그 말을 끝으로 둘은 또다시 한참을 걸었다.

작은 정원을 계속해서 뱅글뱅글 돌고, 또 돌았다.

"……드디어 이 세계에서 돌아간다고 생각하니 아쉬우십니까?"

그러다 발걸음을 우뚝 멈춘 그가 조용히 물어 왔다.

"페라트 씨는요? 제가 집에 가면 아쉬워하실 건가요?"

하지만 윤수는 저도 모르게 그렇게 반문하고 말았다.

그것이 놀라웠는지 페라트는 두 눈을 잠시 크게 떴다.

그러더니 이내 다시 진지한 표정으로 돌아와 흔들림 없는 목소리로 또박또박 대답했다.

"물론 카이트 님의 꿈이 이뤄질 수 있도록, 그리고 바서 님 본인을 위해서도 당신은 반드시 돌아가야 한다고 생각합니다. 하지만……."

그의 음성 끝에는 어느새 소리 없이 내리는 가랑비처럼 가만가만히 젖어드는 떨림이 가득 묻어나 있었다.

"개인적으로는 우리들 곁에 쭈욱 계셨으면…… 좋겠습니다. 아마 저뿐만 아니라 3황자님의 측근이라면 모두가 그렇게 생각하고 있을 겁니다."

그가 말을 끝맺음과 동시에 윤수의 얼굴이 일그러졌다.

무언가가 울컥 차올랐다. 쏟아져 내리는 폭우를 그저 하릴없이 맞고 있는 사람처럼 어깨가 덜덜 떨려 왔다.

어느 소설에나 등장하는, 하지만 그저 재미 요소에 불과할 뿐 평생 주인공은 될 수 없는 악역들의 이야기.

그래. 모순이라는 건 알지만 만약 그들이 정의로운 주인공이었더라면 결코 이런 기분은 들지 않았을 것이다.

"나, 나는…… 정말로…… 이, 이만 가 볼게요."

그녀는 순식간에 몸을 돌려 여전히 아무도 없는 정원을 가로질러 뛰어가기 시작했다. 저도 모르게 눈에서는 뜨거운 것이 속수무책으로 흘러내렸다. 뒤에 남겨진 페라트가 당황할 것을 알았지만, 뜀박질을 멈출 수는 없었다.

당신들의 삶을 나락으로 내몬 나를 정말로 원망하지 않아?

그 물음에 대한 답을 들었다고 생각해도 될까.

그녀는 계속해서 축축하게 젖어가는 눈 밑을 아프도록 훔쳐냈다.

Chapter 10
맞물려 가는 톱니바퀴

“바인 님, 가져 왔습니다.”

줄곧 기다리던 자가 나타나자 그는 의자에 삐딱하게 기대있던 몸을 일으켰다.

부기사단장 슐루크 남작이 그에게 건넨 건 총 5개의 두루마리가 든 커다란 나무 상자였다.

“그런데 이건 갑자기 왜 찾으시는 겁니까?”

“이게 전부인가?”

바인은 슐루크의 질문을 무시한 채 깨알 같은 글씨가 빼곡히 쓰여 있는 두루마리를 죄다 어지럽게 펼쳐 놓았다.

“그렇습니다. 하지만 명부에 이름이 기재되어 있지 않은 자들도 상당수입니다. 아시다시피 용병이란 건 전입전출을 밥 먹듯이 하는 자들이라…….”

“흐음.”

그러나 바인은 여전히 그의 말을 귀담아 듣고 있지 않았다. 따라서 머쓱해진 슐루크는 이러지도 못하고 저러지도 못한 채 한참을 서 있다가 결국 요란한 발걸음 소리를 내며 방 밖으로 나가 버렸다.

어느새 주위에 어스름한 어둠이 내려앉은 시간.

바인은 그제야 찌뿌드드한 목과 허리를 좌우로 돌렸다.

“과연, 기록이…… 없네.”

탁한 목소리가 그의 입술을 비집고 흘러나왔다.

그래, 어쩌면 부기사단장의 말이 맞을지도 모른다.

용병이란 엄격한 규율에 매여 있는 정식 기사단원들과는 달리 자유자재로 등록과 탈퇴를 반복하는 집단이니까.

역시 시간 낭비인 건가.

“네 이름이 뭐지?”

“아, 저는…… 바서라고 합니다.”

하지만 스스로 3황자의 병사를 자처하던 그 여자.

바인의 눈빛이 일순 날카롭게 빛났다.

차원이동을 한 것도 모자라 누군가의 몸에 빙의해 버린 제 비밀을 누구에게도—심지어 전 부인에게도 들키지 않고 줄곧 지켜낸 그는, 자신의 감을 결코 우습게 넘길 수 없었다. 개운치 못한 기분이 계속 심장 근처를 맴돌았다.

자그마한 키에 이곳 여인들과 비교해 유독 가느다란 팔과 다리, 그리고 무엇보다 그 옅은 밤색의 머리카락과 유난히 동그란 두 눈.

여자의 외양은 이곳에서는 매우 찾아보기 힘든 낯선 모습이었다. 그런데도 불구하고 바인은 그녀가 어딘가 모르게 익숙했다.

"어쩐지 꼭 이전 세계에서 만났을 법하단 말이야. 워낙 흔한 인상이라 그런가……."

그렇게 중얼거리던 바인은 갑자기 자신의 입을 손으로 막았다.

맙소사.

"내가 지금 뭐라고 그랬지?"

순간 잊고 있었던 오래전의 기억이 마치 긴 잠에서 깨어나듯 쭈욱 기지개를 켜는 듯했다.

꼭 이전에 만났을 법하다고?

바인의 입에서 실소가 터졌다. 그는 마치 정신 나간 사람처럼 한참을 웃더니 갑자기 앞으로 걸어가 살짝 열려 있는 집무실의 문을 쾅 소리 나도록 닫았다.

"……그래, 언젠가는 이러한 순간이 찾아올지도 모른다고 늘 생각했었잖아.”

다시 책상 쪽으로 돌아온 바인은 테이블의 가장자리에 양손을 짚고 서서 들썩거리는 호흡을 간신히 진정시켰다.

하지만 스스로를 그렇게 다독였음에도 불구하고 흉부가 쉼 없이 오르락내리락했다.

떠올리기 싫은 과거가 멋대로 고개를 내민다.

그저 괴로웠던 기억들뿐인 예전의 삶, 게다가 눈을 떠보니 이미 온데간데없이 사라진 원래의 몸.

덕분에 어쩌면 자신은 이미 죽은 걸지도 모른다고 믿었던 때가 있었다.

하지만 페어라센이라 불리는 이 낯선 곳이 적어도 사후세계는 아니라는 걸 깨달은 것은, 제가 차원 이동을 했다는 증거가 눈앞에 선연히 남아 있었기 때문이었다.

지하의 그 커다란 동공은 마치 입을 쩌억 벌린 채 도사리고 있는 짐승 같았다. 덕분에 원래도 의심 많던 성격은 더더욱 예민하게 변모해 갔다. 하지만 지금은 자신이 그런 성격을 지닌 것이 참 다행이라고 진심으로 생각했다.

‘내 모든 두려움의 근원.’

그건 바로 애초에 차원을 건너는 이동자가 저 혼자만 있으란 법은 없으리라는 믿음이었다.

바인은 창백해진 얼굴을 손으로 몇 번이고 쓰다듬었다.

때론 현실이 상상보다 더 황당한 법이다.

그런데 지금은 3황자의 용병이 되었다고?

“대체 무슨 쥐새끼 같은 작당을 하려는 걸까.”

큭큭거리는 웃음소리가 쉴 새 없이 터져 나왔다.

방 안을 에둘러 훑어보는데 고급스러운 원목으로 만들어진 커다란 장식장이 눈에 들어왔다. 그는 천천히 다가가 그곳에 박제되듯 꽂혀 있는 긴 창 하나를 가만히 뽑아 들었다. 카이트 녀석이 늘 지니고 다니는 검처럼, 그 창대에도 운켄트니스 황제의 이름이 화려한 금박으로 새겨져 있었다.

물론 지금까지 고작 단 한 자루밖에 하사받지 못한 녀석과는 달리, 자신은 이러한 것을 수십 개는 가지고 있지만 말이다.

“아무리 생각해 봐도 이건 2황자라고 불리던 이자의 몸에 빙의했을 때보다 더욱 황당한 일이야.”

그는 날카로운 창날을 찬찬히 살피며 그렇게 중얼거렸다. 그러고는 그것을 다시 장식장에 소중히 집어넣었다.

* * *

“하아, 하.”

한참을 달려온 것까진 좋은데, 여기가 어딘지 알 수가 없었다. 윤수는 흐트러진 호흡을 고르며 아직도 뜨끈한 눈가를 꾹꾹 눌렀다.

이제 페라트를 어떻게 마주하면 좋지?

뒤늦게 그런 생각을 하니 얼굴이 너무나도 화끈거렸다.

계속해서 숨을 몰아쉬며 주위를 두리번거리자 커다란 성채 사이로 나 있는 매우 좁다란 길이 눈에 들어왔다. 덕분에 아무 생각 없이 그 안으로 쏘옥 발걸음을 옮기긴 했는데, 가면 갈수록 양쪽 벽면에 어깨가 계속해서 쓸렸다.

'이러다 완전히 벽 사이에 끼는 거 아니야?'

그만큼 점점 공간은 좁아지고 있었다. 이 정도까지 온 것도 다 그녀가 작고 아담한 체구여서 가능한 거지, 아마 카이트라면 언감생심 꿈도 꾸지 못했을 거다. 바닥에는 자갈이 깔려 있어 발을 내디딜 때마다 끊임없이 자박자박 소리가 났다. 차렷 자세로 양옆구리에 붙인 손을 움직이지도 못할 정도니 몸을 뒤틀어 본들 소용이 없었다.

윤수는 그제야 제 미련함을 욕했다.

"이왕 이렇게 된 거 조금만, 조금만 더 가자. 저 앞까지만 가면 돼."

스스로를 격려하면서 그렇게 한 발, 한 발 다리를 옮기는데 갑자기 머리카락이 쭈뼛 섰다.

양 발 사이로 무언가가 마구 돌아다니고 있었다. 심지어 제멋대로 발등 위에 앉기도 했다.

"이, 이게 뭐지……?"

무게가 무겁지도 않았고, 체온이 느껴지는 것도 아니었다. 그녀는 침을 꿀꺽 삼킨 후에야 고개를 천천히 밑으로 내렸다. 그리고 공포심이 서리다 못해 넘칠 정도로 가득 찬 두 눈을 크게 떴을 때. 여전히 제 발목 부근에 다정하게 몸을 비비고 있는 정체불명의 물체를 볼 수 있었다.

"앗."

동시에 그녀의 입에서 짧은 비명이 터졌다.

"저리가. 쉿!"

그렇게 말하며 제자리에서 마구 발길질을 해 보았지만, 놈은 꼼작도 하지 않았다. 벽 사이에 몸이 꼈으니, 검을 뽑거나 마구 달리는 것도 불가능한 일이었다.

"어어? 내 발에 앉지 마!"

발끝에서 여러 개의 자갈이 요란한 소리를 내며 튀었다.

그들은 그제야 앞쪽으로 몸을 피했다. 하지만 그것도 그때뿐, 다시 조르르 달려와 그녀의 발 위에 터억 앉았다.

"이것들이…… 대체 왜 이러지?"

이마와 목 뒤에서는 이미 땀이 송송 솟고 있었다. 이 믿기지 않는 상황에 숨도 턱턱 막혀왔다.

제 발 끝을 이리저리 따라다니고 있는 것은 몇 마리의 마물들이었다.

사지를 쫙 펴도 작은 연탄 크기 정도인 것으로 보아 아직 어린 새끼인 것 같았다.

물론 이전에 마주쳤던 마물들과 그 크기를 비교해 봤을 때 그럴 것 같다는 추측이지, 마물에 정말 새끼와 다 자란 성체가 존재하는지는 그녀도 알지 못하는 일이었다.

그런데 지금 이 녀석들이 왜 여기 있는 거지? 설마 나를 따라온 건가?

하지만 마물은 어디까지나 3황자의 영토에 닿아 있는 노르덴 숲에서나 발견되는 것들이다. 2황자 소유인 동쪽 성에서까지 얼쩡거릴 수 있는 게 아니라고!

마물들은 윤수의 마음을 아는지 모르는지 연신 저들끼리 앞서거니 뒤서더니 하며 장난을 쳐 댔다. 그러다 그녀가 발걸음을 멈춘다 싶으면 또다시 앞으로 뛰어와 공처럼 몸을 동그랗게 말고 주위를 뱅글뱅글 돌았다.

"윽, 안 돼, 하지 마, 하지 말라고."

심지어는 자기들끼리 경쟁이라도 하듯 그녀의 발등 위를 차지하기 위해 제 친구를 작은 꼬리로 밀어내기까지 했다. 그렇게 해서 굴러간 놈은 분하다는 듯 쫓아와 또다시 같은 방법으로 복수를 펼치고 말이다.

"어, 어서 나가자. 일단 여기를 빨리 빠져나가야겠어."

아직도 어안이 벙벙한 윤수는 간신히 정신을 추슬렀다.

그러고는 손으로 벽을 밀어 가면서 힘겹게, 힘겹게 몸을 앞으로 전진시켰다. 그렇게 열몇 발자국을 가자, 겨우 고개를 벽 밖으로 쏘옥 내밀 수 있었다.

"이 징그러운 놈들!"

몸이 빠져나오자마자 윤수는 지체 없이 검을 뽑아 들었다. 그게 자신들을 해하는 무기라는 것 정도는 알고 있는지 마물 세 마리가 기겁을 하며 사방으로 도망을 쳤다.

하지만 어쩐지 섣불리 움직일 수가 없었다. 무조건 잡아 없애야 한다고만 생각했던 놈들이 왜 이리 순하지?

윤수가 그 자리에 가만히 서 있기만 하자 마물들은 고개를 갸우뚱거리며 또다시 앞으로 주춤주춤 다가왔다.

그러더니 이것 보라는 듯이 짧은 꼬리를 마구 흔들며 몸을 둥글게 말고는 데굴데굴 굴렀다.

마치 애교를 부리는 것처럼.

'얘들이 왜 이래, 진짜.'

덕분에 그녀는 큰 고민에 빠지고 말았다.

물론 달려들어서 베려면 얼마든지 벨 수 있었을 것이다.

하지만 지금 눈앞의 이 생명체들은 저를 해하기는커녕 아무런 살의도, 적의도 없어 보였다.

"게다가 생김새를 보아하니 완전히 어린 새끼잖아."

스스로 이리 말했을 정도로 조그마한 녀석들을 잔인하게 푹푹 찔러 죽여야 한다는 것도 어쩐지 마음 내키질 않았다. 게다가 마물들은 어떻게 보면 일부러 자신을 만나려고 여기까지 온 게 아닌가 하고 의심될 정도로 저를 따르는 듯했다.

그걸 깨달은 순간, 그녀의 두 눈이 번쩍 뜨였다.

"……설마 정말로 날 쫓아온 건가?"

뇌리 속을 강타하고 지나간 것은 얼마 전 행렬의 이동 도중 마주쳤던 마물들이었다.

그때도 무언가 석연치 않은 점이 몹시 많았다.

그들이 제 뒤를 밟고 있음을 눈치챘을 때는 이미 노르텐 숲에서부터 상당히 멀리 떨어져 있는 상태였다.

2황자의 영토 안으로 발을 들인 이후였으니까 말이다.

그렇다면 꽤나 오랫동안 제 뒤를 쫓아온 것이 분명한데 놈들은 왜 공격하지 않고 그저 조용히 따라오기만 한 걸까?

뿐만 아니라 발각된 이후에도 마찬가지. 제게 쫓겨 달아나면서도 마물들의 움직임에서는 결코 적의가 느껴지지 않았다.

"흐음."

이런저런 생각을 하던 윤수는 결국 손에 들고 있던 잘 벼린 검을 다시 허리춤에 가만히 꽂아 넣었다.

그러고는 쪼그려 앉아서 한 팔을 쓰윽 앞으로 내밀었다.

"쯧쯧."

마치 강아지나 고양이를 부르듯 조심스럽게 혀를 차자, 녀석들이 한 발 한 발 앞으로 다가왔다. 하지만 여전히 무서운 마음이 남아 있는지 필요 이상으로 거리가 좁혀진다 싶으면 다시 쏜살같이 뒤로 달아나버린다.

윤수의 마음속에 차올랐던 공포심이 점차 옅어져 갔다.

"할머니 댁에도 꼭 저만한 애들이 있었는데."

그녀는 항상 코와 입 주위에 갈색 흙을 묻히고 발랄하게 뛰어다니는 시골집 강아지들을 떠올렸다.

"이리 와 봐. 쯧쯧."

다시 한 번 손을 내밀어 손가락을 까닥거리자, 녀석들의 발이 주춤주춤 움직였다.

결국은 윤수의 끈질긴 인내심이 승리했다.

마물들은 기분이 좋은 듯 너 나 할 것 없이 주위를 데굴데굴 구르더니 또다시 발에 터억 걸터앉았다.

"야, 건방지게."

하지만 퉁명스러운 목소리와는 달리 입가에는 어느새 미소가 사르르 번져 오른다. 그러고 보니 '살아 있는' 마물을 이렇게 바로 가까이에서 바라보는 건 처음 있는 일이었다. 윤수는 아예 바닥에 털썩 주저앉아 시간 가는 줄 모르고 마물 구경 삼매경에 빠져들었다.

분명 몸에 하얀 뼈가 있는 것을 제 눈으로 몇 번이나 확인했는데, 녀석들은 유연하다는 말로는 부족할 정도로 몸을 자유자재로 변형시킬 수 있는 특징을 가지고 있었다.

뒷다리를 앞다리로 꼬옥 끌어안다시피 하고 야구공만 한 크기로 몸을 완전히 둥글게 말고서 데구루루 굴러다니는 놈, 또 바닥에 완전히 사지를 뻗고 납작 엎드려 꼬리만 흔들대고 있는 놈 등등.

그들은 각양각색으로 재롱을 부렸다.

그러다 자신이 내민 손에 마구 이마를 비비던 녀석의 입 근처에서 조그마한 세모 모양으로 생긴 무언가가 살짝 들락날락하는 것이 윤수의 눈에 들어왔다. 체온도 없었고, 축축하지도 않았지만 그것은 마물의 혀가 틀림없었다.

"어, 안 돼. 핥지 마."

아프기는커녕 몹시 간지러운 촉감이 손끝에 살랑거렸다. 아직 거기까지 익숙해지지 못한 윤수는 벌떡 몸을 일으켰다. 하지만 마물들은 이미 그녀에 대한 경계심이 다 사라져서 마치 주인과 장난을 치는 애완동물처럼 그저 발밑에서 깡총거릴 뿐이었다.

"대체 왜 이러는 거지."

이 갑작스러운 상황에 윤수의 머릿속이 다시금 혼란스러워지기 시작했다. 녀석들은 자신들을 쓰다듬어 주던 손이 갑자기 사라진 게 마음에 들지 않았는지, 이제는 숫제 다리를 타고 기어오르며 어리광을 피웠다.

"깩."

"깨애액."

기를 쓰고 올라오다 결국은 종아리 근처에서 주르륵 미끄러져 낑낑대는 마물들을 바라보다 그녀는 또다시 그 자리에 벌러덩 주저앉아 버렸다. 그러자 놈들은 기다렸다는 듯 또다시 무릎 위로 엉금엉금 기어와 털썩 엉덩이를 붙이는 게 아닌가.

"그래, 너희 맘대로들 해라."

털어 내면 올라오고, 또 털어 내면 또 올라오고를 반복하는 것에 지친 윤수는, 아예 다리 한쪽을 이 새끼 마물들에게 내주고는 계속해서 생각을 이어 나갔다.

카이트와 페라트의 이야기를 종합해 보면 저주를 이용해 마물을 실체화시킨 건 슈넵판, 즉 노르덴 숲 속의 도적들이다. 하지만 어찌된 일인지 그들은 이제 통제력을 잃었다고 했다. 그리고 자신이 3황자의 성에 기거하기 시작한 지 얼마 지나지 않아, 엄청난 수의 마물들이 숲에서부터 성을 향해 쏟아져 내려왔고 말이다.

원래 마물이 그처럼 성 가까이로 다가오는 건 그 빈도수 자체로만 봤을 때는 그리 흔한 일은 아니라고 했다.

당시 저는 이게 정말 흔한 일이 아니냐며 카이트에게 툴툴거렸으나, 사실 카이트뿐만 아니라 도리스 역시도 제게 같은 이야기를 해 주지 않았던가.

흔하지 않으니 걱정할 필요 없다고 말이다.

연신 자신의 오른쪽 손에서 떠나지 않는 마물 한 마리에 슬쩍 손가락을 가져다대자 녀석이 그것을 잘근잘근 깨물면서 놀기 시작했다. 이빨도 나있지 않고 타액도 느껴지지 않아, 마치 끈적이지 않는 젤리 같은 것이 피부를 부드럽게 감싸는 것 같은 느낌이다.

'흐음. 이놈들이 날 주인처럼 따르는 건 왜일까. 어쨌든 나는 이 세계를 만들어 준 작가이니까, '탄생'이란 부분에서부터 다시 한 번 생각해 보자.'

그래, 방금 전에도 상기했듯이 저주를 깨워 직접적으로 현실로 모습을 나타내도록 만들어 준 건 슈넵판들이다. 하지만 그들이 '숲의 저주'를 이용하게 된 것은 다 본인이 그런 단어를 책에 언급했기 때문이다.

그러니까 말하자면 슈넵판과 작가인 이윤수는 '저주'에서 마물들을 꺼내어 준 자와 그 '저주' 자체를 명명해 준 자라는 차이가 있고……. 마치 네모반듯한 돌로 성벽을 쌓듯, 모든 가설들이 그렇게 착착 빈틈없이 들어차던 순간이었다.

"아!"

갑자기 윤수의 입에서 짧은 외마디 비명이 터졌다.

하늘에서 떨어진 벼락이 정수리를 꿰뚫고 지나간 것 같은 짜릿함이 온몸을 감쌌다. 동시에 반사적으로 떠오른 것은 그 언젠가 카이트와 나눴던 대화였다.

"그럼 정말로 내가 쓴 이야기 탓에…… 그러니까, 단지 '저주'라는 단어 하나로 이런 일이 발생했다는 거야?"

"아무리 작은 공간이라 해도 벌어진 틈새가 있으면 씨앗은 얼마든지 자라날 수 있는 법이다."

"마물들에게 있어서 나는…… 그러니까 말하자면 주인의 주인이라는 건가?"

아직도 손가락을 깨물고 있는 녀석의 주둥이 부근을 조심스레 쓰다듬어 주며, 그녀는 나지막이 혼잣말을 읊조렸다. 사실 카이트와 페라트를 제외하면 이 세계에서 윤수의 진짜 정체를 아는 사람은 아무도 없었다. 심지어 도리스조차 그녀를 그저 신통방통한 마녀라고만 생각하고 있을 뿐.

물론 윤수도 자신이 이 세계를 만든 작가라는 걸 알릴 생각은 추호도 하지 않았다. 왜냐하면 창조자란 원래 그 실체가 드러나지 않을 때 더욱 위대해지는 특성을 지니기 때문이었다.

하지만 만약 그 베일이 벗겨진다면?

이 세계는 사실 실제로 존재하지 않는 책 속의 공간이고, 그걸 써내려간 사람이 그녀라는 걸 모두가 알게 된다면?

다가올 시선은 불을 보듯 뻔했다.

공포와 두려움.

허탈과 무력감.

그도 아니면 걷잡을 수 없는 탐욕.

생각해 보면 카이트나 페라트처럼 자신을 눈앞에 두고도 욕심을 절제할 줄 아는 인물들을 만나기란 그리 쉽지 않은 일이었다. 게다가 진심으로 제 편이 되어준 사람들에게 더 이상 무서운 존재로 여겨지는 것도 싫었고 말이다.

무엇보다 그녀는 그동안 자신이 밤을 새워 가며 공들여 만든 이 세계를 무너지게 하고 싶지 않았다.

그렇기 때문에 기꺼이 자신의 정체를 숨긴 채 한 발자국 뒤에서 홀로 외로이 서 있는 쪽을 택한 거였는데.

하지만 마물들은 달랐다.

그들은 '저주'라는 단어 하나에서 탄생한 괴이한 생명체, 즉 스스로 마력을 지닌 존재다.

그러므로 눈속임 따위는 통하지 않는 게 분명했다.

"누가 말하지 않아도 나를 이 세계의 진짜 주인으로서 알아봐 준 유일한 놈들이라는 거구나. 너희들이."

그렇게 말하자 마치 그 말에 동의를 표하려는 듯 나머지 두 놈도 냅다 달려들어 그녀의 손바닥에 이마를 콩, 콩 차례로 박았다.

자기들끼리 엎치락뒤치락하며 하도 손가락을 깨물어 대는 통에 그 끝이 얼음이라도 쥔 것처럼 차갑게 변했다.

"그러고 보니 마물은 사람의 체온으로 각성 계약을 하는 놈들이라고도 했지."

그 때문인지, 온기를 모조리 빼앗겨 버리고 만 슈넵판들과는 달리 그녀는 아주 약간의 체온만으로도 마물들에게 큰 에너지를 전해 줄 수 있는 모양이었다. 놈들의 움직임이 아까보다 훨씬 더 활발해진 것을 보면 말이다.

"뭐, 말하지 않아도 나를 모셔준다니, 기분은 썩 나쁘지 않은데?"

그런 마물들의 몸을 스스럼없이 쓰다듬으며 윤수가 씨익 웃었다.

"혹시 손 줘, 굴러 봐! 이런 것도 가르칠 수 있는 게 아닐까?"

하지만 이제야 겨우 자신을 따른다는 걸 깨달았는데, 그건 너무 원대한 꿈일지도 모른다. 하지만 그렇게 말하자마자.

"어어?"

놀라운 일이 벌어졌다.

"끽끽."

기다렸다는 듯이 마물들이 짧은 앞발을 앞다투어 내밀었다. 그걸 차례대로 하나씩 잡아 주니 이번에는 또 누가 먼저랄 것도 없이 몸을 웅크리고 데굴데굴 구르는 게 아닌가.

"오오, 이런 것도 귀신같이 알아듣네."

어안이 벙벙해진 윤수는 한동안 두 눈을 마구 비볐다.

그러다 퍼뜩 슈타티스트 공주로부터 들었던 말이 뇌리를 스쳐 지나갔다. 이놈들 때문에 왕립 마법원을 세우느니, 그 가족들에게 월급을 주느니 하며 온갖 고생을 했다던 미틀러렌 왕가의 이야기 말이다.

그녀의 입꼬리가 더더욱 위로 올라갔다.

굳이 부연 설명을 곁들이지 않아도 이건 엄청난 발견이었다.

"제어가 가능하다면 공존이 가능할지도 몰라. 게다가 유사시에는 너희들이 날 도와줄 거라 믿어도 되겠지?"

그러자 녀석들이 또다시 발밑을 뱅글뱅글 돌았다. 그게 무어든 맡겨만 달라는 듯이. 덕분에 윤수의 입가에서는 한동안 함박웃음이 떠날 줄을 몰랐다.

*　*　*

“지금 뭐, 뭐라고 하셨나요?”

연보랏빛에 은사가 섞인 아름다운 드레스를 차려입은 공주가 티 컵을 우아하게 들다 말고 두 눈을 동그랗게 떴다.

“혼인 날짜 같은 건 잡지 않을 생각이라고 말씀 드렸습니다. 영원히.”

카이트의 무뚝뚝한 목소리에 분홍빛 입술이 바르르 떨렸다.

어쩐 일로 먼저 다과라도 들자며 청을 하는가 싶었는데, 뜨거운 찻물이 한 김 식기도 전에 다짜고짜 이런 이야기를 던질 줄은 정말이지 상상도 하지 못했다.

그런데 지금 정말로, 이 미틀러렌의 공주와 혼인하지 않겠다고 말한 건가?

거지 신세나 다름없는 가난한 황자가?

“게다가 일말의 애정도 없는 상대와의 결혼이라는 게 애초에 가당키나 한 이야기입니까?”

슈타티스트는 다시 한 번 제 귀를 의심했다. 황자의 입에서 나온 거절의 이유라는 게 그 정도로 황당한 거였다.

지금 설마 사랑 타령을 하려는 건 아니겠지?

저도 모르게 정신이 혼미해진 공주는 일부러 턱을 더욱 치켜들었다.

“카이트 님이 황실에서 쫓겨나신 지 이미 오랜 시간이 흘렀죠. 그러니 잘 모르시는 것도 무리는 아닐 거라 이해해 드리겠습니다. 황족의 혼인이라는 건 애정 같은 것이 전부가 아닌 하나의 위대한 결합이랍니다. 시골 끄트머리에 살고 있는 보잘것없는 귀족도 모르지 않는 이치예요."

마치 세상 물정 모르는 어린아이를 타이르듯 하는 목소리로 그녀는 말을 이어 갔다.

"게다가 양국의 관계를 더욱 굳건히 할 수 있는 이런 대업에 고작 그따위 경박하고 시시한 감정을 들먹이시다니."

하지만 정작 하고 싶은 말은 따로 있었다.

공주는 목구멍 밖으로 튀어나오려는 '네가 감히'라는 말을 몇 차례나 간신히 집어삼켜야 했다.

카이트는 만면에 비웃음을 띤 채 나지막이 중얼거렸다.

"경박하고 시시해? 그건 그대에게나 해당하는 이야기겠지."

하지만 아직도 큰 충격에 휩싸여 있는 슈타티스트는 그 말을 미처 듣지 못한 채 계속해서 입을 움직였다.

"게다가 만약 혼담을 거절한다면 그 말을 먼저 꺼낼 수 있는 건 모든 조건이 더 뛰어난 제 쪽이죠. 빈털터리에 가까운 황자님이 아니라."

그러자 마치 그러한 대답을 기다렸다는 듯 카이트가 잽싸게 말을 받았다.

"당신이 가지고 있는 조건 중에 탐나는 것은 아무것도 없습니다. 아니 그 어떤 조건으로도 마음이 동하지 않는데 어쩝니까?"

"뭐, 뭐라고요?"

커다란 모욕감과 밀려오는 수치심.

결국 말문이 막히고 만 공주는 그저 입술을 빼금거렸다.

아니, 그 어떤 말로도 지금 그녀의 기분을 표현할 수는 없었다.

백 번 양보해서 마음 없는 결혼이 하기 싫다면 그래, 나를 사랑하면 되잖아?

미틀러렌의 공주라는 남부러울 것 없는 태생, 아름다운 외모. 더 이상 뭐가 필요하지?

하지만 그런 생각 끝에 제일 먼저 고개를 쳐든 건, 마음속에서 몰래 도사리고 있던 열등감이었다.

'그럼에도 불구하고 바흐타벨의 황태자 역시 언니를 선택했어.'

슈타티스트는 피멍이 들 정도로 제 입술을 세게 깨물었다. 언제나 예쁘게 홍조가 져 있던 두 볼이 창백하게 변하고, 초롱초롱했던 두 눈은 무섭도록 치켜 올라갔다.

"……제대로 된 황족 취급도 받지 못하는 반쪽짜리 황자님은……."

드디어 가면이 벗겨지셨군.

들으란 듯 중얼거리는 모욕적인 말에 오히려 카이트의 입술 끝이 올라갔다.

"가난한 건 두 손뿐만이 아니었나 보네요. 야심마저 빈털터리인 황자님일 줄은 몰랐습니다."

그녀의 독설은 끝도 없이 쏟아졌다.

"야심마저 빈털터리라. 어째서 그렇게 생각하십니까?"

하지만 분해서 손끝을 바들바들 떠는 공주와는 달리 카이트는 그저 침착했다.

"유일한 구원자가 내민 손도 섣불리 잡지 못하는 나약한 모습을 방금 보여주신 것 아니었나요?! 하긴, 가진 거라고는 다 무너져가는 낡은 성과 도적 떼와 마물이 우글거리는 땅밖에는 없는 처지, 그러니 무슨 수를 써도 본인이 황제가 될 일은 없을 거라 생각하는 것도 무리는 아니시겠죠."

덕분에 그녀의 목소리는 끝도 없이 올라갔다. 복도에서 대기하던 하인들이 무슨 일인가 궁금해 기웃거릴 정도로.

거기까지 그저 말없이 듣고 있던 카이트가 결국 짧은 한숨을 쉬며 몸을 일으켰다.

청혼을 정식으로 거절하려 마련한 자리이니만큼 어느 정도의 비난은 감수할 생각이었지만, 그렇다고 해서 쏟아지는 모욕을 계속해서 들어줄 마음은 없었다. 그는 입술을 깨문 채 표독스러운 눈빛으로 자신을 쏘아보고 있는 공주에게 싸늘한 시선을 흘렸다.

유일한 구원자?

그 말을 곱씹자 이번에는 입가에 저절로 미소가 지어졌다.

공주는 하나만 알고 둘은 모르고 있었다.

그래, 비록 아무것도 가지지 못한 초라한 황자이지만 그에게도 유일한 구원자는 있었다.

그 손을 기꺼이 잡았고, 이제는 그 마음까지 잡아보고 싶은, 한 여자가.

그래, 그녀는 나만의 구원자였다.

그 사실은 이제 무엇으로도 부정할 수 없었다.

그는 천천히 고개를 들었다. 그러고는 묵직한 음성으로 대답했다.

"그 반대입니다. 나는 나 자신이 황제가 된다는 것에 조금의 의심도 없었고, 그 마음은 여전히 변함없습니다. 물론 미틀러렌의 도움 없이도."

위엄이 서려있는 눈빛과 품위가 넘치는 자세. 공주는 저도 모르게 위축되고 말았다. 하지만 그것을 티내지 않기 위해 그녀는 더욱더 과장된 몸짓으로 웃었다.

"재미있는 농담을 하시는군요."

이성을 반쯤 잃은 공주는 끝까지 무례한 언사를 멈추지 않았다.

"가진 것이라고는 멸시와 저주밖에 없는 황자님을 사랑해 줄 여자를 언젠가는 꼭 찾으시길 빌어드리겠어요."

왕족으로서의 교양도, 예절도 모두 집어던진 본연의 욕심이 그녀의 아름다운 얼굴을 추악하게 일그러뜨렸다. 그 말에 바깥으로 향하려던 카이트가 천천히 몸을 돌렸다.

"이미 반쯤은 찾았습니다."

"네?"

왜냐하면, 우선은 내가 그녀를 좋아하고 있다는 사실을 깨달아 버렸으니까. 그 마음을 먼저 찾을 수 있었으니까.

하지만 카이트는 뒤에 이어진 그 말을 그저 마음속으로 삼켰다. 그건 평생 외로웠던 자신의 심장을 처음으로 빛나게 한 유일한 보석 같은 감정이었다. 슈타티스트 같은 여자에게 그것을 꺼내 보인다는 것은 너무나 아까운 일이었다.

그는 그 빛이 새어 나갈세라 입술을 꾹 닫았다.

그러고는 더 이상 지체할 수 없다는 듯 밖으로 저벅저벅 걸어 나갔다.

* * *

"그러니까 고, 공주의 청혼을 정식으로 거절하셨기 때문에, 이제 돌이킬 수 있는 방법은 아무것도 없다는 말씀이시죠?"

"그래."

카이트의 담담한 어조와는 달리, 페라트의 얼굴은 새하얗게 질려만 갔다.

아, 잠시 한눈을 판 새에 또 이런 독단적인 행동을!

당황한 기색을 숨기지 못한 은발머리 청년은 지끈거려 오는 관자놀이 부근을 손으로 꾸욱 눌렀다.

만약 일이 잘못되었을 때를 생각하면 차선책으로 선택할 수 있는 건 슈타티스트 공주였다.

그녀가 슬쩍 보여 준 그 카드는 그만큼 매력적이었다.

그런데 그걸 또 이렇게 발로 뻥 차버리시다니!

그의 입에서 깊은 한숨이 연달아 새어 나왔다. 하지만 그런 페라트와는 달리 윤수는 아까부터 남몰래 윗입술을 깨물었다, 아랫입술을 깨물었다 하며 홀로 매우 분주했다.

눈치도 없이 자꾸만 올라가려는 입술 끝을 억지로 잡아 내리려니 턱 부근에 경련이 일어날 지경이었다. 그녀 스스로도 당황스러운 감정이긴 하지만 카이트가 정중하게—물론 보지는 못했지만—그녀를 거절했다는 사실이 기뻤다.

하지만 지금은 대놓고 좋아할 수가 없었다.

지치지도 않는지 아까부터 계속해서 소리 내어 울고 있는 도리스 때문이었다.

"윽, 흐윽."

"이제 그만 울어요, 네?"

"하, 하지만…… 흐으으윽!"

아이고. 맙소사.

어느덧 윤수의 콧잔등에 땀이 송송 돋았다. 조금 달래주자 도리스는 오히려 숫제 통곡하기 시작했다.

게다가 난처한 것은 그것뿐만이 아니었다.

자신이 페라트에게 폭탄선언을 날렸다는 자각이 있는 건지 없는 건지, 카이트는 도리스의 등을 토닥이고 있는 저를 어느새 뚫어져라 쳐다보고 있었다. 옆얼굴에 구멍이 생길 지경이다. 그녀는 애써 그 시선을 외면한 채 다시 한 번 도리스를 달랬다.

"이렇게 울면 내가 더 미안하잖아요……."

"하지만, 흑, 바, 바서 님. 왜, 흐흑…… 이곳을 떠나신다는 거여요? 어째서요…… 흐으윽."

그랬다.

도리스가 이토록 울고불고하는 것에는 이유가 있었다.

카이트가 슈타티스트 공주의 청혼을 거절하고 돌아왔다는 이야기는, 애초에 그들이 왜 2황자의 성에 왔어야만 했는지 쪽으로 자연스럽게 흘러갔다. 그제야 모든 일의 전말을 알게 된 도리스는 그때부터 지금까지 폭포수와도 같은 눈물을 줄곧 쏟아 내고 있는 중이었다.

"이제 그만 눈물을 그치는 게 어때? 도리스가 계속 그러면 저분 마음이 얼마나 무거울지 생각 안 해봤어?"

하지만 그런 페라트의 만류에도 불구하고 도리스는 계속해서 눈물을 뚝뚝 흘려 댔다.

"하지만 저는 앞으로 우리들과, 흑…… 쭉 계셔주실 것을 믿어 의심치 않았는데……! 정말, 정말 가시는 거예요? 진짜로 2황자님의 지하 동굴로 들어가면 원래의 집으로 돌아가서 더 이상 이곳에는 안 돌아오시는 거냐구요!"

"으음…… 사실 여긴 애초에 제가 살던 곳도 아니고……."

"흐어어엉!"

윤수가 말을 채 끝맺기도 전에 도리스는 그녀의 어깨에 얼굴을 막무가내로 묻었다.

"어쩜, 그래서 이 성에 오자고 한 거였군요! 전 그저 마녀님의 가호를 손에 넣으신 카이트 님께서 이제 다시 황제 후보로 돌아가기 위해 이 축제를 참석하신 거라고만 생각했는데!"

얼마나 힘이 셌는지, 소파에 앉아 있던 상체가 뒤로 벌렁 밀릴 정도였다.

"저기, 도, 도리스. 조금만 진정을 좀……."

"으어어엉, 허어어엉! 그대로 여기 있어주시면 안 돼요, 바서 님? 그냥 이곳에 남아서 우리 카이트 님의 짝이 되어 주시면 안 되는 거냐구요."

"네에? 아, 아니 내가……."

생각지도 못한 도리스의 말에 윤수의 귓불 근처가 붉게 물들고 말았다. 하지만 도리스는 필사적이었다.

"솔직히 두 분, 아닌 것 같으면서도 서로를 은근히 챙기느라 바쁘시잖아요. 다른 사람 눈은 속여도 제 눈은 못 속여요!"

"훗."

윤수의 입에서 헛기침이 터졌다.

안 그래도 자신을 계속 뚫어져라 바라보고 있는 카이트의 시선 덕분에 표정 관리를 하느라고 매우 노력 중인데, 도리스가 자꾸만 저를 궁지로 몰았다.

물론 도리스도 잘 알고 있었다.

감히 황자님을 앞에 두고 함부로 이런 이야기를 꺼내는 건 크게 혼나고도 남을 일이라는 것을 말이다.

'도대체 지금 무슨 무례한 소리인가!' 하며 페라트 님이 제게 불호령을 내릴 수도 있다.

하지만 지금은 그런 걸 따질 때가 아니었다.

도리스는 현재 그 어느 때보다 절박한 심정이었다.

"바서 님…… 흐윽."

그녀는 눈물을 찍어내며 다시금 유혹하듯 속삭였다.

"전 사실 가끔 바서 님이 카이트 님을 바라보다 한숨을 쉬는 모습을 봤다고요."

"네? 제, 제가요?"

윤수의 등을 타고 불길한 땀 한 방울이 주르륵 흘러내렸다.

"아니라고 하시진 마세요, 한두 번이 아니었으니까. 그것도 두 볼을 발갛게 물들인 채로 말이에요. 물론 여러 가지 경우의 수가 있을 수 있지만, 보통 여자가 그럴 때는 한 가지 이유뿐이죠. 그건 바로 그 남자를 남몰래 마음에 두고…… 읍!"

순간 도리스의 입이 누군가의 손에 의해 황급히 틀어막아졌다.

"도, 도리스! 지금 무슨 소릴 하는 거예요?!"

윤수의 얼굴은 달아오르다 못해 그야말로 바람만 훅 스쳐도 툭 터져 버릴 홍시처럼 새빨개져 있었다.

"읍읍! 으니, 왜, 마를 못 흐그 하스요!"

도리스는 연신 고개를 붕붕 저으며 거칠게 항의했다. 하지만 그러면 그럴수록 윤수는 더더욱 거세게 입을 틀어막았다. 그리고 그런 두 여자 앞에서 카이트는 여전히 등을 돌리고 서 있을 뿐이었다. 아까부터 아무런 미동도 없이 그저 묵묵히 팔짱을 낀 채 말이다.

페라트는 카이트 곁으로 고개를 갸웃거리며 다가갔다.

"황자님?"

가까이 서니 그의 목울대 근처가 마구 흔들리는 게 보였다. 마치 그 안에서 무언가 파랑(波浪)이라도 이는 듯 거센 떨림이었다.

"황자님."

페라트는 담담한 어조로 또다시 카이트를 찾았다.

하지만 그는 계속해서 아무런 대답이 없었다.

"……황자님?"

결국 페라트는 카이트를 세 번이나 부르고 난 뒤에야 그의 상태가 무언가 이상함을 눈치 챌 수 있었다.

"흐음, 그렇단 말이지?"

바로 옆에서 본 황자는 뜻 모를 소리를 저 홀로 중얼거리고 있었다.

"그래, 그랬어. 난 그런 줄도 모르고…… 하, 어떻게 그렇게 감쪽같이 시치미를 뗄 수가 있었지."

그뿐만 아니라 무엇이 그렇게 좋은지 실실 웃어대기까지. 자신이 몇 번이고 불러댄 것은 들리지도 않는 모양이었다. 어안이 벙벙한 표정으로 멋쩍게 뒤통수를 긁적이고 있는데 카이트가 갑자기 몸을 휙 돌려 페라트에게 고개를 까닥해 보였다. 카이트를 따라서 복도로 나간 페라트는 저도 모르게 큰 목소리로 반문했다.

"네?"

"승진시켜."

"그러니까 하녀, 도리스의 직위를 올리라고 명하시는 게 맞으십니까?"

"그래."

뜬금없는 황자의 명령에 페라트의 고개가 옆으로 기울어졌다. 그만큼 파격적인 지시였다. 대체 도리스의 무엇이 황자의 마음을 그토록 기쁘게 했는지, 제아무리 안간힘을 써 봐도 페라트는 알 길이 없었다.

"그렇담 부 시녀장은 어떻습니까? 성에 들어온 지 채 5년도 안 됐으니 이 정도면 충분히 파격적인 인사입니다."

그러자 카이트가 입가에 인자한 미소를 머금은 채로 이렇게 말했다.

"아니, 이왕이면 시녀장이 낫겠군."

"네?!"

"뭐든 총 책임자의 자리가 있다면 그곳에 앉히도록."

덕분에 페라트는 그 뒤로도 아무런 말도 하지 못했다. 돌처럼 굳어버린 그의 몸에서 움직이는 유일한 곳은 그저 껌뻑거리고 있는 두 눈뿐이었다.

*　　*　　*

"……이제부터는 숨소리도 최대한 내지 않는 편이 좋을 것 같습니다."

페라트가 그렇게 말하자 카이트와 윤수가 알겠다는 듯 고개를 가만히 끄덕였다. 하지만 이미 두 사람은 훌륭할 정도로 자신들의 기척을 죽이고 있었다. 수도 없이 검을 쓰면서 이미 모든 오감을 제어하는 방법을 익혔기 때문이었다. 그러니 사실 들키지 않을까 하고 제일 염려되는 사람은 페라트 본인이었다.

지금 세 사람이 서 있는 곳은 본성의 북쪽 끝이었다.

연회 준비가 한창인 탓에 매우 떠들썩한 중앙 홀과는 달리, 이곳에는 쥐새끼 한 마리도 다니질 않았다. 눈앞에 있는 것은 그저 아무런 휘장도 걸려 있지 않은 회색 빛깔 벽이었는데 바로 이곳이 지하와 연결되는 유일한 통로였다.

'다들 알겠지만 오늘 저녁은 비공식 만찬이 열린다. 비공식이라고는 하지만 성에서 열리는 첫 행사이니만큼 안팎으로 모두 분주하겠지.'

아까 모두의 앞에서 저런 의견을 내놓은 것은 카이트였다. 그리고 그건 페라트도 제안하려 했던 것임에 틀림없었다.

'황자님 말씀대로 지하를 지키는 병력들도 오늘만큼은 축제의 시작을 만끽하느라 들떠 있을 가능성이 크다고 생각합니다. 그러니 첫 염탐을 하기에 무리 없을 거라고 봅니다. 시간은 만찬을 시작하기 전, 늦은 오후 즈음이 어떨까요?'

그렇게 계획은 성립되었다.

"……가자."

카이트의 신호에 따라 그들은 조용히 돌로 만든 커다란 계단을 내려가기 시작했다.

몇 발자국도 채 걷지 않았는데 바닥이 몹시 미끄러웠다.

벽을 뚫고 새어 나온 습기로 인해 계단의 손잡이는 손을 대기 싫을 정도로 미끄러운 이끼들이 잔뜩 붙어 있었다.

케케묵은 곰팡내가 코끝에 진동을 했다.

"……!"

순간 윤수의 몸이 크게 휘청거렸다. 갑자기 바닥이 물컹해진 느낌에 당황한 나머지 균형을 잃었기 때문이었다.

군데군데 움푹 팬 곳을 빼곡히 채운 것은 솜이불처럼 폭신한 이끼였다.

"조심해야지."

이리저리 소리 없이 흔들리던 그녀의 허리에 누군가의 팔이 감겼다. 그녀는 저를 지탱해 주는 그 단단한 신체를 꽈악 붙잡은 후에야 겨우 바로 설 수 있었다.

"고마워."

어둠 속에서 또다시 볼이 발갛게 익었다.

"네가 넘어지게 되면 분명 뒤에 서 있는 나를 말처럼 걷어찰 테지."

감사를 표시했음에도 불구하고 돌아온 것은 이처럼 퉁명스러운 대답이었지만 말이다. 하지만 그 뒤로도 카이트는 보폭을 기가 막히게 맞춰 주었다. 발 디딘 곳이 미끄러워 윤수가 조금 주춤거릴 때면 자리에 잠시 멈추어 서서 기다려 주었고, 그러다 마음이 급해진 탓에 그녀의 걸음이 빨라지면 저 역시 걸음을 크게 해 부딪치는 일이 없도록 했다.

마치 넘어질 때면 제가 쿠션 역할을 해 줄 테니 안심하라는 듯이.

'하여간 솔직하지 못하기는.'

그런 카이트의 뒷모습을 바라보며 윤수는 어둠 속에서 홀로 가만히 웃었다.

그렇게 한참을 더 내려가자 커다란 철문이 보였다.

물론 문은 예상대로 단단히 잠겨 있었는데 대신 달려 있는 잠금장치는 매우 단순하기 짝이 없는 거였다.

돌벽에 동그랗게 나 있는 구멍에 홈을 맞춘 채 끼워두었을 뿐인 굵은 쇠 빗장. 그 앞에 달려 있는 자물쇠를 카이트가 이리저리 뒤집어서 살펴보았다.

"상당히 녹슬었군."

녹물이 뚝뚝 떨어지는 손을 아무렇게나 털어대는 카이트에게 깨끗한 손수건을 건네며 페라트가 말했다.

"하지만 분명 여러 번 왔다 갔다 한 흔적이 보입니다. 여기 열쇠 구멍을 보시면……."

과연 그의 말대로였다. 문은 대체적으로 오래되어 보였고 몹시 더러웠지만, 자물쇠에 나 있는 구멍만큼은 여러 번 열쇠가 들락날락한 흔적이 역력했다.

"……들어가 봐도 될까?"

뒤에서 조심스럽게 묻는 윤수의 말에 모두가 고개를 끄덕였다.

"빗장의 잘려진 단면은 나중에 이걸 녹여서 붙이면 되니까요. 임시방편이긴 하지만 누구도 눈치채지 못할 겁니다."

페라트는 허리춤에 달린 조그마한 주머니를 꺼내 보이며 그녀를 안심시켰다. 그러자 그 안에서 작은 돌멩이 같은 것들이 잘그락잘그락 부딪치는 소리가 났다.

페라트가 가지고 온 건 북쪽 영토에서 새로 발견한 광물로써 아직 상용화되지 않은 물질이었다.

고온의 불길에서 한참을 녹여야 하는 철광석과는 달리 이건 작은 촛불에도 스르륵 잘 녹았고, 열기가 식으면 금세 굳는 특징이 있었기에 일종의 접착제 역할을 해 주기에는 안성맞춤이었다.

물론 견고함은 좀 떨어진다는 단점이 있긴 하지만 말이다.

"괜찮으니까 어서 해 봐."

게다가 카이트까지 절 그렇게 독려하고 나서자 더 이상은 망설일 이유가 없었다.

두 사람이 그녀를 위해 길을 비켰다.

문 앞에 바짝 다가선 윤수는 잠시 동안 그 두꺼운 쇠 빗장을 이리저리 살펴보더니 이내 허리춤에서 검을 꺼내어 들었다. 그녀는 검을 몸과 직각이 되도록 쥐고는 문틈 사이로 조심스럽게 검날을 집어넣기 시작했다. 하지만 스르륵 들어가던 검은 얼마 안 가 무언가에 걸린 듯 갑자기 전진을 멈췄다.

"역시 이 장검은 문틈으로 집어넣기에는 너무 날이 두꺼운가 봐."

윤수는 그렇게 중얼거리고는 검을 빼서 다시 허리춤에 찔러 넣었다.

"하지만 정말 그런 거로 가능하시겠습니까?"

그녀가 재차 꺼내어 든 것은 손바닥만 한 길이의 짧은 단도였다. 윤수는 그런 자신을 바라보며 믿을 수 없다는 듯 말을 더듬는 페라트에게 천진난만한 어조로 답했다.

"그냥 길이가 다를 뿐이지 어차피 똑같은 쇠붙이로 만들어진 거니까요."

그러고는 조금 전과는 달리 날을 끝까지 재빨리 집어넣더니 말릴 틈도 없이 아래로 힘을 주어 휙 그어 내렸다.

동시에 두꺼운 문이 삐그덕 소리와 함께 뒤로 밀렸다.

"호오."

눈앞에서 보고도 영 믿을 수 없는 광경에 카이트가 나지막이 탄성을 흘렸다. 여기저기 찌그러져 투박한 모양새를 지니고 있긴 하지만 거의 아이 팔뚝만 한 굵기를 자랑하는 꽤나 커다란 빗장이었다. 그걸 마치 젤리처럼 거침없이 잘라 낸 그녀의 솜씨는 가히 감탄할 만했다.

이건 검을 휘두르는 실력 외에도 내재된 근력을 단숨에 폭발시키듯 터뜨리지 않으면 불가능한 일이었다.

"대단하군."

그것도 이렇게 짧은 단검으로. 혹시 그였다 해도 가능했을까?

잠시 그렇게 생각하던 카이트는 고개를 설레설레 저으며 그녀의 실력을 순순히 인정했다.

문을 열고 들어서자 한층 더 짙어진 썩은 흙냄새가 코끝을 사정없이 강타했다.

무거울 정도로 강한 긴장감이 세 사람을 바싹 짓눌렀다.

그들이 입구 쪽에 모습을 드러냈을 때는 이미 상당한 시간이 흘러있었다.

"젠장!"

밖으로 나오자마자 카이트가 한 행동은 벽을 발로 쾅! 차면서 욕설을 내뱉는 거였다.

하지만 아무도 그것을 제지하지 않았다.

아니, 윤수는 오히려 그를 따라하고 싶은 충동마저 들었다.

"단단히 엄폐해 놨을 거라고 예상은 했지만 그 정도일 줄이야……!"

그의 입에서 다시 뿌득 이가는 소리가 들려왔다.

그도 그럴 것이 지하에서 본모습은 가히 충격적이었다.

* * *

잠긴 문을 억지로 부수고 들어간 것까진 좋았는데 세 사람의 발걸음은 얼마 지나지 않아 또 멈출 수밖에 없었다.

곧이어 더 크고 단단한 문이 나타났고 이번에는 그 앞을 지키고 있는 두 병의 병사를 발견했다.

'잠시 기다려 보자.'

그렇게 말한 카이트의 지시에 윤수와 페라트는 각각 반대편으로 흩어졌다. 세 사람은 저마다의 공간을 찾아 가만히 몸을 은폐한 채 병사들의 움직임이 포착되길 기다렸다.

뱅글뱅글 돌면서 내려오도록 설계되어 있는 계단의 옆쪽.

자연적으로 툭 불거진 바위 아래 바짝 몸을 기댄 윤수의 두 눈이 끊임없이 바삐 움직였다.

문은 아까의 것과 비할 수 없이 더욱 크고, 또 두꺼웠지만 그래도 그녀가 부술 수 없는 것은 아니었다. 여차하면 카이트의 검을 빌려 여러 번 내려치면 될 것이다.

그리고 문 앞에 서 있는 병사 두 명.

물론 그들의 실력이 어떨지 조금도 가늠할 수는 없지만, 이쪽도 '최강의 검사'라고 불리는 자가 무려 두 명이나 있지 않은가. 그러니 교대가 이뤄지는 그 시간만 파악하면, 문을 돌파하는 것은 그리 어려운 일이 아닌 듯 보였다.

하지만 이윽고 눈앞에 펼쳐진 상황은 상상했던 것과 정 반대의 것이었다.

"이봐, 교대 시간이다."

그렇게 말한 병사는 놀랍게도 계단 위가 아닌, 문 안쪽에서 나타났다.

"오. 벌써? 그래, 그럼 난 간다. 너희들도 수고해."

또한 살가운 목소리로 반갑게 화답한 병사 역시 두꺼운 철문 안으로 들어가 버렸다. 그걸 바라보는 카이트의 붉은 눈동자가 무겁게 침잠했다.

'아예 지하에서 생활하는 부대를 만들어 놓다니.'

끝까지 설마설마했지만, 정황상 확신할 수밖에 없었다.

2황자의 지하를 지키는 것은 어둠의 병사들이었다.

말 그대로 어둠 속에서 먹고, 자고, 일하는.

'이건 분명 2황자 사단 안에서도 극히 소수의 인원만이 알고 있는 일종의 비밀 근무일 것이다.'

카이트의 머릿속에는 즉시 정황이 그려졌다.

아마 해당자는 일종의 비밀 서약과 함께 엄청난 급료를 지급

받았으리라. 그리고 일정 기간이 흐른 뒤 무사히 임무를 완수하면, 다시 지상으로 올라가 원래의 보직으로 돌아갔을 것이고 말이다.

왜냐하면 제아무리 봉급이 많아도 이처럼 춥고 음습한 지하에서의 생활을 평생 견딜 수 있는 자는 없을 테니까.

카이트가 이런 가설을 떠올릴 수 있었던 건 저 앞에서 교대를 하던 병사들 역시 일반 기사단과 마찬가지로 매우 평범한 병력임을 인지한 덕분이었다. 그러니 숨겨진 병사라고 해도 능력 자체는 별로 특별한 게 없을 거다.

하지만 문제는 그 안의 인원이 과연 얼마나 되느냐였다.

고작 양 손가락으로 다 꼽을 만한 소수의 인원이 지키고 있을 수도 있고, 연대 하나를 꾸릴 정도로 많은 병사들이 대거 대기 중일 수도 있었다.

그의 입에서 다시금 탄식 어린 한숨이 흘러나왔다.

당장은 할 수 있는 게 아무것도 없었다.

철수였다.

*　*　*

"으음, 역시 생각보다 녹록지가 않군요."

"반드시 다른 방법이 있을 거예요."

하지만 과연 어떻게?

다른 묘안이 있을까?

페라트와 윤수는 머릿속으로 각각 서로가 할 수 있는 모든 방법을 총동원하며 대책을 찾기 시작했다.

덕분에 조용해진 두 사람은 마찬가지로 유독 말이 없는 카이트의 뒤를 종종걸음으로 좇았다.

"앗! 화, 황자님?!"

"세상에…… 정말 카이트 황자님이셔!"

성의 북쪽을 벗어나 중앙으로 가까워질수록 점점 주변이 소란스러워졌다. 그들과 마주치자마자 마치 도망이라도 치듯 알아서 길을 터주는 사람들.

행사 준비로 눈코 뜰 새 없이 바쁜 신하들을 제외하고는 모두 만찬을 위해 초대된 방문객들이었다. 대부분이 페어라센의 귀족이었고, 그들은 초대장에 쓰인 시간보다 일찍 성을 찾은 건 성의 주인인 2황자 바인과 남다른 친분이 있는 자들이었다. 특히 그 사이가 두터우면 두터울수록 그들은 아예 반나절 전부터 성으로 몰려와 차나 술 등을 나누면서 몇 시간 씩 죽치고 앉아 있는 것이 관례였다.

하지만 이번에는 예정보다 일찍 도착한 손님들이 유독 많았는데, 그 이유가 바로 저 3황자 아인젠카이트 때문임을 모르는 자는 아무도 없었다.

'죽지 않았다는 소문이 사실이었나 보군!'

'진짜 꽃의 기사를 맡았구나. 이 성에 용케 발걸음을 한 걸 보면 말이야. 그런데 미틀러렌의 공주는 대체 어디로 가셨지? 무슨 꽃의 기사가 공주를 다 내팽개치고 다닌담?'

'저 3황자가 그런 임무를 제대로 해낼 리 있어? 어디 가서 제발 페어라센 망신이나 시키지 않았으면 좋겠네!'

우아하게 미소 짓고 있는 귀족들의 얼굴 뒤에는 그런 가시 같은 편견이 날카롭게 돋아 있었다.

백작이고 남작이고 간에 모두 마찬가지였다.

그리고 윤수는 지금 그 가시에 속수무책으로 찔리고 있는 중이었다.

물론 이건 다 제 손으로 심어 놓은 넝쿨이었다.

따라서 카이트가 그동안 이런 취급을 받아왔음을 누구보다 잘 알고 있긴 했지만 실제 두 눈으로 목격하고 또 피부로 느끼는 건 처음 있는 일이다.

덕분에 그녀는 속이 매우 상하고 말았다.

'아무리 미운 오리 새끼라 해도 한 나라의 황자인데 감히 저런 태도를 스스럼없이 드러내다니.'

게다가 자꾸만 이런 분노가 들끓어 윤수는 다시 한 번 자신의 널뛰는 마음을 몇 차례고 다잡아야 했다.

"카이트 님, 정말 오랜만에 뵙습니다."

물론 그 와중에도 그에게 다정한 목소리로 인사를 건넨 자가 있었다. 잘 다듬은 풍성한 수염을 달고 있는 이 노신사는 예전에 그를 가르쳤던 황실 가정교사 중 한 명이었다.

"시간이 참 빨리도 흐르지요?"

그는 예법에 따라 화려한 은색 회중시계를 손에 든 채 카이트를 향해 정중히 고개를 숙였다.

"아, 이게 누구신가. 노이에 백작, 오랜만입니다."

카이트 역시 얼굴에 반가운 기색을 감추지 못한 채 깍듯하게 화답했다. 그리고 그의 부인인 듯 보이는 한 여인이 어느새 페라트와 윤수의 곁에 다가왔다.

"좋은 시간입니다, 여러분. 페라트도 오랜만이군요. 어머, 그런데 이분은 설마 카이트 황자님의 호위 병사인가요?"

그러자 페라트가 주머니에서 시계를 꺼내어 들며 허리를 굽혔다.

"네. 그렇습니다. 백작 부인. 오랜만에 인사드립니다. 그간 무탈한 시간 보내셨습니까?"

"어머, 여성의 몸으로서 그런 중책을 맡으시다니. 참으로 굉장한 실력자이신가 봅니다."

그녀의 손에도 어느새 작은 진주알이 박힌 우아한 시계가 들려 있었다. 그러자 페라트가 윤수에게 흘긋 눈치를 주었다. 하지만 페라트의 우려와는 달리 그녀의 손에는 이미 시계가 들려있었다.

이곳 오기 전 배웠던 특별한 예법.

그 동작이나 인사말 등을 자세히 가르쳐준 건 페라트였지만, 그 예법 자체를 만든 건 윤수 본인이었다.

'이미 알고 계신다니 이야기가 쉽겠군요. 그렇습니다. 황족을 포함한 모든 귀족들과 만날 시에는 반드시 시계를 꺼내어 들고, 시간에 대한 안부를 물어야 합니다. 그 인사법은 이곳 페어라센에서는 반드시 지켜야 하는 예절 중의 하나죠. 그러니 이걸 드리겠습니다.'

그렇게 말하며 페라트가 제게 쥐여 준 것은 작고 반짝거리는 회중시계였다. 목에 걸 수 있게 되어 있는 디자인으로 뚜껑에는 어깨의 브로치와 똑같은 사자 문양이 새겨져 있었다. 그것으로 유추하건데 이 시계 역시 아마 병사가 지니는 물건인 듯싶었다.

"백작 부인께서는 지금 편안하고 즐거운 시간을 보내고 계신지요?"

하지만 아직 익숙하지 못한 탓에 그저 시계를 들고 잠시 주춤거리는 있는 윤수 대신 페라트가 먼저 입을 열었다.

"덕분에요. 이처럼 아름다운 저녁 시간은 오랜만이군요. 사실 우리 남편께서는 줄곧 카이트 님을 만나 뵙고 싶어 했답니다. 그것이 오늘 이 순간 성사되었으니, 참으로 좋은 시간이지요?"

여인은 인자하고 온화한 미소를 띠며 다시 한 번 윤수를 바라보았다.

"그렇습니다. 앞으로도 더욱 즐거운 시간이 되시기…… 바랍니다."

이렇게 말하면 되나?

그렇게 말을 끝맺고 슬쩍 페라트를 쳐다보자 그는 만족했다는 듯 고개를 조용히 끄덕이고 있었다.

덕분에 윤수는 그 후로도 인사를 건네 오는—물론 전부 카이트를 향한 것이지만—수많은 귀족들을 몹시 자연스럽게 대할 수 있었다. 누가 봐도 다른 세계에서 온 사람이라는 티는 전혀 나지 않았다.

"이제는 제법 페어라센의 귀족처럼 보이십니다."

여전히 카이트의 뒤를 조용히 따르던 페라트가 윤수를 향해 기특하다는 듯 칭찬을 건넸다.

"귀족이라뇨. 전 그냥 일개 병사를 흉내 내고 있을 뿐인걸요."

"카이트 님은 황족이시고, 그런 분의 전속 호위라는 건 오히려 여느 남작보다도 지위가 높다고 해도 과언이 아닙니다. 그러니 긍지를 가지십시오."

얼굴을 붉히며 손사래를 치는 그녀에게 페라트는 입술을 끌어 올렸다. 물론 자신감을 북돋아 주려는 의도였지만 사실 틀린 말도 아니었다. 연회장으로 가까이 들어서면 들어설수록 모든 귀족이 카이트를 향해 먼저 알은체를 했다. 아니, 그들은 응당 그래야만 했다.

그도 그럴 것이 제아무리 재수 없는 존재로 낙인 찍혔어도 그는 황족이었다. 그러니 설령 속으로는 카이트를 욕할지언정 감히 그의 면전 에서 무례하게 군다거나 모욕을 가할 수는 없었다.

그뿐만 아니라 심기가 조금이라도 뒤틀리면 난폭한 미치광이로 돌변한다는 그 무시무시한 소문 앞에서 무모한 용기를 낼 만한 자, 그 누가 있으랴.

윤수가 두른 붉은 띠는 그런 카이트 황자의 곁을 '호위'하고 있다는 표식이었다. 그러니 그런 그녀를 그저 일개 병사라고 무시하는 자 역시 아무도 없는 게 당연했다.

그녀는 주위를 살폈다.

귀족들은 보통 가족 단위로 연회에 참가하는 것 같았다.

가문에서 가장 높은 작위를 지닌 자가 카이트에게 인사를 건네면, 그의 부인이나 자식들이 어김없이 윤수와 페라트에게 다가와 예의를 표했다.

덕분에 그녀도 줄곧 위풍당당하게 어깨를 펼 수 있었다.

지금도 이럴진대, 만약 그가 황제가 되어있는 모습을 보면 얼마나 마음이 뿌듯할까, 하는 생각을 하면서 말이다.

하지만 만찬이 열리기까지는 아직 시간이 많이 남아 있는 탓일까? 2황자를 비롯해 다른 황족은 아무도 모습을 보이질 않았다.

사실 윤수는 누구보다 자신의 주인공들, 혹은 소설 속에서 중요한 역할을 차지했던 조연들을 몹시 만나보고 싶었다. 그러한 일념으로 주위를 얼마나 열심히 두리번거렸는지 목 근육이 다 뻣뻣해질 지경이다.

"오늘 열린다는 만찬에 다른 황족들은 참석하지 않는 건가요?"

그러자 다른 이들에게 목례를 건네는 것을 멈추지 않은 채 페라트가 조용히 대답했다.

"오늘의 만찬은 어디까지나 비공식 일정이니까요. 정식 행사는 아니지만 카이트 님은 꽃의 기사라서 초대를 받으실 수 있었던 거지요. 아마 다른 분들은 전야제 때나 모습을 드러내시지 싶은데요."

순간 윤수의 두 눈이 반짝였다.

"그럼 그때는 모두를 다 만나 볼 수 있는 건가요? 황제도요?"

가장 먼저 운켄트니스 황제를 떠올린 건 행여나 지하 잠입에 실패했을 때를 대비하기 위해서였다. 무엇보다 황제가 그 '물건'을 정말로 몸에 지니고 있는지를 제 눈으로 확인해야만 했다. 수도 프라흐트볼에 있는 황궁에도 신비한 장치가 존재한다는 증거로써 그것만큼 확실한 게 없었다.

"글쎄요. 요즘 운켄트니스 황제께서는 매우 중요한 것이 아니면 외부 행사를 거의 참석하지 않는 편이니 아마 불참하실 가능성이 큽니다. 그리고 1황자님도 보통은 황제 폐하와 걸음을 같이하시므로 모습을 드러내실 확률은 매우 적습니다."

그럼 황제가 안 올 수도 있다는 소리야?

윤수는 실망한 나머지 미간을 찌푸렸다.

그런 그녀와 나란히 보폭을 맞추고 걷던 페라트는 잠시 무언가를 생각하는가 싶더니 다시 말문을 열었다.

"우리 역시 손님인지라 모든 방문객들의 현황을 자세히 알지는 못합니다. 다만 카이트 님의 모친인 라우브루스트 여사는 만나 보실 수 있을 겁니다. 그리고 프롤라인 님께서는 매년 그랬듯이 의무적으로나마 반드시 참석하실 거고요."

그가 차근차근한 목소리로 설명을 이어가자 시무룩함이 역력했던 그녀의 두 눈동자에 다시금 총기 어린 빛이 반짝였다.

누가 온다고?

심장이 쿵쾅거리며 뛰었다. 생각지도 못한 이름을 들었기 때문이다.

착하고 아름답지만 얌전하다 못해 몹시 소심하기까지 한 프롤라인 황녀. 그녀는 카이트와 친남매 사이였다.

사방이 적인 3황자가 유일하게 믿을 수 있는 자를 꼽으라면 오로지 그녀뿐이리라.

게다가 프롤라인은 차기 시리즈의 주인공으로 낙점한 인물이기도 했고 말이다.

"여기 오기 직전에 편집부에서 오케이 사인까지 받아 낸 차기작도 바로 그거였지. 내 첫 걸크러시 여주!"

그래서 그런지 다른 사람은 몰라도 프롤라인 공주만큼은 꼭 만나고 싶다는 생각을 하면서 윤수가 저도 모르게 감동에 찬 탄성을 내질렀다.

"네? 지금 뭐라고 하셨습니까?"

"아, 아무것도 아니에요."

고개를 갸웃하는 페라트를 향해 민망한 듯 웃으며 다시 한 번 손을 내저어 보이는데, 저 멀리에서 누군가가 소리 높여 카이트의 이름을 불렀다.

Chapter 11

2황자 시리즈의 여주, 에어리베 도른

"카이트!!"

꽤나 낮고 걸걸한 음성이었지만, 그것은 틀림없이 여성의 목소리였다.

"아이고머니나! 아, 아가씨. 연락도 없이 여긴 어쩐 일로……."

그녀의 뒤를 난처한 얼굴로 쪼르르 따라 온 사람은 2황자의 유모인 우르덴이었다.

"왜, 내가 못 올 데 왔어?! 아님 이제 남남인 사이가 되었으니 미리 통보해 주지 않으면 곤란하다 이거야?"

"그, 그럴 리가 있겠습니까. 저는 그저 너무 오랜만에 아가씨를 뵙는지라 반가워서……."

그러자 여자가 우르덴을 향해 마치 잡아먹을 듯이 사나운 눈빛을 쏘았다. 덕분에 늘 수다를 떨어대던 우르덴의 입이 거짓말처럼 다물어졌다. 드문드문 은발이 섞여 있는 회색 빛깔의 머리카락에 보랏빛 눈동자, 웬만한 남자와 견주어도 지지 않을 정도로 떡 벌어진 어깨.

무엇보다 한눈에 들어온 것은 그녀의 커다란 키였다.

드레스 자락 사이로 살짝살짝 보이는 신발은 굽 낮은 플랫 슈즈에 불과했다. 그러나 그녀는 페라트와 거의 엇비슷할 정도로 장신(長身)이었다. 하지만 그 정도로 큰 체구임에도 불구하고 첫인상은 오히려 매우 날렵하게 느껴지는 묘한 매력을 지녔다.

윤수는 그런 그녀를 한눈에 알아보았다.

'도른이구나!'

백작가의 여식 자리를 박차고 나와 남장 여자의 신분으로 기사단장이 된 유일무이한 인물이자 2황자 시리즈에서 그 특유의 용맹함을 마음껏 펼쳤던 내 두 번째 여주인공.

하지만 이제는 안타깝게도 이혼을 해 버리고만 그녀.

도른을 바라보던 윤수의 입속에 쓴 물이 감돌았다.

'진짜 달달함이 흘러넘칠 정도로 깨가 쏟아지는 해피엔딩이었는데.'

착잡한 마음으로 다시 한 번 우아한 맹수와도 같은 그녀의 아름다운 외양을 찬찬히 눈에 담는 사이 어느새 도른이 그들의 곁에 성큼성큼 다가왔다.

"오랜만이야, 황자!"

그렇게 외치며 도른은 다짜고짜 카이트의 명치를 퍽 소리가 나도록 후려쳤다.

"윽!"

아마도 그게 반가움의 표시였나 보다. 놀란 두 눈을 동그랗게 뜬 것은 윤수 본인밖에 없는 것을 보면 말이다.

"왜 내 전서에 답해 주지 않는 거야?! 죽었는지 살았는지는 알려 줘야 할 것 아니야!"

도른은 그렇게 말하면서 또 한 차례 그의 배를 가격했다.

카이트의 입에서 콜록거리는 기침이 연신 터져 나왔다.

"네가 이럴까 봐 답 안 한 거다. 살아 있다고 알려 주면 또 검이나 뽑아 들고 쫓아 왔겠지."

"그래서 말인데, 오늘 어때?"

"거절하지."

"어째서! 오랫동안 대련을 못 해서 그런지 좀이 쑤셔 죽겠는데. 팔다리가 굳기 일보 직전이란 말이야!"

"그건 네 사정일 뿐이야. 게다가 제아무리 좀이 쑤신다 해도 때와 장소를 좀 가려야 하지 않겠나?"

도른의 신분이 제아무리 지체 높은 백작 가문 출신의 기사단장이라고는 하지만 서열로만 따지면 황족인 카이트보다 한참 아래였다. 하지만 그녀는 그런 카이트에게 아무렇지 않게 반말을 했고, 심지어는 스스럼없이 때리기까지 했다.

사실 그렇게 할 수 있는 자는 이 페어라센에서 오로지 도른뿐이었다. 물론 이 모든 건 카이트가 오래된 친우라는 이유로 도른의 언행을 묵인해 주는 것이기에 가능한 일이었다. 별로 친하지 않은 사이라더니 그 둘은 퍽이나 가까워보였다. 물론 소꿉친구라는 설정인 데다가 도른은 워낙 검을 사랑하는 인물이니까 가능한 일이긴 하지만, 그래도 그걸 바라보는 윤수의 기분은 마냥 묘했다.

"오랜만입니다. 도른 님."

"페라트!"

도른은 반갑다는 듯 페라트를 덥석 껴안았다.

거친 남자들의 세계에서 쭉 지내서 그런지 그녀는 스킨십에 스스럼이 없었다. 물론 백작가의 영애라고는 도무지 상상할 수 없는 행동으로, 이것이 바로 그녀가 페어라센 최고의 말괄량이로 불리는 이유였다.

그래, 바로 저런 성격 덕분에 2황자의 마음을 흔들 수 있었지.

윤수는 계속해서 흥미로운 시선으로 도른을 관찰했다.

그도 그럴 것이 당시 도른을 그저 남자라고 믿고 있었던 2황자는 사내 자식이 저를 덥석덥석 안아댄다며 질색을 하곤 했었다. 그러다 가끔은 '남자가 껴안는데 왜 내 심장이 뛰고 있는 거냐, 어서 멈춰! 이 미친 심장아!' 하고 잠 못 이루던 밤도 있었고 말이다.

마치 군데군데 중요 페이지를 들춰보듯 머릿속으로 계속해서 2황자 이야기의 줄거리를 떠올리고 있는데, 갑자기 절 향해 그녀가 날카로운 목소리로 물었다.

"그런데 이 계집애는 누구지? 누군데 빨간 띠를 목에 두르고 있는 거야? 계급은 신참인데."

정신을 차려보니 도른의 보랏빛 눈동자가 저를 매섭게 쏘아보고 있었다. 순간 당황한 윤수는 손으로 목 부근을 더듬거리면서 입을 열었다.

"처음 뵙겠습니다."

그러고는 아까 연습한 대로 시계를 손에 든 채 더욱더 공손하게 인사를 건넸다. 황족을 제외하면 도른은 이 나라에서 가장 권세 높은 귀족가의 따님이니까 말이다.

"오늘 좋은 시간 보내고 계시는지……."

하지만 그 일은 인사의 말을 미처 다 끝내기도 전에 벌어지고 말았다.

짜악!

순간 무언가를 있는 힘껏 휘갈기는 억센 소리와 함께 윤수의 몸이 뒤로 휘청 밀렸다.

"무슨 짓인가!"

카이트의 입에서 분노에 찬 고함이 폭발하듯 터진 것과 동시에, 왼쪽 볼에서 정신을 차릴 수 없을 정도로 뜨거운 열기가 퍼졌다.

"아, 이런……!"

당황한 나머지 차마 말을 끝까지 잇지 못하는 페라트의 목소리도 잠시 들린 것 같았다. 하지만 윤수는 도대체 이게 무슨 상황인지를 파악할 여력이 없었다.

입 안쪽으로 어느새 비릿한 피 맛이 돌았고, 귀에서는 계속해서 삐— 하는 이명이 들려왔기 때문이다.

"가, 감히 내게…… 시계를 꺼내 들어……?"

도른의 목소리가 주체할 수 없는 분노로 부들부들 떨렸다. 그녀의 손에는 끼고 있던 가죽 장갑 한 짝이 들려 있었다. 그 억세 보이는 천을 비틀 듯이 쥐고서 도른은 여전히 격한 숨을 쉴 새 없이 내쉬었다.

"내가 잠시 기사단장 자리를 비웠다고 해서 이제는 이런 말단 병사조차 날 온실 속 화초 나부랭이로 취급하는 거야?! 병사 제복을 입은 채로 감히 내게 이런 인사를 하다니, 기사단의 예법은 대체 어디다 팔아먹었어!"

못내 분한 듯 떨리는 목소리로 그녀는 홀이 떠나가라 크게 호통을 쳤다. 그 소란으로 인해 주변에 어느덧 많은 사람들이 몰려들었다.

"어머, 세상에. 무서워라."

이렇게 말하며 눈을 가리는 백작 부인도 있었고,

"저 말단 병사는 앞으로 기사단장에게 단단히 찍히겠군. 그것 참, 무시무시한데."

이처럼 저속한 흥미를 노골적으로 드러내며 휘파람을 불어대는 젊은 후작도 있었다.

아뿔싸.

페라트는 윤수에게 사전에 미리 귀띔해 주지 못한 자신을 자책하며 마른 손으로 창백해진 얼굴을 쓱쓱 문질렀다.

지금 도른이 이토록 화를 내는 이유를 그는 어렵지 않게 짐작할 수 있었다.

기사단의 병사는 상관에게는 반드시 검을 빼어 들고 인사를 해야 한다. 그러니까 윤수가 검 대신 시계를 꺼내 든 모습은 도른에게 있어 한마디로 자신을 기사단장이 아닌 그저 한 명의 귀족으로 예우한다는 뜻으로 비춰졌으리라. 게다가 그녀는 누가 봐도 병사의 옷을 떡 갖춰 입고 있으니 도른이 이처럼 화를 내는 것도 무리는 아니었다.

왜냐하면 적어도 이 제복을 착용한 사람 중 도른의 얼굴과 직함을 모르는 자는 없을 테니까 말이다. 그러나 도른은 풍성하고 화려한 드레스 차림이었다. 그러니 윤수가 미처 거기까지 생각을 하지 못한 건 사실 당연했다.

게다가 기사단장 자리는 오랫동안 공석 아닌 공석 상태였고, 겉으로 보이기에 윤수는 아직 아는 것이 적은—게다가 진짜 병사도 아니고 말이다—브로치 하나짜리의 에어스테 계급 아니던가. 즉 다른 신입 병사라도 충분히 비슷한 실수를 저지를 만하다는 거다. 그러나 도른은 이미 이 모든 걸 그저 너그러이 넘길 수 없을 정도로 상당히 그릇이 작아져 있었다. 평소 같았으면 웃으며 넘겼을 일인데도 필요 이상으로 분노를 표출하는 건, 아마 이혼 후 점점 자격지심이 심해진 탓도 분명 있을 것이다.

"너, 감히, 내 병사에게……."

윤수의 왼쪽 뺨이 빨갛다 못해 시푸르뎅뎅하게 부어올라 가는 것을 본 카이트는 이 순간만큼은 도무지 화를 억누를 수가 없었다.

"그녀는 황족인 나의 가장 가까운 측근이다! 그런데 건방지게, 네가 감히……!"

그는 말을 뚝, 뚝 끊듯이 내뱉으며 그녀의 손목을 거칠게 잡았다.

"측근이기 이전에 내가 총괄하는 기사단의 병사야! 그런데 감히 자신의 상관도 알아보지 못하고 시계를 꺼내든 군기 빠진 계집애 같으니!"

하지만 도른도 결코 지지 않았다. 아니, 그녀는 오히려 그의 손아귀에서 억지로 손목을 비틀며 적반하장으로 소리쳤다.

"안 되겠어, 고작 한쪽 뺨 가지고는 분이 풀리지 않아. 이거 놔!"

순간 카이트는 난생처음으로 여자에게 손을 올릴 뻔했다. 그는 행여나 그런 불상사를 저지르지 않기 위해, 입술을 꽉 깨물며 도른의 손목을 더욱 아프게 쥐었다.

"……까불지 마. 내 병사에게 손을 대는 것은 아무리 친구인 너라도 용서 못 해."

"아악, 아파!"

"카이트 님!"

사달도 이런 사달이 없었다. 이제 모든 사람의 시선은 그들에게 못 박히듯 고정되어 있었다. 주위로는 계속해서 구경꾼들이 모여들었고, 페라트는 정말 화가 머리끝까지 치솟은 카이트를 말리는 데 온 신경을 쏟았다. 덕분에 그들 중 아무도 먼저 그것을 알아차린 이가 없었다.

우두커니 서서 아직도 감각이 얼얼한 볼을 매만지고 있는 윤수의 얼굴이 얼마나 시뻘겋게 변했는지를 말이다.

어찌나 세게 뺨을 맞았는지 귓속을 맴돌던 이명이 이제야 조금씩 가라앉았다.

"아……."

하지만 정신을 차리자마자 가장 먼저 흘러나온 건 나지막한 신음 소리였다. 입 안쪽으로 점점 심하게 밀려드는 통증 때문이었다.

하지만 덕분에 조금씩 상황 파악이 되기 시작했다.

그러니까 자신은 시계를 꺼내 들자마자 다짜고짜 도른에게 뺨을 맞았다. 그래, 말하자면 이건 군대의 일병이 제 눈앞에 서 있는 육군 참모 총장에게 고개를 까닥거리며 천진난만한 목소리로 '안녕하세요?'라고 인사를 건넨 것이나 다름없는 상황인 거였다. 어쨌든 병사인 본인과 기사단장인 그녀는 그야말로 하늘과 땅이라고 해도 좋을 정도로 서로의 위치가 달랐으니까.

하지만 그건 어디까지나 책 안에서의 사정이었다.

게다가 도른은 작가인 자신이 누구보다도 만나고 싶었던 주인공 중 한 명이지 않았던가. 거기까지 떠올랐을 때, 윤수는 아픔도 잊고 다시 한 번 입술을 꽈악 물었다.

"이 손 안 놔?!"

계속해서 패악을 부리고 있는 도른의 등 뒤에서 서늘한 음성이 들려왔다.

"……도른, 아니 단장님."

하지만 대답이 없었다.

아무도 그 목소리를 눈치 채지 못했기 때문이었다.

"에어리베, 아니 라벤델 도른 기사단장님."

하지만 윤수가 다시 힘주어 입을 여는 순간.

카이트와 도른의 실랑이가 거짓말처럼 멈췄다.

자신의 귀를 의심한 도른은 저도 모르게 두 눈을 깜박이며 주위를 두리번거렸다. 그녀의 결혼 전 성은 원래 라벤델이 맞으나, 자신의 이름을 그렇게 부르는 병사는 아무도 없었다.

바람이 불면 한들거리는 몹시 유약한 꽃의 이름.

그 때문에 그녀가 그 이름으로 불리는 걸 굉장히 싫어한다는 건 단원들뿐만 아니라 지나가는 꼬마들도 다 아는 사실이었다. 따라서 사람들은 그녀의 이름을 부를 때는 꼭 '에어리베 도른'으로 불렀다. 그렇지 않으면 도른의 불호령이 떨어졌기 때문이다.

"하……."

화가 솟구쳐 오른 도른은 순간 머리 위로 수증기가 올라가는 것은 아닐까 하는 착각마저 들었다. 그나마 미약하게 유지하고 있었던 이성이 결국 죄다 녹아 없어지려던 찰나.

발밑으로 무언가가 휙 날아들었다.

챙그랑!

날카로운 소리를 내며 바닥에 떨어진 것은 누구의 것인지 모를 검 한 자루였다.

"이건—"

순간 당황한 도른은 나머지 한 손을 뻗어 재빨리 자신의 허리춤을 더듬었다. 이름을 날리는 검사답게 그녀는 드레스를 입을 때도 늘 커다란 검을 착용한 채로 다녔다.

물론 실로 이상한 모양새이긴 했지만 도른은 오히려 그것을 무척이나 자랑스럽게 여기는 인물이었다. 하지만 허리띠에 매달려 있는 것은 가볍기 짝이 없는 빈 검집뿐이었다.

"내 검이잖아?"

저 병사가 어느 틈에 이걸 빼낸 거지?

그렇게 생각하던 도른은 이내 고개를 설레설레 저었다.

방금 전 저 여자의 따귀를 때렸을 때 검도 함께 빠진 것이 틀림없었다. 왜냐하면 화가 치밀어 오르는 바람에 그만 조절을 하지 못하고 있는 힘껏 손을 날렸기 때문이었다.

"후우……."

아직도 몸 안에 가득 남아있는 분노를 소화시키지 못한 도른은 바닥에 떨어진 검을 천천히 주워들었다. 그녀는 이토록 오래

기사단장 자리를 비운 것을 이 순간 너무나도 후회했다. 단장을 보고 인사도 제대로 할 줄 모르고, 또 감히 '라벤델'이라는 이름으로 자신을 부르는 신참이라니.

기사단의 기강이 이 정도로 해이해졌을 줄이야.

도른의 입장에서 윤수는 도대체 어디서부터 손을 대야 할지 고민되는 총체적 난국의 집합체였다.

그런데 그 집합체의 입에서 놀라운 말이 쏟아져 나왔다.

"단장님께 정식으로 결투를 신청하고 싶습니다. 그런데 결투는 반드시 두 사람보다 높은 계급의 입회인이 있어야 신청할 수 있는 거죠."

"뭐……?"

입 안이 찢어진 탓인지 발음이 다소 어눌했다. 그럼에도 불구하고 또박또박 이어나간 윤수의 이야기는 쉬이 믿을 수 없는 것이었다.

"마침 여기 카이트 황자님이 계시니 잘되었네요. 카이트 황자님이 입회인이 되어주신다면 얼마든지 단장님께 결투를 신청해도 되는 거죠?"

도른은 생각했다.

평생 단 한 번도 겪어 보지 못한 환청이라는 현상이 오늘 따라 유독 잘 들리게 된 이유가 무언지. 하지만 그건 환청 같은 게 아니었다. 이 조무래기 병사의 눈에는 진짜로 화가 이글이글 타오르고 있었다.

"당신이, 아니 도른 님이 단장이 된 건 더 강한 실력자에게 무조건 복종한다는 기사단 내부의 규칙 덕분에 가능했던 거 아닙니까. 그러니까……."

윤수는 찢어진 입술 새로 흐르는 피를 슬쩍 닦고는, 말을 한 자, 한 자 끊어서 또박또박 이었다.

"제게도 그 규칙은 유효하겠죠? 일단은 저도 단원이니까."

그런 그녀를 바라보며 도른은 마치 홀린 듯 중얼거렸다.

"결투라고? 내가 너무 세게 때려서 그런가? 그래서 순간적으로 머리가 이상해졌나……?"

그렇지만 어느새 검을 뽑아 든 채 조금도 주눅 들지 않고 당당하게 서 있는 윤수의 모습은, 미친 사람이라고 하기엔 너무나도 빈틈이 없어 보였다.

"설마, 진짜로 나랑 결투를 하고 싶다고?"

"네. 제가 이긴다면 복종까지는 필요 없습니다만, 함부로 손찌검을 한 것에 대해선 사과해 주시지요."

너무 어이가 없어서 웃음도 나오지 않는 상황.

도른의 얼굴이 점점 우스꽝스럽게 일그러졌다. 하지만 오래 가지 않아 그녀는 결국 실소를 터뜨리고 말았다.

"푸하핫! 이봐, 에어스테 병사. 너 정말 머리가 어떻게 된 거 아니야? 좋아, 네 소원이 정 그렇다면 기꺼이 받아주지."

그러자 주위에서 숨을 죽이며 바라보고 있던 구경꾼들이 일제히 어깨를 들썩이며 웃었다.

"으하하! 휴가 중이시던 기사단장님의 복귀전 상대가 하필이면 저 말단인 에어스테 계급이라니!"

"어쩜 이리 얄궂은 상황이 다 있죠?!"

"이야, 엄청 흥미로워! 이건 그야말로 기가 막히게 잘 쓴 각본이 틀림없소. 누군지는 몰라도 내가 큰 무대에 오를 수 있도록 후원을 해 주고 싶군."

뿐만 아니라 개중 몇몇은 이것을 일종의 '연극'으로 여기기까지 했다. 바인 황자는 원래가 장난을 좋아하는 유쾌한 사람이니까, 축제를 위해 모인 손님들의 오락을 위해 이런 재미있는 볼거리를 준비한 것이 틀림없다면서 말이다. 하지만 주변이 제아무리 들썩인다 한들, 여전히 조금의 웃음기도 비추지 않은 채 딱딱한 얼굴로 서 있는 세 사람이 있었다.

바로 카이트와 페라트, 그리고 윤수였다.

* * *

굳이 밖으로 나갈 것까지도 없었다.

성 안에는 도른이 신혼 시절 쓰던 널찍한 실내 대련장이 아직 고스란히 남아 있었기 때문이었다.

"어, 엄마야. 어떡하면 좋아!"

그 안에 차마 들어가지도 못한 채 도리스는 밖에서 입술을 깨물며 발을 동동 굴렀다.

세상에나! 저 바서 님이 누군가에게 맞아 다쳤다는 것도 기함을 할 일인데, 그분을 때린 사람이 저 도른 기사단장이라니!

도리스는 원래 어디를 가든 곧잘 친구를 사귀는, 스스럼없는 성격의 소유자였다. 생글생글 잘 웃는 인상인 데다가 싹싹한 말투를 지닌 여자였으니까. 덕분에 마침 이 성에서 친해진 또 다른 하녀가 멍든 곳에 바르면 좋은 연고가 있다고 하여 그것을 조금 얻어 가지고 돌아오는 길이었다. 하지만 정작 도리스를 기다리고 있던 것은 직접 목격하고도 믿을 수 없는 놀라운 광경이었다.

두 눈을 몇 번이고 비벼 봐도 마찬가지다.

실내 대련장은 크고 넓었다.

하지만 사람들은 대련장 안보다 바깥의 복도 쪽에 더욱 와글와글 몰려 있었다. 덕분에 문 앞은 발 디딜 틈이 없을 정도로 인산인해였다. 모두 싸움 구경은 하고 싶지만 서슬 퍼런 여자들의 기에 찔끔 눌려 차마 대련장 안으로는 들어가지 못한 사람들이었다. 구경꾼들은 이제야 이것이 연극 따위가 아니라는 걸 눈치챈 것 같았다.

도른 기사단장이야 워낙 옛날부터 그 성격이 드세기로 유명했으니 별로 놀랄 일은 아니었다. 하지만 그 상대를 하겠다고 자처한 저 조그마한 여자에게는 그야말로 혀를 내두르지 않을 수 없었다.

작은 체구에서 뿜어져 나오는 알 수 없는 위압감, 그리고 매서운 눈빛. 그 모든 것들이 한데 어우러져 모인 자들의 팔에 소름을 돌게 만들었다.

“도대체 저 여자의 정체는 무얼까?”

“잔인한 악마라고 소문난 저 3황자가 데리고 다니는 호위 병사라고 하니, 어쩌면 그 남자보다 더한 미치광이일지도 몰라.”

사람들은 두려움을 가감 없이 드러냈다. 그들의 입에서 흘러나온 웅성거림이 온 복도를 가득 메웠다.

“기사단장님한테 결투 신청을 한 사람이 정말 너희 쪽 호위 병사야? 그분도 여자라면서?”

그 자리에 돌처럼 굳어 사색이 된 도리스를 알아본 주변의 시녀들이 알은체를 했다.

“듣자 하니 기사단장님을 면전에서 무시해서 뺨을 맞았다고 하더라고!”

“아니야, 딱히 무시했다고는 말할 수 없어. 그저 기사단의 인사를 하지 않았을 뿐이라구. 게다가 도른 님은 제복이 아닌 드레스를 차려 입었으니, 신참 병사라면 누구나 실수를 저지를 만하잖아! 사실 말이야 바른 말이지, 이혼 후에도 이 성에 종종 찾아와서 괜한 신경질을 부린 사람이 누군데?”

“쉬잇, 너 목소리가 너무 커. 안쪽에 다 들리겠어!”

하녀들이 삼삼오오 모여들어 제법 공정하게 사건을 분석하기 시작했다. 아니. 사실 공정하다기보다는 그녀들은 별로 도른을 좋아하지 않았기 때문에 은연중에 윤수의 편을 든 것이리라.

“하지만 내 말 좀 들어 봐. 사실 도른 아가씨는 말이야, 이 성으로 시집을 오셨을 때부터…….”

주변 귀족들도 어느새 하녀들의 말을 조용히 경청하기 시작했다.

황자과 기사단장 사이에 일어난 이혼 스캔들의 전말.

무척이나 흥미로운 이야깃거리였지만, 체면상 공공연하게 입에 담을 수는 없었다.

그들은 제각기 부채로, 그리고 손수건으로 입을 가린 채 흥미없다는 듯한 얼굴을 하고 있었지만 귀만큼은 하녀 무리를 향해 누구보다도 활짝 열려 있었다.

“도른 님이 신방을 차리신 이후, 이곳은 마치 하나의 사관학교처럼 변하고 말았잖아.”

주위에 우르덴이 없는 것을 확인한 하녀들은 기다렸다는 듯 입을 모았다.

“맞아. 아가씨가 데리고 온 수많은 기사들이 성의 미관을 해치는 것 따윈 아랑곳하지 않은 채 여기저기 아무데나 막사를 세웠지.”

“어디 그뿐이면 좋게? 성의 모든 시설들을 마치 제 것인 양 함부로 사용하고, 부주의한 몸가짐으로 비싼 화병이나 예술 공예품 등을 깨먹은 적도 부지기수였다구.”

“게다가 정원사들이 그러는데, 말을 아무 데나 함부로 풀어 놓아서 애써 가꿔놓은 꽃이며 나무가 마구 훼손되었다지 뭐야.”

그동안 새 신부 이외에도 상관없는 기사들의 뒤처리까지 도

맡아했던 하녀들의 불만은 상당했다. 그래서 그들은 그가 도른에게 지하 출입을 금한 것을 그다지 심하다고 생각하지 않았다. 혼자만 차별받는 것도 아니고, 2황자를 제외한 모두가—심지어 운켄트니스 황제가 오신다 해도—그곳에는 들어가지 못할 처지가 될 텐데, 그게 그렇게 자존심이 상할 일인가 하며 의아해했다.

그러나 도른의 기분은 나날이 저기압으로 변했고, 그러던 즈음 예의 그 사건이 터졌다.

그 뒤로는 더 이상 말할 것도 없었다.

바인이 바람을 인정하자 화가 머리끝까지 치솟은 도른은 성을 발칵 뒤집어 버리고는 그대로 이혼장을 내밀고 친정으로 가버렸다. 그 뒤로 바인 황자는 도른의 아버지인 라벤델 백작의 철천지원수가 되고 말았다. 하지만 그럼에도 불구하고 도른이 그 후 이곳을 종종 찾아오는 것은, 전남편인 바인에게 아직 미련이 남아서라는 걸 모르는 자는 아무도 없었다.

"오늘도 봐. 불쑥 나타나서서는 또 이런 사건이 생겼잖아. 덕분에 만찬이 엉망이 되었다고. 아무리 비공식이라지만, 에른테페스트의 첫 일정인데 말이야."

"그런데 바인 황자님은 대체 어디에 계신 거지? 왜 나타나시지를 않아?"

"일부러 안 오시는 거 아닐까? 생각해 봐. 이런데 갑자기 모습을 드러내기라도 하면, 도른 아가씨는 분명히 저 호위 병사와 바인 님이 연인 관계라며 의심을 할 거라고."

"오오, 그것도 그러네."

하지만 하녀들이 제아무리 입방아를 찧어대도, 도리스의 귀에는 더 이상 아무것도 들리지 않았다. 그저 윤수의 안위만을 걱정하는 그녀는 숫제 울음이 터질 지경이었다.

"바서 니임……!"

문밖에서 나는 익숙한 음성에 카이트의 귀가 즉각 반응했다. 그는 고개를 휘휘 돌려 몰려든 사람 사이를 살폈다.

"아아, 도리스. 거기 있었군. 잠깐 이리 와 보겠나?"

밝은 오렌지빛 머리 덕분에 금방 도리스를 발견할 수 있었던 카이트가 그녀를 향해 손짓했다. 도리스는 상처에 잘 듣는다는 연고를 마치 진귀한 보물처럼 가슴에 꼭 껴안고 그의 곁으로 쪼르르 달려갔다. 그런 도리스의 뒷모습에 수많은 사람들의 부러운 눈초리가 쏟아졌다.

가능하다면 자신들도 들어가서 당당하게 구경하고 싶었다. 물론 용기가 있을 때나 가능한 이야기이긴 하지만.

대련장 안으로 들어서자 검을 쥐고 선 두 사람의 날카로운 기가 아프도록 느껴졌다.

검에 대해 아무것도 모르는 도리스조차도 느낄 수 있을 정도니, 실로 무시무시한 기운이 아닐 수 없었다.

"카, 카이트 님. 이 상황을 대체 어떡하면 좋아요?"

하지만 커다란 의자에 홀로 세상 편한 모습으로 앉아 있던 카이트의 입에서 나온 건 무척이나 황당한 주문이었다.

"부탁이 있어서 말이다."

"네에, 말씀만 하셔요, 카이트 님."

"와인 좀 가져다주겠나?"

"예?"

순간 도리스는 분명히 제가 잘못 들은 걸 거라고 생각했다.

"지금 뭐, 뭐라고 말씀하셨나요, 카이트 님?"

그러자 그가 몸을 뒤로 기대며 느긋하게 대답했다.

"아니, 어차피 결과는 뻔히 정해져 있으니 술이나 한잔하며 느긋하게 볼까 해서."

"예에……?"

도리스는 다시 한 번 여유가 가득한 카이트의 얼굴과 곁에 서서 초조하게 손끝을 물어뜯고 있는 페라트를 번갈아 가며 쳐다보다가, 저도 모르게 이마를 찰싹 소리가 나게 쳤다.

'그래. 우리 바서 님은 혼자서 마물도 막 몇십 마리씩 잡고, 저 카이트 님과도 막상막하의 실력을 선보였던 분이었지.'

과연 빠른 눈치의 소유자답게 그녀는 영민했다.

하지만 여전히 알 수 없는 것이 하나 있었다.

페라트 님은 대체 왜 저렇게 안절부절못하시는 걸까?

물론 그가 걱정하는 건 윤수가 아닌 도른 쪽이었다. 하지만 그것까지 모두 깨닫기에 도리스는 아직 조금 부족했다.

'내가 검을 카이트만큼 잘 다룬다는 걸 웬만하면 끝까지 숨기자.'

그것은 사실 윤수가 이 성에 도착했을 때 가장 먼저 한 결심이었다. 왜냐하면 그녀는 누구보다도 2황자 바인에 대해 잘 알고 있었기 때문이었다. 그는 언제나 상냥했고 때로는 남자답게 화통한 면모도 종종 드러내곤 했지만, 실제로는 매우 예민하고 신중한 성격이었다.

그리고 그만큼 몹시 의심이 많았다.

따라서 제아무리 용병이라고 둘러댄들 이 정도의 실력을 갖춘 용병이라면 그는 저를 굉장히 수상하게 여길 것이 뻔했다. 기사단에 대해 별 관심이 없는 1황자라면 어떻게든 속일 수도 있었겠으나 이미 2황자는 페어라센의 병력을 속속들이 꿰고 있는 인물 아니던가.

막사 배정을 받은 후 제게 시비를 걸어오던 고참 두 명을 상대했을 때도 검날 한 번 대지 않았던 것은 그러한 연유 때문이었다. 병사들 사이에서 괜한 소문이라도 나면 분명히 카이트가 곤란해질 테니까.

하지만 지금만큼은 도저히 참을 수가 없었다.

윤수는 혀를 굴려 눈물이 찔끔 나도록 쓰라린 입술 안쪽을 가만히 매만졌다. 물론 다짜고짜 뺨을 맞은 것도 어이없고 황당한 일이지만, 그것보다 더 화가 났던 건 자신을 때린 게 다른 사람도 아닌 바로 저 도른이라는 점이었다.

제 손으로 탄생시킨 여주인공에게 얻어터진 작가라니.

물론 평범한 현실에서 일어날 수 있는 일은 절대로 아니겠으나 그래도 그건 윤수가 지니고 있는 작가로서의 자존심을 제대로 짓밟기 충분했다. 하지만 그런 윤수의 생각을 알 길 없었던 도른은 마치 장난감 막대기를 가지고 놀듯 공중에서 검을 자유자재로 휘휘 휘둘렀다.

물론 제 솜씨를 뽐내려는 의도가 다분한 움직임이었다.

"덤비세요."

그런 그녀를 향해 윤수가 나지막한 목소리로 속삭였다.

"뭐라고?"

덕분에 도른의 손장난이 뚝 멈췄다.

"이봐, 신참. 지금 내게 이러는 것이 얼마나 커다란 중죄에 해당하는지 몰라서 이러는 거야? 지금 잠깐 정신이 어떻게 된 모양인데, 나는 네 상관이라고. 에어스테인 너와 총괄 단장인 나 사이에 얼마나 많은 계급이 존재하는지는 굳이 말하지 않아도 알지?"

아까는 화가 나서 그만 뺨을 갈기긴 했지만, 그래도 그녀는 기본적으로 자신의 부하를 아끼는 단장이었다. 특히 여자 병사라면 더더욱 관심과 애정을 가지고 지켜보곤 했다.

가만, 그런데 우리 기사단에 저런 여자가 있었던가?

도른이 제게 덤비기는커녕 계속해서 미심쩍은 표정을 짓고 있자, 윤수는 그녀를 제대로 자극하기로 마음먹었다.

"그게 정 마음에 걸리신다면 제가 단장님보다 더 우위에 있는 실력자라는 걸 확인시켜 드리면 되지 않겠어요?"

"아하핫!"

그 작전은 들어맞았다.

입으로는 소리 내어 웃었지만 그녀의 두 눈동자 속에서는 화르륵 불길이 이는 것이 윤수에게도 보였다.

도른은 예전에 자신을 무시하던 남자 기사들을 떠올렸다.

나약한 여자니까, 혹은 힘없는 여자니까.

이러한 편견들을 부수느라 자신이 얼마나 많은 노력을 들였던가?

원래부터 기사단이란 곳은 하극상이 심심치 않게 일어나던 곳이었다. 게다가 오랜 시간 동안 줄곧 정상을 차지하고 있으니, 저런 부하들이 때때로 등장하는 것도 충분히 예상 가능한 일이다.

그녀는 결심을 굳힌 듯 서서히 검을 앞으로 빼내어 잡았다.

애송이.

도른의 입가가 비틀리듯 말려 올라갔다.

"좋아, 정 소원이라면 상대를 해 주지. 너와 나의 차이를 똑똑히 느껴보는 것도 인생에 큰 공부가 될 거야!"

그렇게 말하고 도른은 커다란 새처럼 날쌔게 달려들었다.

챙! 하는 소리와 함께 공중에서 불꽃이 튀었다.

"앗!"

누군가의 입에서 당황한 듯한 외마디 비명이 흘러나왔다.

도른이었다.

"젠장."

순식간에 몸이 뒤로 밀리는 것을 느낀 그녀는 거칠게 욕설을 내뱉었다. 하지만 평소 단련을 게을리 하지 않았던 덕분에 넘어지는 꼴은 보이지 않았다. 두어 번의 뒤구르기 후, 도른은 한쪽 무릎을 딛고 재빠르게 몸을 일으켰다.

"휘유."

그걸 바라보고 있던 카이트는 낮게 휘파람을 불며 중얼거렸다.

"이것 참, 제대로 열 받았나 보네."

마치 그 말이 정답이라는 증거라도 보여 주려는 듯, 그녀는 상대가 비틀대며 다시 검을 쥐자마자 지체 없이 달려들었다. 유달리 키가 큰 도른 앞에 서니 더욱 작아 보이는 여자. 바로 윤수였다.

챙!

또다시 검이 매섭게 부딪혔다.

도른은 이번에는 정말로 두 눈을 질끈 감고 말았다.

"으윽……!"

마치 눈앞에서 터진 폭죽처럼 눈부신 불빛이 시야를 방해했다. 손목이 저릿저릿해 몇 번이고 검을 놓칠 뻔한 위기를 맞았다. 펄떡대고 있는 야수의 발톱처럼 좌우를 가리지 않고 찔러 들어오는 공격을 용케 피하고 있지만, 그게 그녀가 할 수 있는 전부였다.

윤수가 몸을 돌릴 때면 검날도 따라 부드럽게 휘었다.

물론 단단한 쇠붙이가 진짜로 휘어질리 없겠지만 도른의 눈에는 정말로 그렇게 보였다. 그러다 도움닫기를 한 후 머리에서부터 내리꽂히는 검을 막을 때면, 마치 커다란 망치에 두드려 맞은 것 같은 착각이 들었다.

그저 찌르는 것에 불과하다고?

아니, 이건 검으로 연타를 날리는 수준이었다.

때린 곳을 또 때리는 패턴인가 싶어 그곳을 방어하면, 전혀 생각지도 못한 곳에서 공격이 들어왔다.

게다가 그때마다 실제로 얻어터진 것처럼 온몸에 고통스러운 타격감이 느껴졌다.

'이, 이게 대체 뭐지?'

도른은 혼란스러웠다. 병사의 제복을 입고 있긴 하지만 그녀는 결코 제가 가르친 자가 아니었다.

게다가 이것이 에어스테 계급의 실력일 리도 만무했다.

도른이 한 마리의 새라면, 윤수는 마치 그 새를 잡는 그물과도 같았다. 매우 가볍고 탄력적이나 한번 옭아들면 절대로 빠져나갈 수 없는 그물 말이다.

"흐읍!"

드디어 도른의 입에서 신음 비슷한 것이 흘러나오기 시작했다.

덕분에 페라트의 얼굴은 더욱 사색으로 변해 갔다.

"카, 카이트 님! 이제 그만 말려야 하는 거 아닐까요?"

그는 이제 도른이 다치지는 않을지 정말로 초조해지고 말았다. 물론 페라트의 검이라고 해 봤자 저 둘에 비하면 아무것도 아니지만, 윤수가 지금 도른을 얼마나 인정사정없이 몰아붙이고 있는지는 그도 잘 알 수 있었다.

"지금까지는 다 장난이었나? 아니면, 그새 실력이 늘은 건가?"

하지만 카이트는 페라트가 그러거나 말거나 손에 들고 있는 와인을 꿀꺽 삼키며 그저 연신 감탄사를 내뱉을 뿐이었다.

"카이트 니임!"

덕분에 페라트의 걱정은 지붕을 뚫고 하늘을 향해 치솟기 일보 직전이었다. 아무리 이혼을 했다 해도 그녀는 2황자의 전 부인인데, 이러다 부상이라도 당하면 꽤나 큰일이 벌어질지도 모른다.

그런 생각으로 그가 다시 한 번 발을 동동거린 그 순간.

타앙!

"악!"

외마디 소리와 함께 은색의 긴 물체가 허공을 가르며 절 향해 쏜살같이 날아들었다.

"으아악!"

페라트는 비명을 지르며 그 자리에 주저앉았다.

그를 아슬아슬하게 스치고 지나간 것이 벽에 퍽 소리를 내며 박혔다.

도른의 검이었다.

*　　*　　*

"저는 정말 그 순간 죽는 줄 알았다고요."

"놀라게 해서 미안해요. 하지만 정말 위험했더라면 내가 즉시 쳐서 다른 곳으로 날려버렸을 거예요."

"하지만……!"

"저는 절대로 페라트 씨가 위험한 상황에 처하도록 그냥 놔두지는 않으니 부디 안심하세요."

이건 제가 그녀에게 했던 말이었다.

그걸 능청스레 따라하는 윤수를 바라보던 페라트는 결국 입을 다물 수밖에 없었다.

"내가…… 졌습니다."

검을 놓친 후에 보여 준 도른의 태도만큼은 과연 최강의 검사다웠다. 그녀는 윤수의 앞에서 무릎을 꿇고 깨끗이 패배를 받아들였다. 물론 그 뒤로 기다렸다는 듯 도른의 집착이 시작되었다. 예전에 카이트에게 그러했듯 한 번만 더 대련해 달라며, 그도 아니면 제발 대련 날짜라도 정하자며 윤수를 귀찮게 쫓아다녔다. 그 집요함으로부터 윤수를 간신히 떼어 놓은 건 카이트였다.

"물론 카이트 님 전용으로 챙긴 거긴 하지만, 진통제를 넉넉히 가져오길 잘했습니다. 세상에. 바서 님도 그 약이 필요할 줄 그 누가 알았겠습니까."

페라트는 그렇게 말하더니 깨끗한 수건을 가져오겠다며 자리를 비운 도리스의 뒤를 따라 밖으로 나갔다.

"아으, 아……."

아직도 얼얼한 피부를 감싸며 그녀가 신음했다.

윤수의 왼쪽 뺨에는 정말로 새빨간 멍이 들어버렸다. 그뿐만 아니라 찢어진 입술에도 피가 엉겨, 얼굴은 그야말로 엉망이었다. 물론 수첩에다 한 줄 쓰면 언제 그랬냐는 듯 씻은 듯 낫겠지만, 가뜩이나 쓸 공간이 줄어들고 있는데 이런 작은 일로 여백을 낭비하고 싶지 않았다.

그런 그녀를 가만히 바라보던 카이트가 한숨을 내쉬더니 곁에 앉았다.

"약 발라줄 테니 가만히 있어."

조그마한 통에서 상아색 연고를 듬뿍 떠낸 그의 손이 조심스럽게 입술 근처로 다가왔다.

"아, 윽."

어쩐지 부끄러워진 윤수는 저도 모르게 괴상한 소리를 냈다.

"아파도 참아."

평생 동안 검을 휘두른 자답지 않게 길고 수려한 손가락이 계속해서 제 입술을 살살 매만졌다. 마치 억지로 바구니에 가둬 놓은 작은 새끼 고양이처럼 그녀의 심장이 또 한 차례 난동을 부렸다. 행여나 그것을 들킬까 봐 시선을 황급히 아래로 내리는데, 그가 갑자기 물었다.

"그동안 혹시 실력을 감추고 있었던 건가?"

"응?"

"오늘 보니 정말 어마어마해졌더군."

"아."

윤수는 그제야 그의 질문을 이해할 수 있었다.

사실 일부러 감췄다기보다는, 실력이 늘었다고 하는 편이 옳았다. 늘 카이트의 곁에서 검을 쥔 덕분이다.

그녀는 어깨를 으쓱대며 장난스러운 목소리로 입을 열었다.

"왜, 나한테 새삼 반했어?"

그러자 카이트가 기다렸다는 듯 대답했다.

"그래."

"어……?"

윤수는 당황한 나머지 숨이 컥 막혔다. 손 안에는 어느새 촉촉한 땀이 새어 나왔다.

그녀가 상상했던 대답은 이런 게 아니었다.

원래대로라면 분명 '헛소리하지 마'라든가, '웃기는군' 정도의 반응이 나와야 할 터인데.

“움직이지 마.”

도대체 뭐라고 받아쳐 줘야 할지 몰라 그저 입술을 들썩이는데, 카이트가 그녀의 턱을 잡아 제게로 고정시켰다.

“쯧쯧. 몰골 한번 엉망이군.”

다시 한 번 찬찬히 윤수의 얼굴을 살피던 카이트가 가볍게 혀를 찼다.

드디어 그가 빈정거렸다!

덕분에 오히려 마음이 편안해진 윤수는 그 기회를 놓치지 않으려 잽싸게 말을 받았다.

“원래 이렇게 생긴 건 아니고?”

“아니. 그랬더라면 이 내가 반할 리 없었겠지.”

……허어……?

그녀는 가쁜 숨을 내쉬면서 괜히 저 멀리 벽에 나 있는 격자무늬를 세기 시작했다. 그걸 눈치챈 카이트의 입가에는 아주 미세한 미소가 지어졌다.

자꾸만 말을 돌리려는 모양인데, 어림도 없지.

사실 그는 이미 그녀의 속셈 따위 진즉에 파악하고 있었다. 만약 몇 날 며칠의 고민 끝에 자신이 도저히 남자로는 보이지 않는다는 결론을 낸 거라면, 그는 깨끗하게 승복하는 것으로 윤수의 의사를 존중해 줄 셈이었다.

상대는 전혀 생각이 없는데 멋대로 좋아한다며 뜨거운 고백을 퍼붓고, 이런 제 마음을 받아달라며 쫓아다니는 것만큼 부담스러운 일이 어디 있겠는가. 하지만 제가 느끼기에 그녀는 오히려 깊게 생각하는 것 자체를 피하려는 느낌이 강했다. 저를 찾아온 손님이 귀인인지, 아니면 방해꾼인지도 모른 채 무조건 문을 닫아거는 사람처럼 말이다.

"왜 말이 없지?"

만약 별로 깊게 생각해 보지 않은 거라면, 지금부터라도 제대로 생각하게 만들어 주마.

"아니, 그, 그게 말을 하면 입이 아파서……."

입이 아프다는 그 말은 잘만 하면서. 참으로 궁색한 변명이 아닐 수 없었다.

하지만 지금 윤수의 머릿속은 그야말로 텅 빈 백지와도 같아서 무언가를 논리적으로 말할 만한 상태가 아니었다.

"닦아 줄게."

연고 덕분에 그녀의 입술에 말라붙은 피딱지가 닦아낼 수 있을 정도가 되었다. 한 손으로 그녀의 얼굴을 잡은 채 그는 부드러운 붕대를 찾아 쥐었다. 깨끗한 천을 감은 카이트의 손가락이 말랑거리는 살갗 위를 두어 번 부드럽게 훑어 내리자, 어느새 입술이 제법 말끔해졌다.

이제 괜찮다는 의미로 그의 손길을 살짝 거부하려는데.

"……그러지 마."

멀어지는 누군가의 뒷모습을 억지로 잡아 보려는 듯 애달픈 목소리였다. 그 말에 홀린 것처럼 고개를 들자 붉은 눈동자가 마치 계속해서 조준하고 있었던 듯 가슴속으로 콕 박혀 들어왔다.

어째서 그런 눈빛을 하고 있는 거야?

그렇게 묻고 싶을 정도로 애절한 시선이었다.

마치 돈으로는 결코 값어치를 매길 수 없는 가장 소중한 물건이 어디론가 사라지기 전에, 모든 것을 하나도 빠짐없이 전부 기억 속에 새겨놓으려는 사람처럼 서글픈 눈이기도 했다.

윤수는 저도 모르게 손을 뻗어 그의 뺨을 살포시 쓰다듬었다.

강렬한 시선과는 무척이나 대조되는, 손끝에 물기가 스밀 정도로 울적한 얼굴이 안쓰러웠다. 하지만 생각보다 훨씬 더 뜨거운 체온에 곧 화들짝 놀라 얼른 손을 내리려던 순간.

그녀의 턱을 잡은 그의 손에 힘이 실렸다.

"나, 난……."

"쉿."

입술을 빠끔거리며 목이라도 좀 살짝 움직여 볼까 하는데, 그가 낮은 목소리로 제지했다.

"움직이지 마."

아까와 똑같은 말이지만, 느낌이 전혀 달랐다.

이건 카이트도 전혀 예상하지 못한 상황이었다. 그랬던 만큼 모든 이성이 마비되고 말았다. 도무지 버틸 수가 없다.

미쳐 날뛰는 심정을 억지로 칭칭 동여맸던 실이 갑자기 투둑 끊기는 착각이 든다.

가느다란 목선을 타고 어느새 자잘한 소름이 돋았다.

간결하지만 뜨거운 숨결이 바로 턱 아래를 간질일 정도로 가깝게 다가왔다.

그 기척에 놀라 두 눈을 동그랗게 뜨는 순간. 행여나 상처를 건드릴까 봐 고개를 살짝 비트는 그가 보였다.

그 미세한 몸짓만으로도 의도는 명확했다.

다음에 일어날 일이 머릿속에 꿈처럼 다가왔다.

가슴속 깊은 곳에서 일렁이던 떨림은 마치 파도와도 같이 온몸을 뒤덮었다.

"……."

윤수는 저도 모르게 두 눈을 스르륵 감았다.

도리스의 볼을 타고 흘러내리던 눈물이나, 제 발 밑에서 재롱을 부리던 새끼 마물의 모습 따위가 하나로 뭉쳐져 새까만 어둠이 되어 사라졌다.

공허해진 곳에 선명하게 차오른건 새빨간 머리색과 마찬가지로 붉은 눈동자 색을 지닌 한 사람이었다.

누가 먼저랄 것도 없이 피어오르는 열기가 서로의 심장을 화판 삼아 어지러운 그림을 그려댄다.

"……."

하지만 갑자기 서늘한 공기가 코끝을 스치는 것과 동시에 숨결이 멀어졌다. 바로 맞닿기 직전까지 다가왔던 입술 역시 무슨 연유에서인지 재빠르게 뒤로 물러났다.

잠시 후 조금 떨어진 곳에서 인기척이 들려왔다.

"이 약은 지금 드시지 않으면 진통 효과를 썩 기대하기 힘듭니다."

스르륵 올라간 눈꺼풀 사이로 약 봉지를 손에 들고 들어오는 페라트의 모습이 보였다.

"하아."

윤수의 입에서는 저도 모르게 참고 참았던 숨이 터져 나왔다.

심장이 박동할 때마다 몽글몽글 피어오르는 짙은 아쉬움이 호흡을 빠져나간 자리를 대신했다. 뒤이어 들어온 도리스가 아까보다 얼굴에 더 열이 오른 것 같다며 호들갑을 떨었다. 그녀가 가져다준 차가운 수건을 볼에 가져다 댄 윤수는 또다시 남몰래 한숨을 쉬었다.

* * *

"이제 왔습니까!"

막사로 돌아왔을 때는 이미 늦은 밤이었다.

다들 어디 갔는지, 그곳을 홀로 지키고 있던 미셸이 그녀가 온 것을 보고 냉큼 몸을 일으키며 반색했다.

"여기를 쓰십시오. 원래 침대 일 층은 드리테 계급 초반이나 되어야 쓸 수 있다고 들었는데, 글쎄 선배들이 먼저 일 층을 내주지 뭡니까. 정말 잘된 일이 아닐 수 없습니다!"

감격 어린 목소리로 말을 잇는 미셸을 바라보며 윤수는 쓴웃음을 지었다. 사실 자신은 방금 전까지도 본성에서 머무르는 게 어떻겠냐는 모두의 만류를 뿌리치고 오는 길이었다. 또다시 이 누추한 막사로 굳이 가겠다는 제게 카이트는 예의 그 못마땅한 눈길을 아낌없이 보냈고, 페라트 역시 그녀를 계속해서 설득했다.

설령 바인이 배정시킨 숙소라 해도 도른의 지시라면 얼마든지 으리으리한 방으로 옮길 수 있을 거라며 말이다.

게다가 도른은 실제로도 몹시 화를 냈었다.

이런 실력자를 감히 단체 막사에 배정시켰다며 분노하다 못해 당장 기병대 대장을 호출하려던 그녀를 오히려 페라트가 진땀을 흘리며 말려야만 했으니 말이다.

하지만 윤수의 결정은 확고했다.

사실 굳이 막사로 돌아온 것은 다른 이유가 있어서가 아니었다. 아까 카이트와 그런 일이 있고나서 그녀는 절대적으로 혼자만의 공간이 필요했다.

성의 본채에서 머물게 되면 틀림없이 일행과 매우 가까운 곳에 있는 방을 얻게 될 텐데, 만약 그와 또 단둘이 마주치게 되면 도저히 자연스럽게 행동할 자신이 없었다.

"그나저나 선배들과의 일은 정말 굉장했습니다. 그런 실력을 가지신 분이 대체 왜 이곳에 들어온 겁니까? 여긴 죄다 에어스테부터 시작하지 않으면 안 되는 일반 계급 편제의 대대인데 말입니다. 아마 당신이라면 지금 당장 황궁 특별 호위대에 자원해도 뽑힐 겁니다!"

미쉘은 끊임없이 그녀를 추켜세웠다.

여기에서도 조용히 쉬긴 글렀구나.

윤수는 조용히 한숨을 쉬었다.

"그나저나 선배들은 다들 어디로 갔어요?"

"아! 그거요! 오늘부터 드디어 축제가 시작되지 않았습니까. 그래서 기사단 내부에서도 꽤나 성대한 연회가 열린 모양입니다."

"그런데 왜 미쉘은……."

하지만 윤수는 곧 입을 다물었다.

그녀 혼자 막사에 남은 이유야 뻔했다. 그곳에 아마 신참은 감히 낄 수 없었으리라.

미쉘에겐 조금 미안한 이야기긴 하지만 윤수는 차라리 자신들을 빼놓고 모두가 연회에 가서 다행이라고 생각했다.

"나 피곤해서 먼저 쉬고 싶은데 괜찮을까요?"

그러자 미쉘은 황급히 그녀의 침대 옆으로 달려와 구겨진 곳을 손수 탁탁 펴가며 침구를 정리해 주었다.

"물론입니다! 자, 어서 누우십시오!"

그 부담스러운 호의에 고개를 끄덕이는 것으로 대신 감사를 표한 뒤 윤수는 천천히 제복을 벗었다.

붉은색 목 띠와 함께 남색 재킷을 벗어 주름지지 않도록 잘 개켜두고는 천천히 부츠의 끈을 풀었다. 뒤이어 하체에 딱 달라붙는 바지와 속에 입은 두꺼운 모직 셔츠까지 죄다 벗어 던진 후에야 가슴께에 겨우 상쾌한 숨이 차올랐다.

그녀는 속옷 위로 오로지 얇은 셔츠 한 장만을 걸쳤다.

둥근 곡선이 돋보이는 양어깨와 몸을 이리저리 뒤틀 때면 더욱 가느다랗게 휘어지는 얇은 허리가 새하얀 리넨 천 안으로 쏙 사라졌다. 대신 늘씬하게 쭉 뻗은 허벅지가 아낌없이 드러났다.

미셸은 그런 윤수에게서 줄곧 눈을 떼지 못하고 있었다.

같은 여자의 시선을 붙잡을 정도로 매력적인 몸매였다.

저 작은 체구 어디에서 대체 그런 힘이 나오는 걸까?

그런데 꾸물꾸물 이불 속으로 들어가는 그녀의 얼굴 한쪽이 유독 부풀어 있었다.

뒤늦게 그것을 발견한 미셸이 조심스럽게 물었다.

"저, 뺨은 왜 그런 겁니까? 사실은 오늘 제가 뭔가 괴, 괴상한 소문을 하나 듣긴 했습니다만……."

소문을 전해 준 당사자는 이곳에서 소위 '촉새'로 일컬어지는 병사였는데, 그녀조차도 그것을 괴소문이라 지칭했다.

오늘 저녁 만찬회장에서 한 에어스테 병사가 도른 기사단장에게 결투 신청을 던졌다는 것은 그만큼 믿을 수 없는 이야기였다.

"그저 소문일 뿐이에요."

눈치 빠른 윤수가 미셸의 말을 싹둑 끊는 것으로 대답을 대신했다. 하지만 미셸은 아랑곳 않고 곁에 다가오는가 싶더니 아예 침대 가에 엉덩이를 붙이고 앉았다.

"사실은 아까 다른 막사의 고참들이 여길 몇 번이나 방문했는지 모릅니다. 저 니콜 선배님과 산드린 선배님을 동시에 상대한 신참이 대체 누구냐고 말입니다. 벌써 대부분의 막사에 그 일이 퍼진 것 같습니다."

"아, 그래요?"

홍분에 가득 찬 니콜의 눈동자를 의식한 윤수가 퉁퉁 부은 왼쪽 뺨을 이불로 슬그머니 가리며 대답했다.

"게다가 그 정도 실력을 갖춘 신입의 레위니옹이라면 너도 나도 가입하겠다는 병사들이 수두룩합니다. 그중에는 심지어 중견급 기사도 있는 모양입니다만…… 저어, 실은 저 역시 부탁이 있습니다! 만약 당신이 레위니옹을 열 거라면 저도 꼭 가입시켜 주지 않겠습니까?"

"레위니옹이 뭔데요?"

피곤이 몰려온 탓에 윤수의 목소리가 점점 더 가라앉았다. 레위니옹을 모르는 병사가 있다니 조금 이상하긴 했지만, 미쉘은 지금 자신이 부탁하는 입장임을 재차 상기했다.

"기사단 내부의 작은 연합 같은 겁니다. 만나서 같이 식사도 하고, 검술 연습도 하고. 아, 보직에 대한 정보도 나눌 수 있습니다!"

"하지만 저는 미쉘 씨와 똑같은 말단 에어스테인데요."

그러자 미쉘이 답답하다는 듯 고개를 붕붕 저었다.

“요즘은 규칙이 바뀌어서 부대나 직급에 상관없이 일정 수 이상의 동의만 얻는다면, 누구나 리더가 될 수 있습니다. 그렇게 바뀐 지 이미 꽤 오래되었답니다.”

“그래요?”

“사실 우리 같은 검사들은 언제나 나보다 뛰어난 고수를 만나기를 늘 바라고 있지 않습니까. 그 화려한 기량을 구경할 때면 정말이지 열광하지 않을 수 없지요. 그러니까 당신의 레위니옹이라면 무슨 수를 써서든 꼭 함께하고 싶습니다! 부디 이 진실된 마음만은 알아주십시오.”

“네네, 그럴게요.”

“감사합니다! 아까의 대련은 정말이지 두고두고 회자될 정도로 너무나 멋졌습니다!!”

다소 성의 없는 대답임에도 불구하고 미셸은 크게 기뻐하며 환희를 숨기지 못했다. 그러고는 그제야 윤수의 눈 밑에 내려앉은 노곤함을 눈치챘는지 황급히 몸을 일으켰다.

“너무 시간을 빼앗아서 미안합니다. 이만 불을 끌 테니 어서 쉬십시오.”

그녀의 말대로 수 분 후에 훅, 하고 어둠이 찾아왔다.

건너편 침대에서 한참 동안 무언가를 바스락대던 미셸도 어느새 얕은 코를 골고 있는 시각.

윤수의 두 눈은 여전히 어둠 속에서 말똥말똥 뜨여 있었다.

자꾸만 여러 가지 상념이 꼬리에 꼬리를 물듯 찾아와 쉬이 잠을 청할 수가 없었다.

결국 여러 가지 잡생각에 이리저리 몸을 뒤척이는데.

또다시 누군가의 목소리가 가슴속을 뜬금없이 파고들었다.

"아니, 그랬더라면 이 내가 반할 리 없었겠지."

마치 곁에서 바로 속삭이듯 생생한 음성이 귀에서 맴돌았다.

'내, 내가 미쳤나 봐!'

어둠 속에서도 확연히 알아볼 수 있을 정도로 얼굴이 새빨갛게 변했다.

"후, 하."

윤수는 일부러 소리를 내며 여러 번 심호흡을 했다.

이윽고 붉게 달아오른 얼굴이 조금씩 진정되어 갈 때쯤, 베개 밑으로 팔을 집어넣었다. 그러자 그곳에 놓인, 부드럽게 무두질된 양피지의 표면이 만져졌다.

그 촉감을 가만히 느끼면서 그녀는 본인이 세운 새로운 잠입 계획을 떠올려 보았다.

'이건 오로지 나만이 할 수 있어. 하지만 만약 이것마저 실패한다면…….'

거기까지 생각하다가 윤수는 갑자기 머리끝까지 이불을 뒤집어썼다. 상황이 절망적이어서가 아니라 아까부터 자꾸만 머릿속의 모든 이성을 비집고 불쑥불쑥 멋대로 들어오는 한 남자 때문에 영 정신이 산만해진 탓이었다.

그녀는 다시 집중하려 애를 썼다.

'아니, 아니야. 이곳에서 실패한다는 생각은 되도록 하지 말자. 무슨 일이 있더라도 2황자의 지하를 열어야 해. 왜냐하면…… 황제의 성으로 가기엔 너무 위험하잖아. 카이트는 어디서나 눈에 띄고 말 거야. 아무리 변장 같은 걸 한다 해도, 그렇게 예쁜 붉은색 머리카락과 누구보다 우월한 키를 지녔으니…….'

슬슬 생각이 이상한 방향으로 흐르고 있었다. 하지만 용케도 그걸 알아차리고는 얼른 망상을 멈췄는데.

"움직이지 마."

"윽."

떠올려선 안 되는 장면을 또 떠올리고 말았다.

덕분에 윤수는 애꿎은 베갯잇을 입에 물고 몸을 좌우로 마구 굴렀지만, 제발 잊혔으면 하는 기억들이 오히려 더욱 왕성하게 살아났다.

나는 왜 그때 눈을 감았을까!

"으아아, 으아아아!"

무언가를 팡팡 차는 소리와 함께 두툼한 이불이 위로 마구 들썩거렸다.

"……으응."

한참 단잠에 빠져 있던 미셸은 그 작은 소란에 결국 몸을 뒤척였다.

어느새 소리 없는 빗줄기가 막사의 지붕 위를 조용히 적시기 시작했다. 이대로 결국 잠들 수 없을 것만 같은 밤이 점점 깊어만 갔다.

*　　*　　*

"……비켜……."

"헉! 고, 공주님. 죄송합니다!"

뒤에서 들려온 가느다란 음색에 여자의 얼굴은 유령이라도 본 양 새하얗게 질려갔다. 얼른 발걸음을 뒤로 물리자 그녀가 옆으로 소리 없이 쓰윽 지나갔다.

길을 막았다고 무언가 또 체벌을 가하진 않을까?

두려워진 여인은 저도 모르게 눈을 질끈 감았다. 하지만 다행스럽게도 이번에는 그냥 조용히 넘어갈 모양이었다.

마치 마녀의 머리카락처럼 긴 드레스 자락을 음침하게 늘어뜨리고 걸어가는 슈타티스트 공주 뒤에서, 행여나 숨소리라도 새어 나갈까 봐 미틀러렌의 사람들은 모두 입술을 단단히 물었다.

극도의 스트레스로 인해 그들의 얼굴은 모두 사납게 일어나 있었다. 페어라센의 국경 부근에 막 도착했을 때와는 전혀 딴판인 모습이다.

귀족을 포함한 모든 신하들은 처음에는 자신의 이름이 사절단 명단에 포함된 것을 뛸 듯이 기뻐했다. 공주를 모시고 외국 출장을 다녀온 경력은 아무나 쌓을 수 있는 것이 아니기 때문이었다. 하지만 정작 눈앞에 펼쳐진 건 마치 살얼음판을 걷는 것 같은 나날들이었다. 그녀가 언제 폭발할지 몰라 매일매일 가슴을 졸이느라고 말이다.

게다가 제아무리 이웃에 인접해 있다 해도 페어라센은 엄연한 타국. 먹거나 입는 것은 물론이고, 황실 예법에서부터 기본적인 에티켓까지 무엇 하나 같은 것이 없었다.

하지만 모국인 미틀러렌을 떠나 당분간 이 낯선 환경에 적응해야 하는 불편함 따위는 지금 그들에겐 아무런 문제도 되지 않았다.

하루에도 열두 번씩 바뀌는 슈타티스트 공주의 비위를 맞춰야 하는 것에 비하면 그 정도는 수월할 지경이었다.

"나, 난 정말 병가를 신청할까 심각하게 고민 중이에요. 그렇게 하면 미틀러렌에 조금이라도 먼저 일찍 돌아갈 수 있겠죠."

방 안으로 들어간 공주가 문을 쾅! 닫자마자 후작 부인 한 명이 울먹거리는 목소리로 하소연했다. 그러자 좀 더 희끗한 색의 머리카락을 지닌 여인이 어림도 없는 소리 말라는 듯 파드득 몸을 떨었다.

"안 돼요! 여기서 코랄리 부인마저 없으면 나는 어찌 버티란 말이에요. 그러지 말고 조금만 더 참아 봐요, 네? 공주님의 심기가 지금 최고조로 불편한 것도 당연해요. 여자에게 있어 혼인을 거절당한다는 게 얼마나 자존심 상하는 일인지, 부인도 잘 아시잖아요?"

"이러다 저는 미틀러렌에 가기 전에 온몸의 피가 다 말라 버릴 것만 같아요. 정말 공주님의 기분이 앞으로 조금이라도 나아질까요?"

모두는 침묵으로 대답을 대신했다.

슈타티스트의 저 패악에 가까운 행동이 과연 시간이 흐른다 해서 줄어들지 어떨지는 아무도 장담할 수 없기 때문이었다.

사실 아닌 게 아니라 요즘만큼 공주의 기분이 최악인 때도 드물었다. 비록 그 속내는 음흉했지만 그래도 나름대로 부푼 가슴을 안고 페어라센의 3황자를 만난 것까진 좋았는데, 그 남자가 자신에게 전혀 관심이 없다는 것을 깨달은 그때부터 그녀의 기분은 한없이 추락하기 시작했다.

저따위 남자에게 제가 먼저 꽃의 기사를 제안한 것이 실수였다며 매일 밤 분통을 터뜨렸다.

그러다 조금이라도 눈에 거슬리는 것이 있다면 그 즉시 인정사정 보지 않고 화풀이를 해 댔다.

와장창!

"아이고오."

그리고 지금이 바로 또 그런 때였다.

방 안에서 무언가를 깨부수는 소리가 들려오자, 밖에서 대기하던 자들의 어깨가 바짝 오그라들었다.

"그런데 저, 정말로 3황자님이 혼인하지 않겠다고 하셨대요?"

그들은 줄곧 방문을 주시하며 조심스럽게 입술을 떼었다.

"네, 그랬대요. 듣자 하니 엊그제 웬일로 둘이서 차를 들자는 제안을 하시나 했더니만, 그런 폭탄선언을 던져놓고 가셨다나요."

"아니, 그럼 왜 꽃의 기사를 자처한 거래요? 거참. 우리 공주님도 공주님이지만, 그쪽도 정상적인 황자님은 아닌 거 같네요."

그러는 사이 방문이 찰칵 소리를 내며 열렸다.

"슈타티스트 님!"

물론 그녀도 언제나 미친 망아지 같기만 한 건 아니었다. 가끔가다 체력이 달릴 때면 이렇게 모든 의욕이 한풀 꺾이는 순간이 있었다. 언제나 아름답던 얼굴이 눈물로 얼룩지다 못해 퉁퉁 부어 있었다. 이 낯선 타국에서 관심의 대상이 되긴커녕, 누구 하나 제 어리광을 받아주는 이가 없자 좌절하고 만 그녀의 몰골은 실로 엉망이었다.

"아휴."

미틀러렌의 신하들은 힘없이 걸어 나온 공주를 바라보며 저마다 고개를 절레절레 저었다.

"어서 안으로 들어가셔요, 네? 좀 쉬셔야죠. 잠드실 때까지 이 카트린이 줄곧 곁에 있겠어요."

비틀거리며 밖으로 걸어 나온 슈타티스트 공주의 어깨를 안고 나이 많은 부인 하나가 다정히 속삭였다. 그러자 그녀는 또 온순한 아이처럼 고개를 끄덕이는 게 아닌가.

"못된 짓만 안 하시면 저리 천사 같은 분이신데."

팔은 안으로 굽는다고 미틀러렌 사람들은 어느새 공주를 옹호하기 시작했다. 어쨌든 슈타티스트 공주는 미우나 좋으나 자신들이 모셔야 할 왕족이다. 그러니 그녀를 원망하기보다는 차라리 자신들과 아무 상관없는 타국의 황자에게 그 비난의 화살을 돌리는 편이 좀 더 마음 편했다.

"아닌 게 아니라 진짜 이건 좀 이상하지 않아요? 누구보다도 공주님을 챙겨야 할 꽃의 기사께서 이런 식으로 나오시다니요."

"맞아요. 길옆에 파인 작은 구덩이에도 이보단 더 주의를 기울이겠어요. 정말 굴러다니는 짐짝도 아니고, 미틀러렌의 왕가가 이런 하찮은 취급을 당하다뇨!"

덕분에 그들은 지금 자신들이 와 있는 곳이 어디인지를 잠시 잊고 말았다. 아니, 지금 그들의 뒤에 서 있는 자가 유달리 기척을 죽인 탓도 있었다.

"그게 무슨 말이지?"

"앗!"

소리 나는 쪽으로 고개를 향한 자들의 얼굴이 죄다 석상처럼 굳었다.

'큰일 났다!'

사절단의 신분으로 타국의 성에 머무르면서, 감히 그 나라의 황족을 욕하는 장면을 들켜버리다니. 이건 증거 인멸을 할 수도 없었다. 게다가 눈앞에 있는 이분은 서로 사이가 좋든 나쁘든 간에 어쨌든 3황자의 형 아닌가.

"죄, 죄송합니다!"

사태의 심각성을 느낀 모두는 마치 약속이나 한 듯 바닥에 납작 몸을 숙였다. 잘못 놀린 세 치 혀 때문에 양국 관계가 충분히 틀어질 수도 있는 상황.

땅에 이마를 피가 나도록 박으면 행여나 용서해 주실까?

하지만 이미 엎질러진 물을 어쩌랴. 그리 씁쓸한 후회만이 입 안에 가득 고일 때였다.

"나의 동생이 그대들의 주인에게 무언가 실수라도 저지른 건가?"

그러나 바인의 입에서 흘러나온 것은 예상외로 부드럽고 다정한 목소리였다.

"그럴 리가 있겠습니까!"

가신들의 어깨는 아직도 사시나무 떨듯 떨리고 있었다.

"그냥 솔직히 말해 주게. 미틀러렌의 슈타티스트 공주님은 나의 성을 찾은 수많은 손님 중 누구보다도 중요한 분. 그러니 이곳에서 혹시라도 양국의 관계가 어그러질 만한 상황이 생긴다면 무엇보다도 주인인 내가 반드시 알아야 하지 않겠나?"

그런 바인의 말에 모두 어안이 벙벙했다.

페어라센의 2황자 바인이 이토록 너그럽고 속 깊은 남자였던가?

"그럼 외람되지만 말씀 올리겠습니다. 다름이 아니옵고……."

덕분에 누군가의 입이 스르륵 열렸다.

"흐음."

그들에게서 자초지종을 들은 바인은 이해했다는 듯 고개를 끄덕였다.

"그래, 그러니까 내 동생 3황자는 꽃의 기사라는 중책을 맡았음에도 불구하고 이 성에 들어오자마자 공주님을 줄곧 홀로 남겨 둔 채, 뭘 하는지 모를 정도로 굉장히 바쁘다 이 말이로군."

하지만 차마, 공주의 체면상 결혼 제의까지 거절당했다는 말은 하지 못했다.

"그렇습니다."

"확실히, 이 문제는 3황자의 잘못이다."

"네에?"

"좋아. 그렇다면 내가 공주님과 좀 이야기를 나눠 보면 어떻겠나? 그녀도 3황자의 형인 내게 그간 있었던 일을 자세히 털어놓다 보면 마음에 좀 위로가 되지 않겠어?"

바인은 너그러운 데다가 매우 자상하기까지 했다.

"하지만……."

"그뿐만 아니라 제 밑의 가신들에게는 털어놓을 수 없는 이야기가 어느 왕족에게나 반드시 하나쯤은 있는 법이지. 그걸 생각하면 가슴이 몹시 답답하지만, 그래도 우리들은 그런 것들을 죄다 떠안고서 살아가지 않으면 안 되거든."

바인의 일리 있는 말에 모두의 고개가 저절로 끄덕여졌다. 게다가 자신의 공주에게 이리 마음을 써 주다니 얼마나 고맙고 의지가 되는지 몰랐다.

"그럼…… 실례를 무릅쓰고 여쭙겠습니다만, 저희 공주님을 좀 만나주시겠습니까?"

"공주께서 날 만나주시는 게 되레 영광이오."

바인은 호탕하게 웃으며 화답했다.

그런 2황자의 배려 어린 전갈을 들고 안으로 들어간 미틀러렌의 가신은 곧 공주의 대답을 가지고 종종걸음으로 나왔다. 지금은 얼굴이 엉망이니 잠시 치장할 수 있는 시간을 주십사는 그녀의 부탁을 바인이 흔쾌히 허락했음은 두말할 필요도 없었다.

'독이 바짝 오른 슈타티스트 공주는 분명 내게 그간 있었던 일을 미주알고주알 일러바치겠지.'

굳게 닫힌 방문 앞을 서성이던 그는 홀로 조용히 미소 지었다.

〈다음 권에 계속〉